NAS MÃOS DO LORDE PIRATA

PIRATAS DE KING'S LANDING
BOOK I

LAUREN SMITH

Translated by
VIRGÍNIA GRANGEIRO

English Text Copyright por Lauren Smith

Traduzido por Virgínia Grangeiro

Tradução Copyright 2022

ISBN: 978-1-958196-66-3 (versão e-book)

ISBN: 978-1-958196-67-0 (versão impressa)

PRÓLOGO

1727
Cornwall, Inglaterra.

– BATA MAIS FORTE!

Dominic Greyville, de quatorze anos, lançou seu punho no grande garoto à sua frente, rosnando como um texugo e mostrando os dentes. Não havia nada mais animador do que lutar em uma rua de terra batida com um bastardo que merecia receber um bom soco.

– Cuidado, Dom!

O aviso fez Dominic sair do caminho. O rapaz com quem ele estava lutando cambaleou quando seu golpe iminente não atingiu o rosto dele. Greyville manteve seus olhos em seu oponente e aguçou a audição, caso seu melhor amigo, Nicholas Flynn, lhe avisasse sobre outro golpe traiçoeiro.

– Seu bastardo! – o bruto ralhou, jogando-se sobre ele.

Os dois caíram no chão com um baque pesado. Suas costelas doíam sob o peso do rapaz maior. Dominic deu um soco selvagem na mandíbula do outro, grunhindo quando sentiu uma onda de dor reverberar pela sua mão e pelo seu braço.

Seu oponente escorregou para o lado, possibilitando que Greyville rolasse e se colocasse em pé. Suas orelhas latejavam e zumbiam por conta dos golpes que já tinha recebido. Sangue escorria de seu lábio partido, ainda assim, ele riu de prazer. Talvez fosse a herança espanhola e selvagem de sua mãe que corria em suas veias, contudo, o fato era que Dominic não resistia a uma boa briga, especialmente depois de testemunhar os golpes que o rapaz dera em uma bela jovem da taverna. Um único olhar sobre o rosto manchado por lágrimas da moça fora o bastante para fazê-lo se lançar contra o malfeitor. O rapaz devia ter dezesseis ou dezessete anos. Seus punhos grosseiros e pesados certamente eram capazes de causar grandes danos, porém, fazer o que era certo valia a pena o risco.

– O que estão fazendo?! – Um berro profundo fez com que a pequena multidão de meninos que estava assistindo à luta rapidamente se desfizesse, correndo pela rua. Apenas Nicholas ousou ficar para trás.

Um homem corpulento com cabelos grisalhos e pretos marchou até eles.

– O que eu lhe disse sobre entrar em brigas?

A julgar pela aparência de seu avental e pelo fedor avassalador de hidromel que emanava dele, o sujeito tinha saído da taverna do outro lado da rua.

O oponente de Dominic se ergueu com uma mão sobre

seu nariz, tentando conter o sangue que jorrava de suas narinas.

— O maldito bateu em mim, pai! — O rapaz apontou para Greyville com uma mão ensanguentada.

O mais velho bateu no próprio peito.

— Eu disse que, se você se metesse em mais uma briga, era melhor que a terminasse de vez. Continue! Mate o ratinho. — O homem apontou para Dominic, instigando seu filho a golpeá-lo.

Por um segundo, Greyville ficou chocado com a ordem cruel do sujeito, porém, o brilho odioso nos olhos dele o informou que estava falando sério. Não havia como contornar aquilo. Dominic teria que ganhar a luta, pois as apostas pareciam ter crescido exponencialmente.

O rapaz encarou o menor com o mesmo ódio que podia ser visto no rosto de seu pai. Ele o atacou, mas Greyville se esquivou e deslizou o pé pela terra, fazendo o outro tropeçar. Seu oponente caiu de cara no chão. O impacto foi tão forte que tudo o que ele pôde fazer foi soltar um pequeno gemido antes de desmaiar.

— Tolo inútil. — O homem cuspiu no corpo caído de seu filho. Em seguida, rosnou para Dominic e para Nicholas — Deem o fora daqui, pirralhos!

Greyville não precisou que o sujeito voltasse a abrir a boca. Ele e Nicholas saíram correndo pela rua e só pararam quando seus pulmões estavam queimando por ar. Pressionando as palmas nas coxas, ele se inclinou e soltou uma risada surpresa. Flynn também riu. Naquele momento, sentia-se invencível. Era como se pudesse conquistar o mundo.

O garoto lançou um olhar para seu amigo, vendo-o

sorrir e ofegar. Nick também parecia sentir a magia no ar. Havia algo sobre aquela hora do dia – quando o sol estava prestes a se pôr e o mundo brilhava em tons dourados suaves – que o fascinava. Era o momento favorito de Dominic; o momento em que sentia que tudo era possível. Ainda assim, uma pitada de melancolia noturna conseguiu cortar a brisa, tornando a cena quase agridoce.

– Essa foi por pouco – Nicholas disse. – Por um minuto, pensei que ele tinha conseguido vencê-lo. Eu estava prestes a pular na briga para lhe ajudar.

– Eu estava indo muito bem – Greyville respondeu.

Nicholas bufou, discordando.

O amigo era o mais comportado dos dois e raramente se metia em confusões, só intervindo quando via que Dominic estava prestes a perder. Como filho do conde de Camden, o comportamento de Greyville era completamente reprovável, contudo, ele parecia ter um dom para se colocar em situações difíceis, acabando por arrastar Nick consigo. Flynn era o filho de um fidalgo e verdadeiramente se esforçava para se comportar da melhor maneira, porém, com Dominic ao seu lado, muitas vezes acabava caindo na tentação.

– Você e sua simpatia por jovens bonitas. Sempre pronto para dar um soco por um tornozelo delicado ou um sorriso brilhante, não é, Dom? – Nicholas balançou a cabeça. Seu cabelo loiro escuro se movia ao vento enquanto escalava o pequeno muro de pedra próximo à rua.

Greyville se juntou ao amigo e eles estudaram os campos e as florestas distantes. O telhado de uma mansão, construída durante o período em que Henry Tudor governara a Inglaterra, mal podia ser visto acima do topo das árvores. Tratava-se da Residência Camden. Sua casa. Ele adorava o lugar e, ao mesmo tempo, desejava escapar dali a todo custo. Afinal, sempre que estava dentro daquelas paredes, seu pai constantemente o lembrava de seus deveres como futuro conde.

Sua residência estava a uma curta distância, acenando para ele, mas Dominic não conseguia deixar de olhar para trás, de volta para a taverna e além, em direção aos estaleiros e ao mar. As nuvens pairavam sobre as águas distantes, prometendo tempestades, contudo, elas não o assustavam. Suas mãos coçavam para se fecharem em torno das cordas de uma grande fragata ou de uma elegante corveta. Desde pequeno, ouvia histórias sobre piratas que lutavam contra a fúria dos mares selvagens. Chegara até a escutar rumores de que, no século XV, o duque de Cornwall, cuja propriedade não ficava muito longe da Residência Camden, tinha sido um grande e temido pirata.

– Nick, já pensou em ir para o mar? Quero dizer, comprando uma comissão no exército?

A ideia de desbravar o vasto oceano sempre intrigara Dominic, motivo pelo qual, em mais de uma ocasião, o garoto ameaçara fugir e embarcar em um navio após brigar com seu pai.

O olhar de Nicholas se moveu para o mar.

– Para lá? Só se você também for. Eu iria a qualquer lugar ao seu lado, seguiria até mesmo em direção ao horizonte mais distante.

As palavras de seu amigo fizeram Greyville ficar vermelho. Os dois tinham crescido lado a lado, sempre se metendo em travessuras. Eles tinham se tornado irmãos de sangue há muito tempo, quando haviam cuspido em suas palmas cortadas e as unido em um aperto de mão simbólico. Os garotos tinham jurado lealdade eterna sob a luz da lua. Não era à toa que Dominic também não conseguia se imaginar indo a nenhum lugar sem Nicholas.

– Você realmente iria para o mar comigo? – ele questionou, observando o rosto do filho do fidalgo de perto.

– É claro. Alguém tem que mantê-lo longe de problemas, do contrário, temo que acabe se tornando um pirata. Seu pai não gostaria nem um pouco disso.

– Bem, há diferentes *tipos* de piratas. Alguns possuem cartas de corso que lhes dão permissão para afastar e perseguir os inimigos da Inglaterra.

Dominic sempre gostara da ideia de se tornar um nobre pirata, assim como Sir Francis Drake.

– Eles são chamados de corsários.

– Ainda assim, um corsário não passa de um pirata com uma licença – Greyville retrucou com um sorriso perverso.

– Estou certo de que seu pai também não gostaria da ideia. Deus nos ajude se, de fato, acabarmos indo para o mar.

Ambos riram até que um silêncio agradável caiu sobre eles. O vento farfalhou, balançando as folhas das árvores. Com um suspiro pesado, Dominic pulou em direção ao prado.

– Hora de ir para casa? – Nicholas perguntou, vendo o outro assentir tristemente.

Greyville enfiou as mãos nas calças, tentando colocar sua camisa para dentro. Ele sabia que sua aparência não era das melhores. Sua mãe ficaria furiosa ao ver suas calças rasgadas, sua camisa ensanguentada e seu colete coberto de sujeira.

– Vejo-o amanhã? – Flynn indagou.

– Definitivamente – Dominic observou seu amigo seguir pela estrada antes de atravessar o campo, caminhando para a floresta.

Ele demorou o máximo que pôde para chegar em casa, pois sabia muito bem que pagaria por entrar em uma briga. Quando passou pelos portões da frente, um dos criados o viu e correu para falar com a mulher de cabelos escuros que usava um vestido dourado e examinava um canteiro de rosas inglesas. Sua mãe amava o jardim da residência e tinha um carinho especial pelas flores.

– Dom! – Lucia Greyville o chamou.

O garoto acelerou o ritmo de suas passadas até que estava diante dela.

A mulher ainda era a beleza espanhola que se casara com o conde de Camden quando tinha dezoito anos. Agora, aos trinta e dois, tornara-se uma excelente condessa e uma mãe ferozmente protetora.

– Aproxime-se. Deixe-me dar uma olhada em você – Lucia exigiu, tocando no rosto do filho enquanto examinava seus hematomas e seu lábio cortado. – O que aconteceu?

– Só uma briga. Não foi nada de mais, eu juro – Dominic afirmou.

Os olhos castanhos de sua mãe se estreitaram.

– Uma *briga*? É a terceira nessa semana. Seu pai vai...

– Por favor, não diga a ele, mãe. – O mais novo agarrou uma das mãos da mulher.

Mesmo aos quatorze anos, Dominic já atingira a altura de sua mãe. Agora que ambos possuíam um metro e setenta, ele se sentia mais protetor em relação a Lucia do que antes. Se puxasse ao conde, o rapaz logo ficaria mais alto do que ela.

– Mesmo que eu fique em silêncio, meu querido menino, ele verá seus hematomas.

– Por favor, mãe. Será nosso segredo.

Lucia suspirou, embora seus lábios tivessem se curvado ligeiramente para cima, indicando que ela lutava para suprimir um sorriso.

– Apresse-se. Vá se banhar e se trocar para o jantar. – A mulher beijou o rosto do filho, empurrando-o em direção à porta.

Dominic correu até os degraus e entrou na casa. Ele sentiu cheiro de charuto, o que significava que seu pai ainda devia estar em seu escritório. Talvez houvesse tempo para esconder a maior parte de seus ferimentos. O garoto atravessou a grande escadaria e chegou ao seu quarto sem ser descoberto. Ele fez o que sua mãe pedira, depois, parou para examinar os hematomas roxos em sua bochecha e em sua mandíbula. O conde os notaria, mas o que Dominic poderia fazer? Anteriormente, tentara enganá-lo com mentiras espertas, porém, seu pai nunca acreditara nelas. O homem sempre conseguia ler o rosto do filho com facilidade.

Quando, por fim, o mais novo desceu para o jantar, sua mãe estava dando um beijo de boa noite nos gêmeos. Josephine e Adrian, seus irmãos mais novos, tinham apenas dois anos de idade, por isso, passavam a maior parte do dia dentro de casa ou no berçário. Adrian puxara a aparência de seu pai. Ele tinha cabelos castanho-claro e olhos cinzas. Dominic, contudo, se parecia mais com sua mãe. Sua irmã, Josephine – ou Josie, como o garoto gostava de chamá-la – possuía os traços delicados de Lucia, mas os olhos do conde.

Dominic passou uma mão pelo seu cabelo escuro

enquanto observava a mulher dar um pequeno abraço em cada uma das crianças antes que uma criada as levasse para o andar superior. Pouco tempo depois, seu pai apareceu no corredor. Aaron Greyville caminhou até sua esposa, dando-lhe um beijo apaixonado que fez o mais novo corar e virar as costas em constrangimento. Seus pais sempre estavam se beijando e sussurrando palavras doces quando pensavam que estavam sozinhos. Era inquietante. Pessoas como eles não deveriam ficar trocando carícias.

O garoto tentou se afastar, contudo, o único passo que conseguiu dar foi o bastante para fazer o assoalho ranger, o que acabou por chamar a atenção do conde.

– Dominic. – O tom do homem deixou claro que ele estava em apuros.

– Sim, pai?

– Venha aqui, por favor.

Dominic se aproximou relutantemente, mantendo a cabeça baixa. Aaron franziu a testa e as pontas de seu bigode se curvaram para baixo à medida que estudava o filho.

– Mais uma briga?

– Sim, mas...

– Dominic, você sabe o que eu penso a respeito disso. Homens bons não precisam resolver suas disputas com os punhos. Não é civilizado bater em outra pessoa.

– O bastardo estava golpeando uma doce e pequena garota, além disso...

– Garota? – sua mãe interrompeu bruscamente.

– Uma jovem dama – ele corrigiu a fala rapidamente. – Ela estava chorando, pai. Você me ensinou a nunca bater em uma mulher.

– De fato – Aaron concordou. – Porém, também espero

que você aja com honra. Atacar um garoto tolo não deixa de ser um ato covarde e eu não aceito que meu filho se torne alguém assim, está me entendendo? – O mais velho o fitou com um olhar duro. – Acho que uma noite sem jantar lhe dará a chance de refletir sobre suas ações. Vá para seu quarto.

A ordem de seu pai o fez ranger os dentes. Aaron não estivera lá. Ele não vira a menina chorando. Qualquer homem honrado teria lutado com o rapaz.

– Talvez *você* seja o covarde – Dominic explodiu.

O suspiro pesado que o mais velho deu o atingiu como um soco no peito.

– Um dia, você entenderá que, em certos momentos, escolher não lutar é o caminho certo. Um cavalheiro de coração nobre não pode enfrentar todas as situações difíceis levantando os punhos.

– Optar por não lutar ainda faz de você um covarde – o garoto rebateu.

A carranca de seu pai se aprofundou.

– Se é isso o que realmente acredita, então você não cresceu como eu pensei que tinha. Eu nunca disse que não deveria lutar, apenas afirmei que nem sempre tem que enfrentar suas batalhas usando a violência.

O olhar do homem só enfureceu o mais novo, ainda assim, ele não respondeu. Em vez disso, correu para seu quarto em uma tentativa desesperada de fugir de seu pai e da decepção que vira em seus olhos.

Dominic passou pelo berçário e congelou quando ouviu Mary, a criada que cuidava das crianças, cantando uma canção de ninar suave para os gêmeos. Lágrimas amargas surgiram nos olhos do garoto, o que só fez com que ficasse mais envergonhado. Ele passou a parte de trás da mão no rosto, tentando se livrar da evidência de seu choro.

A única pessoa que o compreendia era sua mãe. Ela costumava lhe contar histórias de sua juventude a bordo do navio *Spanish Main*. O pai da mulher fora um capitão naval espanhol que passara metade de sua vida lutando contra piratas. Dominic adorava ouvir os relatos da mais velha sobre sua infância despreocupada em alto mar. Muitas vezes, aquela tinha sido a única fuga do garoto da vida enfadonha que levava em *Cornwall*. Na maioria dos dias, Dominic passava o tempo trancado naquela mansão abafada, estudando história, matemática, ciências e outras matérias tediosas sob a orientação de um tutor. Não era nada divertido.

Ao entrar em seu quarto, a raiva e a vergonha ainda travavam uma batalha dentro de si, fazendo seu estômago se revirar e sua cabeça latejar. Ter que passar a noite sozinho e com fome dentro de seus aposentos soava terrível. Ele chutou o baú pesado que ficava ao lado de sua cama e se jogou em uma cadeira.

Quando uma ideia atravessou sua mente, Dominic sorriu. Ele foi até seu armário e pegou a escada de corda que fizera alguns meses antes. O garoto amarrou o final da corda na base de sua cama, abriu a janela de seu quarto e a jogou do outro lado. Então, cuidadosamente desceu pela escada improvisada e caiu nos canteiros de flores.

O crepúsculo se estendia atrás das topiárias do jardim, lançando sombras perturbadoras sobre os arbustos normalmente alegres. Dominic se escondeu nas sombras até chegar à floresta. À medida que corria na direção dos pequenos estaleiros que ficavam no final do porto principal de *Boscastle*, cantarolava uma melodia feliz. Seus bolsos tintilavam com algumas moedas. O garoto sabia que a adorável moça da taverna não se recusaria a lhe servir uma torta de carne e um litro de cerveja. Quem sabe, até mesmo lhe desse um beijo depois do que fizera para proteger sua honra. Dominic ainda estava sorrindo quando chegou na rua que levava para a taverna.

Os poucos postes do local não ofereciam muita iluminação, especialmente agora que a escuridão pesada cobria a cidade. Subitamente, os pelos da nuca do garoto se eriçaram. Tinha a estranha sensação de que estava sendo observado. Talvez, deixar sua residência naquele horário não tivesse sido a melhor das ideias...

Greyville girou, enfrentando a escuridão atrás de si, mas não viu nada. As sombras pareciam aumentar com a neblina que vinha do mar. Ele estremeceu antes de endireitar os ombros. Não era uma criança. Não deveria temer um pouco de neblina. Dominic deu um passo em direção à taverna, então, uma mão cobriu sua boca. O garoto foi arrastado para um beco, seus gritos sendo abafados pela palma de seu captor. Ele chutou e bateu o cotovelo contra a pessoa que o segurava.

– Maldito bastardo! – um homem rosnou.

No momento seguinte, algo duro atingiu sua cabeça e sua visão escureceu.

Algumas horas depois, Dominic acordou com o balanço de um navio. Ele piscou, tentando se concentrar na luz fraca. Uma lamparina se movia acima de sua cabeça, tremeluzindo pelo cômodo. A sensação do navio subindo e descendo fez seu estômago se agitar. Greyville tentou se mover, mas uma dor latejante atravessou seus pulsos e seus tornozelos. O garoto olhou para baixo, horrorizado com a visão das algemas que o mantinham no lugar. Uma dúzia de outros garotos, que pareciam ter mais ou menos a sua idade, também estava algemada ao seu lado. Muitos pareciam verdes de enjoo. Alguns haviam vomitado. Vários choravam, chamando por suas mães.

Um gosto amargo encheu sua boca, fazendo-o desejar se juntar a eles e gritar o nome da condessa. Contudo, Lucia não estava ali e não seria capaz de salvá-lo.

Dominic olhou para um menino que estava próximo.

– Onde estamos?

O desconhecido tinha uma expressão distante e quase sem vida em seu rosto. Depois de um momento, ele respondeu:

– Estamos sendo levados para as Índias Ocidentais... para trabalharmos como escravos.

– O quê? Eles não podem fazer isso. Não somos escravos. Nós... – Greyville olhou em volta, notando que estava preso ao lado de vários homens de pele escura e de aparência saudável.

Eles o fitaram com pena ao ver que o mais novo parecia estar finalmente entendendo que se encontrava na mesma triste posição que o resto do grupo.

– Nós não vamos sobreviver. Provavelmente morreremos durante a viagem – o menino disse. – Pelo que escutei, se isso acontecer, será uma bênção. O capitão deste navio... Bem, disseram-me que ele tem gostos estranhos. – Ele moveu a cabeça em direção aos outros meninos. – Antes de você chegar, um garoto morreu. Ele me disse para clamar pela morte.

O medo se espalhou pelo coração de Greyville e seus

ouvidos começaram a retumbar ritmicamente. Naquele momento, ele percebeu que nunca mais voltaria a ver sua casa; que nunca mais veria os gêmeos, sua mãe ou mesmo seu pai. E tudo isso porque agira como um tolo de cabeça quente, exatamente o que o conde o acusara de ser.

CAPÍTULO 1

I *741*
   Porto de Cádiz

O Capitão Dominic Grey estava em uma posição comprometedora; uma que envolvia uma dama espanhola voluptuosa e cheia de desejo montada no seu colo enquanto as saias dela subiam e desciam com o movimento de seus quadris. As janelas largas do quarto da mulher estavam abertas, permitindo que a brisa suave da noite entrasse e balançasse as cortinas brancas ao passo que ele beijava profundamente o topo dos seios dela.

– Ah, Dominic, *mi amor* – ela gemia, enfiando as unhas na camisa dele.

Grey ainda estava completamente vestido, contudo, logo usaria a paixão da dama para obter as respostas que procurava. Ele beijou seu pescoço até chegar em seus lábios, rindo ao ouvi-la soltar um rosnado de frustração.

– Por que você me provoca assim? – a mulher perguntou. Seu tom rouco fez o corpo dele doer de excitação. –
Diego estará de volta a qualquer momento! – Ela puxou o
cabelo de Dominic, tentando tirar a atenção dele do seu
pescoço.

– Paciência – o homem murmurou ao deslizar uma mão
por baixo de suas saias vermelhas de seda e de suas anáguas.

A mulher sibilou quando ele colocou um dedo dentro
dela. Grey riu enquanto a provocava lentamente, poster-
gando seu prazer. Ele manteve uma orelha voltada para a
porta do quarto, assim, o marido dela não os surpreenderia.
Dominic não se importava em ser descoberto ao lado da
dama. O homem tentaria matá-lo, é claro, mas isto era
parte da diversão. O capitão gostava da emoção da desco-
berta acompanhada por uma fuga rápida.

Ele segurou o rosto dela, trazendo os lábios cheios até
os seus.

– Quando deve voltar para o seu navio? – a mulher
indagou com seu pesado e sedutor sotaque espanhol.

– Em breve.

Ele gemeu quando ela esfregou seus quadris contra o
dele.

– Ficará longe por muito tempo? – Suas mãos correram
pelos cabelos longos e escuros do homem.

Normalmente, Grey mantinha os fios amarrados com
uma fita de couro, mas a mulher os soltara assim que ele
chegara ali.

– Nunca se sabe. Estou à mercê dos ventos e das marés.
– Os lábios do capitão voltaram aos seios da dama, mordis-
cando sua pele oliva.

Ela arqueou as costas com prazer.

– Não demore muito para voltar.

– O que você ouviu sobre os portos, meu amor? – Dominic perguntou, provocando-a por baixo do vestido.

– Sobre os portos? – A mulher choramingou.

– Sim, o que o seu marido lhe disse?

Ela o fitou.

– Se eu lhe contar, *mi amor*, o que fará por mim?

– Qualquer coisa que deseje.

Ele passou o olhar sobre seu corpo voluptuoso, sabendo que não seria difícil levá-la para a cama. A dama era adorável, mas um tanto simplória demais para seu gosto. Grey preferia que suas mulheres tivessem uma inteligência tão afiada quanto sua cimitarra. Não havia graça em dormir com uma dama que não conseguia enfrentá-lo com suas palavras – era isso que deixava as coisas interessantes.

– Diego disse que os ingleses mandaram um navio mercante, o *Fortune*, para o Caribe. A embarcação deixou o porto ontem a caminho de *Port Royal*. Aparentemente, ele está levando uma carga preciosa.

– Carga preciosa?

– Preciosa o suficiente para que colocassem um almirante a bordo.

O sangue do capitão ferveu com animação ao considerar o que aquilo poderia ser. Dinheiro? Joias? Independentemente do que fosse, ele e sua tripulação poderiam interceptar o *Fortune* e usurpar a carga.

– Tem certeza de que ouviu que se trata de algo valioso? – Dominic pressionou.

Era incomum que um almirante estivesse a bordo para supervisionar o transporte de uma mercadoria, o que só poderia significar que seu valor deveria ser alto.

– *Sí*, muito. Diego estava muito curioso, mas não sabia dizer do que se tratava. Acho que devem ser joias. – Os olhos da mulher brilharam. – Você não acha que eu ficaria linda coberta por brincos e colares, *mi amor*? Apenas eles e nada mais? – Ela deslizou as mãos pelo peito dele, porém, os pensamentos do homem já estavam longe.

Grey usou as mãos para dar o prazer que ela procurava. Assim que a mulher chegou à sua liberação, ele a tirou de seu colo. Ela estendeu uma mão, querendo mais, mas o capitão se afastou. Já não estava mais interessado nela – a dama perdera o fascínio, assim como todas as outras amantes que o homem tivera. Sempre que uma mulher começava a demostrar que sentia sua falta, Dominic cortava os laços, tirando, permanentemente, seu navio daquele porto amoroso. O hábito, é claro, criava complicações sempre que seus caminhos voltavam a se cruzar nas ruas.

– Para onde pensa que está indo? – a mulher questionou com irritação.

– Minha querida, foi maravilhoso passar o tempo com você, contudo, tenho que ir. Até mais, Francesca...

– *Maria!* – ela corrigiu bruscamente.

A dama se levantou da cama e lhe deu um tapa forte no rosto. Quando ergueu a mão para esbofeteá-lo novamente, Grey pegou seu pulso, apertando apenas o bastante para lembrá-la de quem estava no controle.

– Tudo bem. Então, vá, seu porco sem coração! – a mulher cuspiu as palavras.

Ele a soltou, pegou seu casaco, sua cimitarra e sua pistola. Sem lançar um segundo olhar para a dama espanhola carrancuda, o homem atravessou a janela aberta do cômodo e deslizou pela borda do segundo andar.

Aos vinte e oito anos, Dominic já era o capitão de um navio chamado *Dragão Esmeralda*. Maria o achara sedutor porque ele era um libertino. Não havia nada mais encantador para uma mulher casada que estava cansada de seu marido negligente do que se embriagar e dormir com um homem como ele. Trazer para a cama um patife saído diretamente do mar – um cuja pele escurecera por conta dos anos passados sob o sol e cujas palmas haviam se tornado ásperas ao escalar cordas endurecidas pela água do mar – era um feito do qual as damas espanholas gostavam de se gabar. Ele era exótico para elas. O interesse das mulheres por Grey lhe dava acesso a algumas das melhores camas da Espanha, da França e do Caribe. O único lugar onde o capitão não ousava atracar era na Inglaterra.

Dominic dera as costas para sua antiga vida. No início, não tivera escolha. Após ser sequestrado de *Cornwall*, vira-se obrigado a passar anos de servidão como um sobrevivente nas Índias Ocidentais. Quando completara 18 anos, conseguira ganhar sua liberdade ao matar o homem que o escravizara. Desde então, estivera vivendo como um pirata, navegando ao longo da costa americana e indiana.

Mesmo após todos aqueles anos, as palavras duras e a decepção de seu pai ainda viviam nas suas memórias. Seu único consolo era que, após seu desaparecimento, seu irmão mais novo, Adrian, poderia receber o título de Aaron e herdar o condado. Ele seria, sem dúvida, melhor na tarefa do que Dominic jamais poderia ser. Com isso em mente, Grey abraçara sua nova vida e permanecera como pirata, seguindo seus próprios termos em seu próprio navio e ao lado de sua própria tripulação.

Pirata. Esta era uma palavra tão dura. Ele preferia ser chamado de empreendedor, assim como os corsários que desbravavam os oceanos há cem anos. Entretanto, a verdade era que Dominic simplesmente gostava de quebrar as regras, motivo pelo qual não perdia sequer uma oportunidade de atacar os espanhóis, os franceses e os ingleses. Todos eles eram presas aos olhos de um pirata. Quando ele e sua tripulação não estavam perseguindo navios mercantes, estavam mirando em navios negreiros, libertando os homens e as mulheres que se encontravam cativos. Após viver na pele seus próprios anos de escravidão, jurara nunca deixar um navio negreiro partir sem que intervisse.

Dominic deslizou pela parede da residência, enfiando suas mãos e seus pés nas frestas antes de pular para a rua que ficava logo abaixo. O amanhecer estava chegando, portanto, o capitão planejava estar de volta em seu navio em breve. Conseguira o que queria de Maria. A mulher havia lhe contado rumores acerca de um navio mercante britânico, o *Fortune*, que se encontrava a caminho de *Port Royal* e, supostamente, levava uma carga preciosa consigo. Grey planejava atacar a embarcação antes que qualquer navio pirata que estivesse rondando o Caribe pudesse tentar interceptá-lo. Fazia tempo que não tentava afanar algo de valor. Agora, sua mente girava com uma dúzia de ideias, imaginando o que a carga poderia ser.

Algum tempo depois, quando subiu na prancha do *Dragão*, Dominic foi recebido por seu contramestre, Jon Chibbs, um britânico robusto de quarenta e poucos anos.

– Capitão. – O sujeito abaixou a aba de seu chapéu invisível, cumprimentando-o.

– Chibbs. Estamos prontos para partir? – Grey perguntou.

– Só esperando por você, capitão. Reese está na sua cabine, pronto para definir o curso – Jon informou.

– Tiveram algum problema enquanto eu estava fora?

O outro riu e balançou a cabeça.

– Nenhum, capitão. Quer dizer, exceto pelo Sr. Lee. Desde que teve que assumir a posição do Sr. Bolton, ele está agitado.

Lee era o novo cozinheiro. Algumas semanas antes, Bolton fora baleado e morto em *Tortuga*, após tentar enganar um homem em um jogo de cartas.

– Lee não está feliz?

– Não tanto, capitão. Ele acha que não é um cozinheiro adequado e meu estômago concorda. Meu pai costumava dizer que uma tripulação é tão boa quanto seu cozinheiro.

– Peça que ele seja paciente por mais algum tempo. Encontrarei um cozinheiro em breve. – Dominic estava tentado a parar em *Port Royal* e procurar alguém por lá. Afinal, poderia atracar seu navio em uma praia privada da Jamaica.

Lee, assim como Chibbs e Reese, era um homem leal a Grey. A maioria de sua tripulação era. Piratas tendiam a não confiar nas pessoas, acreditando apenas nos códigos de honra com os quais haviam concordado ao se unirem a suas respectivas irmandades. Dominic pedira que cada um de seus homens lhe fosse leal. Se, algum dia, essa lealdade diminuísse, eles podiam partir. Não haveria ressentimentos entre Dominic e o membro da tripulação que escolhesse deixá-lo para trás. Ele se certificava de manter seus homens bem alimentados e os compensava por suas lesões. Além disso, a divisão de lucros entre eles era justa, mesmo entre oficiais como Grey e Reese.

– Se precisar de mim, estarei na minha cabine, Chibbs – Dominic falou, deixando que o contramestre lidasse com o convés.

Ele desceu para o tombadilho, cumprimentando alguns dos tripulantes que encontrou no corredor enquanto seguia para sua cabine. A mistura musical dos sotaques franceses, ingleses, jamaicanos e espanhóis sempre o fazia sorrir. O capitão aceitava qualquer homem em seu navio, independentemente de sua posição social. Se eles trabalhassem duro e não se importassem com os perigos da vida a bordo, eram bem-vindos.

Dentro da cabine, seu intendente, Reese Belishaw, estava inclinado sobre a mesa ornamentada. Mapas estavam abertos sobre o tampo, presos nos cantos por livros pesados. Uma bússola se encontrava ao lado, com sua seta apontando para o norte. Com um sextante, o homem mapeava uma rota ao longo da costa. Reese era oito anos mais novo que Dominic e tinha olhos castanhos que se iluminavam sempre que planejava um novo curso, exatamente como estava fazendo agora. Seu cabelo loiro, que contrastava com o do capitão, caía sobre seus olhos, obrigando-o a afastar as mechas com frustração.

— Como Francesca estava? — o intendente perguntou sem olhar para cima.

— Aparentemente, seu nome era Maria — Grey disse com uma risada, o que fez seu amigo fitá-lo em confusão. — Francesca deve ser alguma outra mulher do porto.

— O que significa que vamos evitar este lugar por algum tempo.

— Definitivamente. — Dominic caminhou até a mesa e se jogou na cadeira que estava atrás dela, apoiando os pés na borda.

Reese afastou os mapas das botas do capitão antes de estudar o litoral mais uma vez.

— Por Deus, homem, acabaremos sem lugares para reabastecer se continuar a tratar suas amantes desse jeito. —

Os olhos de seu amigo brilharam com travessura antes de ele cair em uma risada.

Assim como Grey, o intendente também era um dos favoritos entre as mulheres, contudo, ele preferia manter suas conexões estritamente limitadas aos bordéis e às tavernas dos portos.

– Só está reclamando porque você ainda é inexperiente – o capitão provocou, sabendo que o outro ficava na defensiva sempre que sua idade era mencionada.

Os olhos de Reese cintilaram.

– Então... o que *Maria* tinha a dizer?

– Há uma carga preciosa... sendo levada às Índias Ocidentais dentro de um navio mercante britânico, o *Fortune*.

– Acha que se trata de dinheiro? Ou talvez de mercadorias? Os rapazes adoram quando conseguimos roubar algumas.

Dominic recordou a última embarcação que havia tomado, um navio mercante cheio de chá, café, tabaco e sedas. Eles tinham conseguido vender toda a carga poucas horas após atracar em *Kingston*, já que sabiam que, lá, os compradores não fariam muitas perguntas. Com os bolsos cheios de moedas, a tripulação enchera as tavernas e os bordéis do local por uma semana inteira.

– Maria não soube precisar. Tudo o que disse foi que a carga está sendo protegida por uma pequena guarda naval. Segundo os rumores, um almirante está a bordo do navio.

– Um almirante? – Reese ficou intrigado.

Dominic não estava muito preocupado com a natureza da carga, já que não dependia dela para seu sustento. Ele conseguira comprar um lugar na Jamaica há muito tempo, agora, possuía algumas terras em seu nome. Seu único objetivo era manter sua tripulação satisfeita e se entreter.

– Só Deus sabe o que uma cabra velha como ele estaria fazendo em alto mar. Almirantes preferem ficar em terra firme, dando ordens aos seus subordinados – Grey riu.

Reese soltou o sextante e enrolou os mapas, amarrando-os com uma fita azul de seda. Em seguida, colocou-os dentro de um baú.

– É interessante. Soa como um dos raros navios mercantes que pertencem à Sua Majestade.

O capitão deu de ombros. Era difícil, mas não impossível, que um navio mercante fosse comandado por um grupo de oficiais navais, especialmente se a mercadoria a bordo tivesse alguma ligação com a Coroa.

– Independentemente do que seja, provavelmente valerá a pena – Dominic respondeu.

– Quando partimos? – Reese ajustou a pistola em seu cinto enquanto se dirigia para a porta da cabine.

– Imediatamente. Vá e prepare o navio.

– Sim, capitão. – O intendente o deixou sozinho.

Grey pegou a bússola e abriu a tampa. Ele viu a agulha girar lentamente antes de parar, apontando para o norte. O objeto não passava de um velho e maltratado pedaço de bronze, mas nunca lhe falhara durante todos aqueles dez anos. Ganhara a bússola lutando com outro garoto quando ainda estava sob as ordens de seu antigo capitão. Perdera as contas do que tivera que fazer para conseguir até um mísero pedaço de pão. Só os mais fortes haviam sobrevivido. No final, Dominic provara sua força ao atirar no coração do capitão com a mesma pistola que ganhara em uma daquelas horrendas lutas.

Ele continuou a olhar para a bússola por mais alguns

minutos, deixando seus pensamentos se voltarem para o passado; para seus dias infindáveis de fome, de dor e de miséria. Então, balançou a cabeça. O passado não era nada além de história. Por mais que quisesse, não podia ir contra a maré. Havia apenas o próximo horizonte, a próxima aurora resplandecente a se perseguir em busca de tesouros e da glória. Grey fechou a bússola, sorrindo enquanto cantarolava uma melodia e ouvia os sons de sua tripulação se preparando para partir.

CAPÍTULO 2

Roberta Harcourt se apoiou no parapeito do navio mercante da Marinha Real, o *Fortune*, frisando o cenho para o mar azul diante dela. A jovem amava o oceano, mas não amava a razão pela qual o estava atravessando.

Seu pai, o Contra-almirante Charles Harcourt, estava se mudando para *Port Royal* com o objetivo de dirigir um escritório naval a partir do porto e ela estava sendo arrastada junto com ele. Roberta não tinha nada contra o local. Afinal, sempre desejara visitar as Índias Ocidentais. Contudo, tinha certeza de que seu pai possuía outras intenções quando decidira que ela deveria vir com ele em vez de permanecer em Londres.

A jovem passara as últimas duas semanas ouvindo-o descrever todos os homens elegíveis e intitulados que eles provavelmente encontrariam ao chegar em *Port Royal*. A lista de cavalheiros e suas respectivas propriedades quase fizera Roberta pegar no sono na noite anterior. Felizmente, conseguira acordar antes que seu rosto caísse em uma tigela de sopa. O grumete que os atendera tinha sorrido com a cena e ela quase se juntara ao garoto, rindo de si mesma, porém, o brilho severo do olhar de seu pai acabara com a diversão do momento. A verdade é que a dama estava sendo colocada no mercado casamenteiro como uma vaca premiada.

– Roberta, minha querida – seu pai cumprimentou ao se aproximar do parapeito do navio. – Gostaria de falar com você.

– Papai – a mais nova respondeu baixinho. – Se é sobre a noite passada, eu estava cansada. A travessia tem sido mais desgastante do que estou acostumada.

Isso era uma completa mentira. Ela tinha dormido profundamente. O balanço das ondas era algo com que se acostumara ao longo dos anos. Sua mãe falecera quando a jovem tinha cinco anos e seu pai, sem saber o que fazer com sua amada filha e sem querer deixá-la apenas aos cuidados de uma governanta, decidira levar tanto a garota quanto a funcionária em todas as suas viagens. Agora, a dama possuía um equilíbrio e um estômago muito mais estável do que metade da tripulação dele.

– Ah, não. Não é isso, minha querida. Há algo importante que devo lhe dizer. Acabei de falar com o Capitão Huntington. Ele solicitou uma audiência privada com você. Acredito que o homem finalmente reuniu a coragem necessária para pedir sua mão em casamento. Eu lhe assegurei de que você será receptiva e lhe dei a minha bênção. – O peito do mais velho se inchou com orgulho.

Mesmo aos cinquenta e nove anos e fora de seu auge, Charles continuava sendo um homem bonito. Ainda assim, era fácil notar que o cansaço em seu rosto, advindo de seu tempo no mar e de seus anos como pai solteiro, pesava sobre ele.

– Eu... Papai, eu realmente não...

– Por favor, Roberta, considere a proposta. Ter um capitão como genro faria com que eu ficasse muito orgulhoso. Você viajaria o mundo com ele assim como fez comigo. Não seria adorável?

A jovem desejava poder concordar, porém, estava ciente de algo que seu pai não parecia notar: o fato de que a maioria dos homens detestava levar suas esposas e suas filhas em viagens para terras estrangeiras. Eles preferiam mantê-las em gaiolas bonitas, presas em residências londrinas, enquanto conduziam seus assuntos longe de suas famílias; e este não era um destino com o qual ela sonhava.

Charles a observou com atenção. Então, suspirou pesadamente.

– Realmente não gosta dele?

– Não tenho nada *contra* o capitão, papai. Todavia, ele é como todos os outros cavalheiros que conheci: pomposo, arrogante e irredutível em sua crença de que uma mulher é incapaz de fazer qualquer outra coisa além de comentar sobre vestidos e gerar crianças. Eu não acredito que ele permitiria que eu o acompanhasse a bordo de seu navio.

De repente, o mais velho riu.

– Ontem mesmo a vi comentar sobre o vestido que está usando agora. Você aprecia roupas bonitas assim como qualquer outra dama. Além disso, disse-me inúmeras vezes que deseja ter filhos.

– Porém, isso não é tudo o que eu sou, papai. Ajudei a consertar os mapas de navegação quando seu navegador estava doente. Sei mais sobre como carregar armas em um navio do que a maioria dos grumetes aprende em seus primeiros anos de treinamento. Posso dar um nó tão bem quanto qualquer um de seus homens e nomear todos os navios de Sua Majestade...

– Eu me rendo, querida, eu me rendo. – Charles riu baixinho. – Se a ideia de se casar com o Capitão Huntington a assustou tanto assim, não posso deixar de temer que a tenha colocado em uma grande desvantagem ao permitir que vivesse tão livremente quanto tem vivido.

Roberta queria discordar, argumentando que ela não temia o homem ou o pedido de casamento dele, mas, *estava*, de fato, assustada. Aceitar a proposta significaria ver tudo que importava na sua vida chegar ao fim.

– Muito bem, então. Ouça o que ele tem a dizer e, em seguida, recuse-o gentilmente. – Com os olhos brilhando, seu pai deu um tapinha na bochecha dela. – Acredito que ainda podemos encontrar um marido para você em *Port Royal*. Talvez um bom produtor de chá? Ou, quem sabe, um comerciante bem-sucedido que possui negócios na Inglaterra? Esse tipo de homem pode estar mais aberto a ter uma esposa envolvida em seus assuntos. Não planejo desistir da esperança de vê-la feliz e casada.

A dama agarrou a mão do mais velho, dando-lhe um aperto terno.

– Prefiro que me veja simplesmente feliz, independentemente da minha situação matrimonial.

– Acredite, minha querida, eu também. Porém, quando eu me for, sei que precisará de alguém para ser sua fortaleza; alguém que possa ficar entre você e os lobos deste mundo. Devo isso à sua mãe, que Deus a tenha. – Ele se inclinou e beijou a testa de sua filha antes de descer pelo convés, desaparecendo ao atravessar uma porta.

E se eu for minha própria fortaleza, papai?, Roberta

perguntou silenciosamente, permitindo que o mar levasse seus pensamentos enquanto o vento movia suas saias de seda azul-clara em torno de seus tornozelos. Um sorriso surgiu em seus lábios quando recordou que realmente ficara animada ao comentar sobre a vestimenta que agora usava. A seda moldava sua cintura e fluía sobre as grandes anquinhas laterais que usava sob suas anáguas. O corpete, de um tom rico de dourado, fora bordado com pequenos cavalos-marinhos. A dama pedira à costureira que o fizesse especialmente para a viagem. A pobre mulher tinha espiado os esboços do animal e murmurado algo sobre jovens loucas e suas fantasias.

Roberta olhou por cima do ombro, vendo os homens escalarem as velas enquanto trabalhavam nas cordas. Por diversas vezes, sentira-se dividida entre a realidade brilhante dos bailes londrinos e este mundo, onde os ventos e as marés impulsionavam o destino de uma pessoa. A tripulação lançava perguntas e direcionamentos, todos seguindo às ordens dos oficiais que estavam na parte de trás do navio, perto do leme. Os dois homens se destacavam dos demais por conta de suas calças brancas e seus casacos azuis adornados com bordas e botões dourados e brilhantes.

Tratava-se do Capitão Huntington e de seu segundo no comando, o Tenente Flynn. Era incomum ver oficiais da Marinha no comando de um navio como o *Fortune*, contudo, seu pai fizera questão de requisitar um saveiro leve que fosse capaz de fugir da maioria dos piratas, caso eles viessem a encontrar algum. Os grandes navios da Marinha Real eram capazes de lutar contra invasões, mas sua manobrabilidade era lenta. Charles nunca confiara em um navio lento. Portanto, eles acabaram com os oficiais a bordo de uma embarcação mercante em vez de um capitão civil e de sua respectiva tripulação.

Huntington era um bom homem. Ele era educado e até mesmo bonito, mas tinha quarenta anos. Roberta, por outro lado, possuía apenas vinte. As duas décadas entre eles pareciam mais um século. A dama estava pronta para desbravar os mistérios da vida, não acabar com ela, o que era o que o casamento com ele faria. Caso se unisse ao homem, estaria grávida dentro de um ano e nunca mais teria liberdade para explorar o mundo novamente. Sua paixão pelo conhecimento e pela aventura seria esmagada no momento em que falasse seus votos.

O único cavalheiro por quem ligeiramente se interessava no navio era o silencioso e intenso Tenente Nicholas Flynn. Ele a pegara lançando um olhar para um conjunto de mapas em uma noite após o jantar e se sentara ao seu lado por mais de uma hora, mostrando-lhe o curso feito do sul da Inglaterra até a costa da Espanha e, em seguida, através do Atlântico. Durante a viagem, Flynn se tornara um amigo para a jovem. Eles tinham passado muitas noites com um copo de xerez na mão, conversando sobre a vida no mar, os vários portos que ambos haviam visitado e as últimas atualizações sobre os mapas entregues à Marinha Real.

Seus olhos azuis tempestuosos e seus cabelos loiros escuros, acompanhados por suas feições clássicas e belas, eram acentuados por seu comportamento paciente e seu interesse silencioso por Roberta. Contudo, havia uma tristeza em seus olhos que parecia criar um abismo entre eles, como se o tenente tivesse medo de deixar que alguém se aproximasse dele, até mesmo a dama. Apesar disso e para o desagrado do Capitão Huntington, os dois haviam se aproximado durante a longa viagem.

A jovem voltou seu foco para o mar, um amante que amava, respeitava e temia em determinadas ocasiões. A água, de um tom espetacular de azul, a impedia de ver mais fundo, mas ela podia sentir suas infinitas profundezas enquanto o navio seguia em sua viagem. A luz da tarde brilhava na superfície e uma espuma branca se formava no topo das ondas, fazendo com que o ar cintilasse e a encantasse. Roberta passara horas observando a água durante suas inúmeras estadias a bordo de embarcações, porém, nunca se cansava da visão.

Uma mancha cinza sob as ondas chamou sua atenção. Um momento depois, um golfinho rompeu a superfície. A dama levantou as saias para subir em uma tábua de madeira e dar uma olhada mais de perto. Seu vestido, no estilo *robe à la française* e com dois painéis de tecido divididos em plissados azul-claro, fluía em suas costas com a brisa do oceano. Ela sabia que, se fechasse os olhos, seria como se pudesse voar.

– Você está linda hoje, Srta. Harcourt – Huntington disse atrás da jovem.

Roberta abriu os olhos e segurou o parapeito enquanto voltava para o convés. Ela continuou a observar o golfinho enquanto ele saltava e, em seguida, desaparecia.

– Obrigada, capitão – a dama respondeu baixinho.

– Eu estava esperando que, agora, pudesse me chamar de Thomas. Passamos muito tempo juntos durante esta viagem. *Port Royal* está a apenas alguns dias de distância. – Ele se moveu, ficando ao lado da jovem.

– Se o vento continuar a nos ajudar – Roberta concordou.

Os olhos castanhos dele a fitaram com um leve indício de esperança possessiva. A dama se perguntava o que o homem via quando olhava para ela. Será que via uma pequena e ardente beleza de cabelos ruivos? Será que o capitão se importava com as sardas salpicadas em seu nariz e em suas bochechas, que continuavam a aparecer porque Roberta se recusava a usar chapéus para se proteger do sol? Será que ele se perdia em seus olhos verde-jade emoldurados por cílios escuros que se moviam lentamente enquanto ela observava o mar? A dama sabia que era considerada bela por alguns, todavia, não se achava tão adorável quanto as mulheres de pele clara e de cabelos loiros que eram procuradas pelos cavalheiros nos salões de baile de Londres.

Roberta se via como uma dama mais enérgica do que delicada. Os vestidos que usava escondiam os músculos e as curvas de seu corpo. A jovem não possuía a aparência fina e frágil que os cavalheiros pareciam desejar. Seu rosto ligeiramente bronzeado fora motivo de fofocas entre a alta sociedade e ela sabia muito bem que, pelas suas costas, as pessoas a chamavam de nomes feios. Porém, supunha que, com seu rosto em formato de coração, seu nariz empinado e suas sobrancelhas castanhas – cujas curvas sempre lhe davam a aparência de alguém que estava aprontando alguma travessura –, era bonita o suficiente para atrair homens como Huntington. Seu pai costumava chamá-la de pequeno tufão porque Roberta frequentemente causava problemas a bordo de qualquer navio em que se encontrava; geralmente, para a diversão da tripulação, provando que nem todas as mulheres eram atrapalhadas ao mar.

– Você gosta do oceano? – Huntington perguntou. Sua mão direita pousou levemente sobre a dela, que repousava no parapeito de madeira.

A jovem não sentiu nenhum calor, nenhuma faísca e

nenhum estímulo vir do toque; o que estava procurando simplesmente não existia entre eles. Não deveria haver fogo ou explosões de desejo entre um casal? Roberta ouvira os marinheiros que trabalhavam abaixo do convés falarem sobre a paixão que uma mulher poderia inspirar no coração e nas partes íntimas de um homem – embora, é claro, eles tivessem expressado seus pensamentos de uma forma muito mais grosseira. Ela imaginava que o sexo feminino também deveria sentir tal paixão nos braços do cavalheiro certo. Se isso fosse verdade, então, o capitão não era o homem certo para a dama.

– Eu amo o mar – Roberta respondeu, ainda fitando as profundezas safiras das águas.

Como ela desejava se juntar ao golfinho que vira e não ter preocupações acima da superfície! A jovem sempre desejara que as velhas lendas sobre as sereias fossem verdadeiras, assim, poderia trocar de lugar com alguma princesa do mar e nunca mais se preocupar com as regras e deveres da terra.

– Quando nos casarmos, posso trazê-la comigo – o capitão sugeriu.

Roberta não conseguiu esconder o entusiasmo que sentiu com a ideia. Se ela o tivesse julgado mal, aceitaria que estava errada e, novamente, lhe daria uma chance de conquistá-la.

– Deixaria que eu me juntasse a você? – Seu rosto se iluminou com esperança.

Huntington pareceu ficar surpreso que, dentre todas as coisas que estava disposto a oferecê-la, essa parecia ser a que a deixara mais animada.

– Alguns capitães podem levar suas esposas... em viagens curtas sobre águas seguras – ele esclareceu. –

Talvez em um trajeto ao redor da baía ou um dia pela costa.

O entusiasmo da dama desapareceu.

– Isso é tudo?

Huntington se endireitou à medida que observava o mar, como se tivesse se lembrado de seu dever.

– Iria contra o protocolo. É simplesmente muito perigoso para uma jovem delicada. Certamente você se sentiria mais confortável em uma sala de visitas, desfrutando de uma xícara de chá com outras damas.

Será que o capitão tirara tal ideia de algum livro intitulado *Como Enfurecer Mulheres Livres e Independentes*? Talvez ele fosse o próprio autor.

Um pequeno suspiro escapou de seus lábios. Roberta supunha que era melhor estar no mar – por mais enfadonha que fosse a viagem – do que permanecer em terra. Pela primeira vez na vida, ela desejou poder ver uma batalha marítima. Até mesmo o barulho distante de um canhão ou a fumaça de armas no horizonte seria o suficiente para a jovem. Só testemunhara essas coisas de perto durante manobras militares e exercícios de artilharia. Estava certa de que uma verdadeira batalha seria algo totalmente diferente e muito mais emocionante. A dama só queria *viver* e *sentir* seu coração se acelerar descontroladamente enquanto se juntava aos homens nas cordas e se preparava para o ataque.

Contudo, não era tola. Sabia que uma batalha marítima significava perigo e morte, bem como quão perigosa era a vida na água. As mulheres não se davam bem em tais situações. Piratas eram conhecidos por estuprar jovens antes de jogar seus corpos ao mar. A glória não advinha de qualquer tipo de violência, mas seu coração ainda martelava com a ideia de perseguir um navio pirata e trazer sua tripulação de coração sombrio à justiça.

— Falei com seu pai, é claro, e ele me deu sua bênção. O contra-almirante parecia muito animado com a perspectiva do nosso casamento.

— Capitão, por favor, não se incomode mais. Embora tenha ficado honrada com sua proposta, decidi não me casar.

É melhor recusá-lo antes que ele comece a nomear nossos futuros filhos, Roberta pensou.

— O quê? — A boca do homem se abriu em choque. — Mas... seu pai disse...

— Meu pai estava enganado. Ele tende a se esquecer do quanto eu amo o mar. Acredito que tenha confundido minha animação em estar a bordo do navio com a esperança de receber uma proposta sua. Sinto muito, mas não desejo me casar.

— Por que não? — Huntington exigiu em um tom gélido.

— Porque... — Ela lutou por uma desculpa. Então, percebeu que não havia nada melhor do que a verdade. — Porque sou simplesmente muito problemática, Capitão Huntington. Estou certa de que, em menos de um mês de casamento, você já estaria completamente louco.

— Bem... não vejo como uma jovem bonita como você poderia...

— Permita-me esclarecer, capitão. Eu insistiria em acompanhá-lo em todas as suas viagens, independentemente da duração. Prefiro não ficar presa entre quatro paredes como as outras damas. Na verdade, prefiro enfrentar a forca ao lado do pior tipo de pirata do que passar um minuto ouvindo senhoritas fofocarem enquanto tomam chá.

O rosto do homem começou a ficar vermelho.

– Porém, esse é o seu lugar. Como mulher, você deveria...

Novamente, Roberta o interrompeu:

– É *exatamente* por isso que você e eu brigaríamos sem parar. Não acredito em suas crenças sobre onde é o meu lugar. Há muitas damas que ficariam felizes em se casar com você, contudo, eu não sou uma delas.

Ele a encarou por vários minutos, seus olhos se arregalando com o choque. Sem dúvida, o capitão nunca se deparara com uma mulher que falava o que pensava, motivo pelo qual levaria um momento – ou possivelmente vários – para que o homem conseguisse responder.

– Espero que não se ofenda ou confunda minha rejeição com uma tentativa de me fazer de tímida. Simplesmente desejo ser honesta. Você não seria feliz comigo, capitão, assim como eu também não seria se ficasse ao seu lado, portanto, não precisamos continuar com isso.

Huntington abriu a boca para dizer algo, mas o assovio afiado e penetrante do contramestre do navio o interrompeu.

– Navegue para o sul! – um marinheiro na vigia do mastro gritou.

De repente, o convés se encheu de homens. Roberta permaneceu próxima ao parapeito, mantendo-se fora do caminho. Sabia que era melhor não interromper o fluxo da tripulação enquanto eles tomavam suas posições.

– Quais são as cores da bandeira? – Huntington gritou para o homem que estava na vigia.

A voz dele era surpreendentemente alta. A dama nunca o ouvira falar acima de um tom normal de conversa. Ao que tudo indicava, o capitão dentro dele tinha assumido o controle.

– Sem cores, capitão, mas há uma bandeira – o marinheiro respondeu. – É branca com algum tipo de desenho preto.

Huntington empalideceu. Ele lançou um olhar para Roberta antes de se virar para o sul e tirar uma luneta de bronze do bolso. A jovem seguiu a direção de seu olhar. Apesar de ter uma boa visão, tudo o que conseguia distinguir era uma vaga insígnia ondulante. Se ela estivesse mais perto, poderia ter jurado que se parecia com...

– O *Dragão Esmeralda*. Maldito seja! – o capitão sibilou e enfiou a luneta de volta no bolso.

O rosto da dama queimou com emoção.

– O *Dragão Esmeralda*? O navio do infame Capitão Grey? – Seu coração pulava dentro de seu peito em uma mistura de empolgação e medo.

O rosto do homem se escureceu com descontentamento.

– Você já ouviu falar dele?

– Sou a filha de um contra-almirante. Eu escuto histórias mesmo durante as terríveis horas passadas em salas de visitas.

Roberta ficou insultada por ele assumir que não sabia sobre os últimos escândalos navais. O capitão do *Dragão* era o assunto do momento na Espanha. Ele nunca se aventurara perto da Inglaterra. Sua área de caça se limitava às Índias Ocidentais e às costas da Espanha e de Portugal. Havia rumores de que o sujeito era parte espanhol e parte britânico. Alguns diziam que ele era bonito o suficiente para que o próprio diabo ficasse com inveja. Esse tipo de fofoca acabara sendo a única que a jovem pensara que valia a pena ser ouvida enquanto estava presa nos salões de baile espanhóis, antes de deixarem o porto.

– Ele não é um homem ao qual você deveria dirigir sua atenção. O sujeito é um maldito pirata. – Huntington parecia tão louco quanto um gato arrisco. – Vá para baixo do convés com sua criada pessoal. Agora! E fique lá. Aqui não é lugar para uma mulher, especialmente durante uma batalha – disparou.

Roberta fitou firmemente seu rosto enfurecido. Por fim, virou-se sobre os calcanhares e foi para baixo do convés. Seu coração batia tão forte contra seu peito que doía respirar. A jovem tinha que encontrar sua criada e, mais importante, suas pistolas e sua adaga. Se fossem abordadas, ela precisaria defender ambas.

O *Dragão Esmeralda*... Era como se, ao devanear sobre piratas, a dama tivesse conseguido convocar um dos mais ferozes desde o temido Capitão Morgan.

Só esperava não se arrepender.

CAPÍTULO 3

—E stamos quase em cima deles, capitão! — Chibbs gritou do convés do *Dragão Esmeralda*.

— Mantenha as velas abertas. Quero parar a estibordo. Prepare os canhões! — Dominic ordenou de onde estava, no castelo de proa.

Reese, que se encontrava abaixo do convés, repetiu a ordem.

— Para os canhões! — O intendente ergueu sua cimitarra e a tripulação correu para ficar em posição.

Dominic se inclinou contra o parapeito da proa, sorrindo perversamente enquanto observava o *Fortune* tentar ultrapassá-lo. O *Dragão* estava a noventa metros de sua presa.

O navio mercante quase conseguira chegar a *Port Royal* ileso. Tinham-no seguido durante as últimas semanas, mantendo os mastros do *Fortune* em seu campo de visão, logo acima da linha do horizonte. Se havia uma coisa que seus homens e seu navio pirata haviam dominado era a arte de desaparecer de vista, assim como um lobo que espreita por trás das árvores, mantendo sua atenção em um coelho que se alimenta em um prado aberto. O *Dragão* era capaz de se manter escondido até que a hora chegasse, atacando sem qualquer aviso. Esse era um dos benefícios de se usar um saveiro. Seu navio fora capaz de ultrapassar todas as embarcações que já tinham perseguido.

Sua tripulação estava armada e preparada para a batalha à frente, contudo, ainda precisavam atingir o *Fortune*. Com o leme em mãos, Reese conseguiu fazer o navio desviar do fogo direto dos canhões da embarcação mercante. O intendente voltou para baixo do convés com o intuito de gerir as operações. Dominic manteve seu olhar no outro navio, erguendo sua luneta. Ele viu a tripulação do *Fortune* correr sem parar. Seu capitão estava berrando ordens com o rosto vermelho.

– Reese! Lance um tiro em cadeia no mastro principal – Grey gritou por cima do ombro.

– Sim, capitão! – O intendente repassou a ordem para equipe das armas. – Vamos com tudo, homens!

Dominic abaixou a luneta, enfiando-a no seu colete de couro antes de correr pelo convés.

– Preparem a munição! – Reese latiu. – Nivelem e mirem os canhões!

A primeira explosão veio do *Fortune*. Seus canhões dispararam meia dúzia de tiros simultaneamente. Eles zuniram por cima do navio pirata, atingindo um dos mastros.

– Vamos! Mirem no mastro principal! – o intendente gritou.

Enquanto eles estavam recarregando suas armas, o *Dragão* tentaria derrubar seu mastro principal.

– Abrir fogo! – Dominic e Reese berraram juntos.

O estrondoso *boom* que acompanhou a explosão de tiros de três dos canhões do navio pirata causou uma devastação no mastro inimigo. Cada uma das armas de fogo disparou balas de canhão acorrentadas que voaram entre as embarcações e atingiram o alvo com tanta força que ele se partiu no meio. A tripulação do *Fortune* gritava e fugia, saindo do caminho à medida que o mastro caía no convés e sua vela branca se abria como as asas de uma ave marinha moribunda.

Os homens no *Dragão* rugiram em aplausos, mas a comemoração foi abruptamente interrompida quando uma nova onda de tiros veio da embarcação mercante, atingindo a tripulação que estava no tombadilho superior. A visão de Dominic ficou turva. O médico do navio correu para cuidar dos feridos e o capitão prendeu a respiração, os gemidos de seus homens perfuravam sua cabeça. Ele esperou o pronunciamento do médico.

– Dois mortos! – Abel falou por cima dos gritos.

Um calafrio atravessou Grey. Sua mente fervilhava ao passo que seu olhar varria o *Fortune*.

– Mire no convés! – ele ordenou. – Metralha em todos os canhões!

O *Dragão* travou uma batalha contra a embarcação mercante por mais quinze minutos, contudo, sua presa se recusou a desistir facilmente.

Chibbs atravessou o convés em direção ao capitão.

– Eles não vão se render!

– Então, vamos invadir e fazê-los mudar de ideia. Aposto que conseguiremos convencê-los com uma boa luta. Até descobrirmos que carga eles estão trazendo consigo, quero que os oficiais sejam amarrados e que a tripulação seja contida abaixo do convés.

O grupo de invasão se enfileirou a bombordo com suas armas em mãos, prontos para balançarem suas cordas assim que os dois navios estivessem perto o bastante. Fumaça saía dos canhões de ambas as embarcações. Os gritos dos homens preparados para a batalha ecoavam pelo mar aberto. O *Dragão* cortou a distância que havia entre ele e sua presa, fazendo a madeira do casco ranger assim que colidiu com o *Fortune*.

Dominic colocou uma adaga entre os dentes, enfiou sua cimitarra no cós de suas calças e saltou em direção ao navio mercante. Ele pousou com um baque no meio do convés superior. Dois tripulantes da embarcação inimiga correram em sua direção com as espadas levantadas. Grey pegou sua cimitarra, atingindo um dos homens com um golpe enquanto o outro girava sua lâmina. O capitão deu um pulo para trás, evitando, por pouco, a investida mortal. De repente, Reese apareceu atrás dele. Eles atacaram em conjunto, movendo-se à meia-nau. Seus homens os seguiam logo atrás. Tiros jorraram sobre o grupo que lutava contra uma multidão de marinheiros.

Em cerca de meia hora, a batalha tinha chegado ao fim e a tripulação do *Dragão* celebrava a vitória. O capitão do *Fortune*, juntamente com seu tenente e o contra-almirante, tinha sido amarrado no que restava do mastro principal ao passo que os marinheiros sobreviventes se encontravam confinados abaixo do convés.

– Pronto para negociar, capitão? – Chibbs perguntou assim que Dominic lançou um olhar para os três oficiais. – Como meu pai costumava dizer: "Quando um homem está no chão, não devemos lhe dar tempo para se recuperar".

– Imagino que esteja certo – Grey murmurou.

Lidar com oficiais era a parte que menos lhe agradava

na tomada de um navio da Marinha. Eles sempre eram extremamente arrogantes, sem falar que o lembravam de sua casa. Era por isso que o pirata normalmente evitava invadir embarcações britânicas. Ainda assim, a atração da carga do *Fortune* o fizera ir contra seu comportamento habitual.

Ele caminhou até onde o trio estava contido. Reese o seguiu. Ao examinar os homens mais uma vez, seus olhos se prenderam no tenente. Havia algo familiar nele. Os cabelos loiros e curtos do sujeito emolduravam um rosto aristocrático com olhos azuis – olhos estes que Dominic conhecia muito bem, embora não os tivesse visto há mais de uma década. Não havia como confundi-lo. Os anos poderiam ter mudado seus traços juvenis, mas Grey reconheceria aquele rosto em qualquer lugar. Emoções que ele acreditara estarem mortas há muito tempo invadiram seu peito.

– Você! – Dominic rosnou, ainda tentando compreender o fato de que estava vendo seu amigo de infância novamente.

O olhar furioso do tenente disparou em sua direção. A raiva deu lugar a uma dor indescritível assim que o reconhecimento brilhou nos olhos de Nicholas Flynn. Por um instante, pareceu que eles não se viam há apenas poucos dias, como se Dominic nunca tivesse sido sequestrado e sua infância não houvesse chegado ao fim esmagador que o levara a perder sua família, seu amigo e sua liberdade de uma só vez.

– Você conhece esse patife? – o capitão do *Fortune* indagou com o rosto vermelho.

Pálido, Nicholas deu um leve aceno de cabeça para Grey, que entendeu a mensagem imediatamente. Os laços de sua amizade não haviam mudado mesmo com o passar do tempo.

— Não, ele não me conhece. Só me lembrou de alguém que conheci certa vez... uma pessoa que não vejo há muitos anos – Dominic respondeu calmamente antes de se virar para o sujeito que fizera a pergunta. – Imagino que você esteja no comando. Ou será que devo me dirigir ao almirante?

O contra-almirante ficou tenso. Apesar de sua situação, ele parecia estar pronto para lutar. Sangue escorria por um dos lados de sua cabeça, deixando-o um pouco pálido demais para ser considerado uma ameaça aos olhos do pirata.

— Eu estou no comando – o capitão falou. – Ele é um convidado. Estou o levando, juntamente com... – O homem fechou a boca subitamente.

— Com sua preciosa carga – Grey terminou a frase pelo outro. – Bem, eu e minha tripulação estamos aqui para ajudá-lo. Agora, Capitão... – Ele deixou o título pairar no ar.

— Huntington – o sujeito informou com um rosnado.

— Capitão Huntington. Se disser que tipo de carga vocês possuem, eu e meus homens logo voltaremos para nosso navio.

— Sedas... são sedas – Flynn interrompeu a conversa às pressas. – Liberte-me. Assim, poderei levá-lo até o porão de carga.

Dominic encarou seu velho amigo. Ele estava mentindo. Seus lábios estavam tensos e seus olhos estavam estreitos. Este era o Nicholas que ele se lembrava, o garoto que fora capaz de enganar todos durante sua infância; todos menos Grey.

– Sedas. É isso mesmo, Capitão Huntington? – o pirata perguntou.

O homem assentiu lentamente, mas a expressão no rosto do almirante revelou a verdade. O desespero nos olhos do mais velho lhe disse que o que havia abaixo do convés era muito mais precioso do que qualquer um deles queria que Dominic descobrisse.

– Sim, são sedas – Huntington rosnou.

Grey coçou o queixo, em seguida, olhou para Reese e para Chibbs, que aguardavam suas ordens.

– Por favor, escoltem o capitão e seus marinheiros para os barcos. Qualquer homem que queira se juntar à minha tripulação é bem-vindo. O tenente deverá ficar para trás, ele será nossa garantia até que cheguemos ao porto. Depois, será libertado.

– Não! Você não pode fazer isso! – o contra-almirante protestou, ofegando. A fraqueza de suas palavras demonstrava o quanto ele estava lutando para permanecer acordado e consciente.

Dominic lançou um olhar para Flynn.

– Vocês têm um médico a bordo?

O outro assentiu.

– Sim, o Dr. Frankston.

– Chibbs, faça o médico dar uma olhada no almirante assim que você os colocar no barco. Certifique-se de que eles tenham uma bússola consigo e suprimentos necessários antes de partirmos. Quero que toda a carga valiosa seja transferida imediatamente para o *Dragão* junto com o tenente. Leve-o para baixo e jogue-o em uma das celas.

– Você não pode fazer isso conosco! – Huntington berrou. – Vamos morrer em alto mar.

Grey o fitou.

– Você está há dois dias de distância a remo de *Port Royal*. A não ser que seja um completo estúpido, ficará bem. Você tem sorte por não ter sido pegue por outra tripulação de piratas. Nós somos uma das poucas que deixa sobreviventes.

Dito isso, ele se virou para analisar o *Fortune*. O navio estava danificado demais para ser reparado, o que significava que, em menos de uma hora, já estaria no fundo do oceano.

Com os cantos dos olhos, observou os marinheiros inimigos serem levados para os barcos. O médico passou a cuidar do almirante. Flynn foi desamarrado do mastro, no entanto, suas mãos continuavam presas atrás de si. Reese o empurrou em direção a Dominic.

– Dê-me um minuto com ele antes de levá-lo para o *Dragão* – ele disse ao intendente, que deu um passo para trás e se afastou, ficando à uma curta distância de onde os dois estavam.

Por um momento, ambos ficaram em silêncio. Grey estava dividido entre a vontade de abraçar seu velho amigo e socá-lo por ele estar lutando pelo outro lado.

– Dominic – Nicholas sussurrou –, é realmente você?

A garganta do pirata se comprimiu enquanto tentava não olhar para o homem que, certa vez, fora tão próximo para ele quanto um irmão de sangue.

– Duvido que eu seja o garoto do qual você se lembra – ele respondeu suavemente, observando o mar.

– O que aconteceu? Você desapareceu. Nós o procuramos por meses. Seu pai...

– Provavelmente está feliz que eu morri. Escute, Nick. Se você não causar problemas, não irei machucá-lo. No momento em que chegarmos no porto, você voltará a ser um homem livre. Estamos entendidos?

Flynn assentiu.

— Provavelmente serei rechaçado quando Huntington me encontrar. Ele verá minha captura como prisioneiro como uma união voluntária a você.

— Você sempre pode se juntar a nós — Dominic ofereceu, sabendo que Nick recusaria a proposta. Dentre os dois, o tenente sempre tivera o coração mais nobre.

— Sabe que não posso, Dom. Você sabe que eu não tenho... — A voz dele foi diminuindo até desaparecer.

— O coração sombrio de um pirata? Não, certamente não tem. Reese! Leve-o para o *Dragão*.

A recusa de Nicholas em se juntar a ele o feriu mais do que Grey esperava. O juramento que haviam trocado quando eram crianças de sempre ficarem juntos e de serem leais um ao outro claramente não passava de uma memória nebulosa. Seu velho amigo nunca ficaria ao seu lado, não enquanto Dominic fosse um pirata. Provavelmente não faria diferença dizer a Flynn que tinha feito questão de afundar navios negreiros espanhóis para poder libertar os escravos, pois, ainda assim, ele continuava sendo um pirata. Honestamente, o capitão não deveria ter ficado surpreso por seu colega ter se juntado à maldita Marinha Real.

— Dom! Espere! — Flynn lutou contra Reese, tentando se libertar.

O intendente acertou o pomo de sua cimitarra na têmpora do tenente, nocauteando-o. Nicholas caiu no convés com um baque pesado e a preocupação tomou o rosto de Reese.

— Desculpe, capitão, eu não sabia como pará-lo de outra forma.

– Está tudo bem, Reese. Só veja se ele não está ferido. Esse homem já foi... meu amigo no passado.

O jovem intendente assentiu solenemente.

– Entendido.

Ele içou Flynn e seguiu para a prancha que, agora, conectava os dois navios.

Chibbs se aproximou, correndo e arfando.

– Capitão, temos um problema.

– O que é? – Instintivamente, Dominic cerrou um punho sobre o cabo de sua cimitarra.

– Encontramos dois grumetes escondidos no armário da cabine do capitão.

– Ah.

Grey sentiu uma pontada de culpa. Os garotos deviam estar nos barcos com o resto da tripulação do *Fortune*, não presos aqui. Eles seriam forçados a uma vida de pirataria se Dominic não conseguisse levá-los à costa em breve. O homem não tinha qualquer interesse em obrigar os meninos a terem o mesmo tipo de fim ao qual ele fora forçado a ter.

– Traga-os aqui, Chibbs. E onde estão as sedas?

– Estamos as levando para o Dragão agora mesmo, capitão. São apenas alguns baús, nada muito robusto. Se isso é tudo o que eles têm, elas devem ser sedas muito finas. De qualquer forma, é como o meu pai costumava dizer: "Uma fortuna é uma fortuna, independentemente de serem barras de ouro ou diamantes. Embora, é claro, um seja mais fácil de carregar do que o outro". É uma pena que sedas sejam tão pesadas. Eu queria que tivéssemos encontrado joias em vez delas.

O contramestre gesticulou para duas sombras vacilantes

perto das escadas que levavam para baixo do convés. Os garotos eram baixos. Um deles tinha cabelos ruivos brilhantes que estavam puxados para trás em um rabo de cavalo baixo, enquanto o outro era uma criatura de cabelos castanhos com olhos grandes e temerosos. O ruivo observou Dominic com curiosidade. O pirata não estava acostumado a ter meninos o fitando com... O quê? Havia algo estranho sobre o garoto, algo que fez Grey ficar inquieto.

— Como vocês se chamam? — ele perguntou rispidamente.

O menino de cabelos castanhos sufocou um suspiro aterrorizado, agarrando a manga de seu companheiro mais corajoso.

— Sou... Robbie. Este é Luke — o ruivo informou com uma voz fina e alta.

Parecia que nenhum deles estava perto de atingir a maturidade. Levando em conta suas mãos pequenas e seus traços delicados, eles não deviam ter mais do que doze ou treze anos. Os garotos o lembravam muito dos meninos com os quais servira durante seus primeiros anos de escravidão. A maioria não tinha sido forte o bastante para sobreviver a bordo do navio do infame pirata francês Gerard La Roux.

— Bem, rapazes, desculpem-me por não os ter encontrado a tempo de colocá-los junto com seu capitão e os outros homens nos barcos. Agora, vocês são passageiros a bordo do meu navio. Sou o Capitão Dominic Grey.

— E quanto ao almirante? Ele estava com eles? — o ruivo questionou.

Grey ficou surpreso. Por que o garoto estava interessado no destino do homem? E mais importante: que tipo de grumete tinha coragem o bastante para exigir respostas do capitão de um navio pirata?

– Ele está com eles. O almirante estava ferido, mas foi colocado no barco com cuidado. O médico do *Fortune* estava cuidando dele.

Lágrimas brilharam nos cantos dos olhos verdes do menino. Ah, inferno. A última coisa que Dominic precisava era ter um par de crianças choronas a bordo do *Dragão*. Eles não durariam a primeira tempestade ou a primeira batalha que enfrentassem.

– Animem-se, rapazes, tudo ficará bem. Vocês precisam vir comigo para o meu navio. – Como o ruivo parecia estar prestes a protestar, Grey continuou – O *Fortune* afundará em breve. A não ser que queiram visitar Davy Jones, é melhor não ficarem aqui por muito tempo.

A declaração pareceu chamar a atenção de Robbie.

– Ele realmente vai afundar, capitão? – O garoto olhou ao redor do navio com uma expressão avaliadora que dizia que ele era um marinheiro muito melhor do que Dominic originalmente assumira.

– Sim, é melhor se moverem.

O ruivo o estudou por vários minutos. Então, parecendo decidir que podia confiar no pirata, pegou seu companheiro pelo braço e marchou até a borda da embarcação, onde os dois saltaram em direção à prancha que levava ao *Dragão*. Grey os viu desaparecer abaixo do convés antes de se voltar para Chibbs. Havia algo sobre os garotos que não parecia certo, mas ainda não conseguia definir exatamente o que o estava incomodando. Talvez fosse apenas o fato de que Robbie e Luke eram muito jovens e Dominic não estava acostumado com isso.

– O que mais você encontrou? – perguntou baixinho para não ser ouvido.

O contramestre deu de ombros.

– Não muito, capitão. Apenas alguns baús com roupas femininas.

– *Roupas femininas?* Elas pareciam especiais? Talvez, feitas de seda cara?

– Não sei dizer ao certo, capitão, mas certamente são vestidos bonitos – Chibbs disse. – Acredito que sejam de seda.

Grey franziu o cenho e passou a palma pelo cabo de sua pistola, ponderando sobre a informação.

– Talvez tenham valor. Peça aos homens para trazê-los. No pior dos casos, podemos tentar vendê-los quando chegarmos em *Tortuga*. Carregue tudo que houver de valor no *Dragão* antes de partirmos.

Embora *Tortuga* não fosse um ponto comercial por conta do tipo de homens que normalmente atracava por lá, ao longo dos anos, Dominic conseguira vender parte de suas mercadorias roubadas no local.

– Sim, capitão. – Chibbs se afastou, apressando-se para obedecer às ordens.

Com a mente ainda girando em torno dos grumetes, Grey abandonou o *Fortune*, deixando-o nas mãos do destino, e embarcou no *Dragão*. Já vira meninos tremerem daquela maneira durante sua primeira viagem a bordo de uma embarcação, o que não lhe trazia boas memórias. Ele cerrou os dentes ao recordar de quando tinha catorze anos. Não queria se lembrar da dor do chicote gato-de-nove-caudas ao atingir sua pele, da sensação de punhos grossos batendo em seu rosto quando rebatia alguém ou das mãos que tateavam no escuro, roubando sua comida e sua água porque Dominic não era forte o bastante para pará-las. Aprendera rapidamente quanto tempo uma pessoa poderia durar sem comida e sem água, bem como o que estava disposto a fazer diante das garras da morte.

O capitão balançou a cabeça, tentando se livrar das recordações sombrias que se agitavam em sua mente como águas traiçoeiras. O passado, assim como os recifes perto das margens, podia afundar um homem facilmente.

Em vez de deixar sua cabeça ser tomada pelas memórias, voltou sua atenção para a questão da carga preciosa e a tentativa de Flynn de convencê-lo de que ela não passava de alguns baús inúteis de seda. Realmente eram só vestidos? Quem sabe, as vestimentas fossem uma pista. Ouvira histórias sobre joias e moedas que foram costuradas em vestidos para passarem despercebidas. O pressentimento de que havia algo mais voltou a permear sua mente, mas ele ainda não conseguia compreender o que era.

Dominic subiu a escada que levava ao castelo de proa, onde Reese o esperava, próximo ao leme.

– Vamos nos afastar do *Fortune*. Icem as velas principais e superiores. Para o norte via direção noroeste. Seguiremos o horizonte até *Tortuga*.

– Sim, capitão!

Aplausos soaram pelo navio ao passo que Grey se inclinava sobre o parapeito com vista para o convés superior.

Todos tomariam rum naquela noite para celebrar a vitória. Enquanto seus homens estivessem distraídos com a bebida, ele descobriria a verdade por trás dessa suposta "carga preciosa", bem como o que Flynn estava escondendo.

CAPÍTULO 4

— C ontrole-se, Lucy! – Roberta sibilou para sua criada soluçante. A mulher estava à beira de lágrimas. – Se não parar de chorar, eles escutarão e virão ver qual é o problema. Grumetes não choram.

– Milady... nós estamos entre os piores tipos de homem! – Lucy lamentou. – O que acontecerá quando eles descobrirem sobre nós?

A dama sufocou um gemido de impaciência. Estavam em uma situação perigosa, o que significava que, se não fossem cuidadosas, os soluços da funcionária certamente acabariam as expondo. Por um momento, pensara que o capitão veria por trás de seus trajes masculinos, contudo, ele estava preocupado com outra coisa. A sorte estava do lado delas, mas só enquanto permanecessem se passando por garotos.

– Se você conseguir se controlar, eles não descobrirão. Lucy, escute. Você precisa se tornar Luke, o grumete. Se obedecer às ordens deles, estou certa de que não a machucarão. Só siga meu exemplo.

As duas estavam na cabine do capitão. Antes de deixá-las ali e partir, um homem grisalho chamado Jon Chibbs as informara que receberiam tarefas assim que o navio estivesse a caminho.

A expressão de Lucy era de puro medo.

— Eu não sei nada sobre navios, milady. Não posso fingir ser um grumete.

— Felizmente, eu sei. Faça o que eu disser e ninguém descobrirá quem realmente somos — Roberta aconselhou.

— E quem vocês *são* exatamente? — uma voz profunda indagou atrás delas, rindo.

O coração da jovem pareceu parar por alguns segundos. Não escutara a porta da cabine se abrir, o que significava que ele poderia estar as ouvindo há muito tempo. Ela respirou fundo e se virou, colocando Lucy atrás de si.

O Capitão Grey estava encostado no batente da porta com os lábios curvados em um sorriso torto. Poder masculino irradiava de seu corpo e de sua pele bronzeada, que exibia músculos lisos e contraídos. Os olhos e os cabelos escuros do homem combinados com seu sotaque perfeitamente britânico — perfeito demais para um pirata bruto — a faziam se perguntar se ele realmente era espanhol como os rumores diziam. O sujeito soava muito mais como o Capitão Huntington ou como o Tenente Flynn do que como um bandido do alto mar.

Seus ombros eram largos o bastante para bloquear a porta, o que não lhes dava qualquer oportunidade de fuga. E, mesmo que conseguissem escapar, para onde elas iriam? A pele de Roberta corou inexplicavelmente quando seus olhos passaram dos ombros amplos e musculosos do homem para sua cintura fina e suas pernas elegantes e fortes, que eram delineadas pelas calças curtas que ele usava. O colete escuro de couro do pirata contrastava com sua camisa branca. Um bigode acompanhava uma barba bem aparada. Grey usava um único brinco de ouro na orelha direita. A dama não conhecia muitos homens que ficavam bem de barba, contudo, o capitão certamente a transformava em algo fascinante e insuportavelmente atraente.

– Vocês não são grumetes, isto está mais do que claro. – O sujeito cruzou os braços, inclinando-se ainda mais contra a porta e indicando que não se moveria até que elas lhe dessem uma explicação.

– Diga a ele, milady – Lucy sussurrou, temerosa.

Dominic não tirou os olhos de Roberta.

– *Milady?* Sim, por favor, ponha tudo para fora.

Os olhos dele brilharam. O capitão parecia estar se divertindo muito com a troca de olhares entre elas. Tolamente, a criada revelara que não eram garotos e, agora, Roberta teria que barganhar com o homem para poder protegê-las. Ainda estava com suas pistolas escondidas dentro do casaco solto que usava, bem como com uma adaga na bota, porém, não acreditava que as usaria. Isto é, a não ser que encontrasse uma forma segura de usá-las contra o pirata.

– Se é o que quer, direi. Contudo, quero que me dê sua palavra de que seremos levadas em segurança para o porto neutro mais próximo. – A jovem cruzou os braços, tentando imitar a postura teimosa dele. Infelizmente, era baixa demais para que a posição surtisse qualquer efeito.

O capitão soltou uma risada afiada.

– Temo que minha palavra não tenha qualquer valor. Talvez eu deva jurar em nome da beleza de seus olhos? Ou da curva deliciosa de seus lábios?

Ele estava zombando dela! Roberta bateu o pé no chão, chamando sua atenção.

– Controle sua língua, senhor. Você está na presença da Srta. Roberta Harcourt! – Lucy explodiu, demonstrando uma coragem surpreendente antes de voltar a abaixar a cabeça e se esconder atrás da dama.

Grey sorriu diante da declaração.

– Você disse Harcourt? A filha do Contra-almirante Harcourt, o homem que acabei de colocar em um barco? De fato, estou honrado. – Ele fez uma reverência zombeteira.

Roberta desejou que o som da risada rica e, ao mesmo tempo, sombria dele não aquecesse tanto o seu corpo. Sob outras circunstâncias, teria gostado muito da sensação, todavia, no momento, preferia golpear entre as pernas do sujeito para fazê-lo se calar.

– Se algo acontecer conosco, você terá que lidar com a fúria de meu pai e do Capitão Thomas Huntington, meu noivo. – A jovem não tinha nenhuma intenção de se casar com o oficial, é claro, mas a alegação poderia fazer o pirata reconsiderar quaisquer pensamentos que estivessem rondando sua mente.

Os olhos do capitão se arregalaram.

– Está noiva daquele tolo de cabeça-dura? – Ele não estava mais rindo. Na verdade, agora, a raiva tingia seu tom.

Ela estremeceu, ponderando se a mentira tinha sido um erro.

– Sim. – A voz da dama soava mais incerta do que deveria.

– Será que nos daria um minuto, *Luke*, não é isso? Preciso ter uma palavrinha com seu amigo. – O homem gesticulou para que Lucy passasse por ele e esperasse do lado de fora da cabine, mas a funcionária se recusou a se mover.

– Vá em frente. Eu ficarei bem – Roberta lhe assegurou, embora, a julgar pelo brilho nos olhos escuros do pirata, não tivesse tanta certeza assim.

Assim que a criada saiu, o capitão fechou a porta e a trava, trancando os dois do lado de dentro. Os batimentos cardíacos da dama se aceleraram quando ele diminuiu a distância entre eles. Ela tentou recuar, porém, tropeçou em uma caixa de madeira próxima à mesa e caiu. O sujeito a pegou pela cintura, puxando-a contra si.

Roberta quis gritar, mas o pirata cobriu sua boca com a mão. A jovem reagiu instintivamente e o mordeu. Ele a levantou e a colocou sobre o tampo da mesa, nivelando os quadris de ambos. A dama lutou, tentando pegar uma das pistolas enquanto o homem balançava a mão dolorida. Ela conseguiu tirar a arma do casaco e estava prestes a apontá-la para ele quando Grey percebeu o que estava acontecendo.

O capitão derrubou a pistola da mão dela, embora tenha tido que se esforçar para isso.

– Maldição, mulher!

Em menos de um minuto, o sujeito vasculhou as roupas da dama e encontrou a segunda pistola, jogando-a no chão, próximo aos seus pés.

– Agora, escute bem, *Robbie*. Se quer continuar em meu navio, você tem duas escolhas: pode aquecer minha cama e receber toda a proteção da minha tripulação ou, então, pode se arriscar e continuar fingindo ser um grumete. Não revelarei seu segredo, mas duvido que consiga durar um dia sequer antes que todos descubram por conta própria.

– Eu... – Pela primeira vez na vida, Roberta estava sem palavras.

Dormir com um pirata ou trabalhar como um marinheiro? Bem, a escolha era óbvia.

– O que me diz? – Ele pegou o queixo dela e seus olhos se encontraram em uma batalha ardente; fogo contra fogo.

– Prefiro limpar o convés inteiro com minha língua a passar um minuto em sua cama.

Ao proferir as palavras, sua mente traiçoeira cintilou com imagens da jovem presa embaixo do corpo musculoso e poderoso dele enquanto Grey a reivindicava ferozmente. Era o pesadelo de qualquer mulher... ainda assim, também era uma fantasia a qual a dama lamentavelmente se entregava de vez em quando. De qualquer forma, a situação em que se encontrava ia muito além de um sonho bobo. Sem falar que o homem que a segurava não era nenhum tipo de herói. Ele era o pirata que havia matado alguns dos homens do *Fortune* e ferido seu pai antes de colocá-los em um barco, deixando-os à própria sorte. O sujeito era um monstro frio e cruel, não o protagonista incompreendido de um romance.

– Tem certeza? – Grey perguntou em um tom baixo e perigoso.

O aroma de couro misturado com suor a envolveu à medida que ele abria as pernas dela e puxava o corpo da jovem contra o seu. Roberta se contorceu, batendo no peito dele com os braços. O choque da sensação do corpo do homem a aterrorizava. Os braços dele passaram pela parte inferior de suas costas, apertando sua pele através do tecido das calças que ela usava. A dama soltou um pequeno gemido quando um lampejo de calor a atravessou. Sua cabeça se inclinou para trás para que pudesse fitá-lo. Roberta ofegou, surpresa ao vê-lo se abaixar para beijá-la.

O toque não poderia ser descrito como um delicado roçar de lábios. Era uma completa e poderosa devastação perpetuada pela língua do capitão. Ela lutou, desesperada para escapar da sensação estranha da boca dele sobre a sua, contudo, no momento seguinte, estremeceu e amoleceu nos braços do homem, cedendo com pesar. No momento em que se rendeu, exausta, os lábios do pirata pareceram ficar gentis, quase ternos. Grey soltou uma risada, como se estivesse satisfeito com a decisão dela. O som enviou uma sensação ziguezagueante do ventre da dama até a ponta dos seus pés.

– Se parar de lutar comigo por um minuto, pode acabar descobrindo que gosta disso – ele murmurou contra os lábios dela.

– Eu ainda poderia atirar em você – Roberta alertou antes de deixá-lo beijá-la novamente.

Ela arqueou as costas, pressionando-se contra o homem. Sentia-se atraída pela primeira experiência física que já tivera com alguém do sexo masculino. Tudo o que sentia era completamente novo para a dama. Seu corpo tremia de antecipação, esperando para descobrir o que poderia vir a seguir.

O capitão afastou os lábios de forma lenta, sorrindo suavemente ao vê-la se inclinar para frente.

O que diabos tinha acontecido com ela? Não deveria *gostar* de ser beijada por ele. Sem falar que seu primeiro beijo não deveria ter sido com um pirata. Por Deus, que bagunça... que bagunça *perigosa*.

– Acho que, agora que está sendo razoável, podemos conversar. – Seu corpo ainda estava tocando o dela.

Roberta se viu hipnotizada pelo movimento dos lábios dele. – Não vou levá-la para um porto neutro. Estou velejando para *Tortuga*. Assim que atracarmos lá, você poderá partir. Posso até fazer com que uma mensagem seja enviada a *Port Royal*, assegurando seu pai de seu retorno iminente. Eu apreciaria muito ter uma mulher espirituosa como você na minha cama, porém, como disse, você tem uma escolha. Não forço ninguém a estar comigo.

– Você forçou esse beijo – a jovem argumentou.

O capitão sorriu.

– Você *precisava* desse beijo, Robbie. Precisava dele mais do que respirar. Além disso, eu tinha que descobrir qual era o gosto de uma doce e inocente dama inglesa, caso não mude de ideia antes de chegarmos ao nosso destino. Felizmente, acredito que reconsiderará o que disse. Uma hora ou outra, todas as mulheres acabam na minha cama.

Ela bufou.

– Acredita que é tão irresistível assim, Capitão Grey?

A risada genuína do sujeito a irritou.

– Chame-me de Grey, de Dominic ou, se estiver se sentindo particularmente afetuosa, apenas de Dom, meu bem.

Ele afastou uma mecha de cabelo do rosto dela, obrigando-a a resistir à vontade de mordê-lo como um gato agressivo.

– Você não é irresistível, Capitão Grey. Na verdade, não passa de um valentão, de um tolo que nunca irá...

O pirata pressionou um dedo contra os lábios dela, calando-a.

– É melhor segurar sua língua, meu bem. Alguém pode acabar nos ouvindo. Não queremos que minha tripulação descubra que temos damas a bordo. Eles são bons homens, porém, definitivamente não são santos, se é que entende o que quero dizer.

Roberta entendia. As palavras dele renovaram seu temor.

– Aconselho que você e sua amiga se comportem como grumetes decentes. Do contrário, podem acabar tendo problemas. Conversarei com os três homens do *Fortune* que se juntaram a mim e farei com que jurem manter suas identidades em segredo. Será, se nada mais, um teste de lealdade único. Concorda com estes termos?

As mãos do pirata a apertaram novamente, deslizando até segurarem o traseiro da jovem, mantendo-a próxima dele. O toque nublou seus sentidos. A sensação das mãos do homem a segurando tão ferozmente era, ao mesmo tempo, aterradora e emocionante. Infelizmente, com a alegria também veio a vergonha. Só podia haver algo errado com ela para se sentir excitada em um momento como este.

– E então? – Grey perguntou com os lábios perigosamente perto dos dela. Ele ainda estava sorrindo, provavelmente por saber o quanto suas ações a estavam afetando.

– Eu... concordo – a jovem disse, por fim. Roberta tentou não pensar sobre como seus beijos tinham sido empolgantes, o quanto desejava desesperadamente por mais e como se odiava por isso.

– Ótimo. Quanto aos seus deveres a bordo... suponho que, ao menos, uma de vocês saiba cozinhar?

A dama assentiu.

– Lucy... quer dizer, Luke sabe. A mãe dela era a nossa cozinheira em Londres.

– Isso é bom. Perdemos nosso último cozinheiro e o atual... – Dominic balançou a cabeça. – Acho que é melhor dizer que uma mudança nas receitas seria bem-vinda. Farei com que Luke seja designado para ajudar o cozinheiro.

– E quanto a mim? – Roberta desejava se juntar a Lucy na cozinha, embora não tivesse qualquer experiência.

– Você vai me ajudar, bem como terá alguns outros deveres. Meu grumete, Griffin, já cresceu o bastante para se juntar aos homens no convés. Ele ficará feliz com a promoção inesperada.

A dama conseguiu dar um aceno de cabeça. Sim, poderia ser um grumete. Não era um trabalho muito difícil. Ela faria algumas tarefas pelo navio, manteria os aposentos do capitão arrumados e serviria as refeições dos oficiais. Será que os navios piratas também tinham oficiais? Bem, o capitão era um deles. Talvez Chibbs e aquele outro homem bonito, Reese, também fossem um? Os três provavelmente jantavam juntos. Roberta não se importaria em servi-los. Distribuir pratos e encher copos de vinho não era algo desgastante.

– Ótimo, fico feliz que esse assunto esteja resolvido. Agora, sobre suas acomodações. Os grumetes normalmente dormem junto com a tripulação.

A jovem o encarou, subitamente assustada. Dominic ainda a mantinha perto. Os olhos dele se estreitaram ao sentir seu corpo ficar tenso.

– Acalme-se, Robbie. Posso pedir que um dos depósitos seja esvaziado. Luke pode ficar lá. Quanto a você...

Os olhos escuros do pirata caíram sobre a dama, estudando-a de uma maneira que fez cada fibra de seu instinto feminino ficar em alerta. O capitão a desejava, isso era óbvio, porém, o que Roberta não sabia era por quanto tempo ele conseguiria resistir e respeitar a exigência que a dama fizera de ser deixada em paz.

– O que tem? – Ela não conseguiu reunir a força necessária para soar tão corajosa quanto gostaria.

– Suponho que ficaria bem dormindo em uma rede ao lado dos outros homens? – Grey sugeriu.

O brilho alegre que viu nos olhos dele baniu seu medo, banhando-a com uma nova onda de raiva.

– Uma rede com o resto daqueles piratas? Está louco? – Roberta o empurrou com força e pulou da mesa, franzindo o cenho enquanto ajeitava suas roupas.

– Não me diga que você é tão "delicada" quanto sua amiga que está lá fora.

Dominic observou enquanto a jovem tentava descobrir como encontrar uma acomodação mais segura. Ela não queria dormir com a tripulação, bem como não desejava admitir que estava tão assustada quanto Lucy.

– Não posso dividir o cômodo com minha criada? – a jovem perguntou.

– Como o local é muito pequeno, temo que isso seria injusto com Luke. Se realmente quer dormir longe dos outros, imagino que poderia ficar na minha cabine. – Ele suspirou, o som resignado deixando claro que o homem não estava feliz com a ideia de desistir de sua cama por ela. Nenhum capitão gostaria de abrir mão de seu aposento pessoal espaçoso para dormir com sua tripulação em uma rede desconfortável.

Roberta sorriu. O pirata estava sacrificando seu espaço por ela? *Que cavalheiro!*

– Isso me cairá muito bem – a dama declarou, satisfeita por aquela questão ter sido finalmente resolvida.

– Também me cairá bem – Dominic disse com um sorriso lento que a jovem não compreendeu. – Agora, preparem-se para trabalhar. Sou muito ocupado para ficar de babá de vocês. Chibbs apresentará Luke ao cozinheiro e também explicará seus deveres. – Ele foi até a porta da cabine e a destrancou.

Lucy reapareceu, passando pelo capitão cautelosamente. Em seguida, o homem partiu.

– O que faremos, milady? – ela perguntou, torcendo suas roupas em suas mãos.

Roberta cobriu as palmas da funcionária com as suas.

– Tudo ficará bem. O Sr. Chibbs estará aqui em breve. Ele irá levá-la até o cozinheiro. Aparentemente, eles estão precisando desesperadamente de alguém que possa preparar refeições decentes. Você passará a maior parte do dia cuidando da comida.

A criada deu um suspiro aliviado.

– Se há algo que sei fazer bem, senhorita, é preparar refeições. Se eles tiverem ingredientes e uma cozinha decente, serei capaz de assar os biscoitos da mamãe, fazer seu frango com alecrim e... – Uma expressão sonhadora surgiu no rosto de Lucy e, instantaneamente, ela ficou perdida em pensamentos, contemplando a culinária de sua mãe.

Alguns minutos depois, a voz áspera do contramestre anunciou sua presença e a porta se abriu.

– Estão prontos, rapazes?

– Sim, Sr. Chibbs – elas responderam em uníssono.

– Muito bem. Por aqui. – Ele gesticulou para o corredor e as duas o seguiram.

Roberta não conseguia parar de sorrir. Ela e Lucy estavam vivendo a maior aventura que poderiam ter a bordo de um grande navio pirata. Sim, era perigoso e também havia a questão de que Dominic deixava sua barriga cheia de borboletas, mas a jovem não permitiria que ele arruinasse tal experiência. Assim que as duas estivessem livres e seguras em *Port Royal*, voltaria a ser obrigada a participar de bailes, tomar chá em salas de visitas e respeitar as regras rígidas de um pássaro enjaulado que estava destinado a se casar com um homem que nunca o entenderia. Portanto, se esta era sua única chance de viver sem o peso das amarras sociais, a dama aproveitaria a oportunidade enquanto ela durasse.

CAPÍTULO 5

D ominic entrou no depósito vazio que tinha convertido em uma cela temporária para seu outro convidado. Flynn estava sentado em uma caixa de madeira virada para baixo. Seu queixo descansava em sua palma enquanto ele olhava para a parede. A outra mão estava presa em uma manilha de ferro fixada na parede. Ele podia se mover pelo lugar e se deitar na rede pendurada na parte de trás do depósito, mas não podia escapar. Reese possuía o único conjunto de chaves capaz de abrir a algema e os mantinha na cabine de Dominic, dois andares acima.

— Flynn — Grey cumprimentou suavemente ao fechar a porta, selando-os dentro do espaço. Ele manteve seu tom baixo, não querendo que qualquer membro de sua tripulação os ouvisse.

— Dom. — Nicholas se levantou lentamente. — Temos que conversar.

— Certamente temos. Quero saber onde diabos está a carga preciosa do *Fortune*. Meus homens não ficaram satisfeitos ao descobrirem que um baú de vestidos é o resultado de nossa invasão.

O tenente o encarou por alguns minutos, então, riu.

– Carga preciosa? Foi isso que você ouviu?

– Sim. Por que diabos está rindo? – O sangue do capitão fervilhava de fúria. Ele não gostava de ser ridicularizado e eles não eram mais garotos.

– Nós não tínhamos nenhuma carga. Sim, o *Fortune* é um navio mercante, mas estava a caminho de *Port Royal* para *recuperar* a carga. O Capitão Huntington e eu fomos designados para escoltar o Contra-almirante Harcourt até a Jamaica. Assim que chegássemos lá, receberíamos um navio novo e o *Fortune* seria entregue a um capitão civil. Portanto, a única *carga preciosa* em que eu posso pensar é a filha do almirante.

– Ah, sim, a filha do almirante. Quando você estava planejando me dizer que eu teria que bancar o anfitrião para ela e sua criada pessoal? – Dominic perguntou.

A risada de Nicholas desapareceu imediatamente. Ele fitou o pirata com preocupação.

– A Srta. Harcourt está aqui? Eu esperava que ela tivesse sido colocada a bordo do barco com seu pai.

– Infelizmente, a dama e sua funcionária foram descobertas tarde demais. As duas tentaram se passar por grumetes. – Grey colocou um pé sobre uma caixa de madeira e se apoiou em seu joelho, estudando o amigo. – A noiva de um maldito oficial inglês é a última coisa da qual preciso ter a bordo deste navio. Aquele tolo de cara vermelha nos perseguirá de porto em porto até que consiga me enforcar.

– Eu queria lhe avisar sobre ela, mas você não me deu a chance. – Flynn passou uma mão pelo queixo, fazendo uma longa pausa. – Dom, o que aconteceu com você?

– O que aconteceu? – O tom do capitão ficou gélido quando uma raiva antiga o tomou. – Eu fugi para o mar assim como disse que iria. – Ele não sabia por que tinha sentido a necessidade de mentir para Nicholas, o fato era que a ideia de admitir ao seu velho amigo que tinha sido sequestrado e vendido como escravo fazia seu estômago se revirar.

O tenente deu um pequeno aceno de cabeça antes de dizer baixinho:

– Contudo, você não me levou junto. Eu disse que iria para *onde quer que* você fosse, até mesmo em direção ao horizonte mais distante.

– Ao horizonte mais distante – Dominic ecoou, sentindo a dor da saudade atingir seu coração como o golpe de uma cimitarra.

Em um lampejo, viu-se de volta naquele muro de pedra, sentado ao lado de Nicholas enquanto sonhava com o futuro – um futuro brilhante e ensolarado onde eles poderiam ter sido amigos durante a vida toda; um futuro que havia sido arrancado dos dois.

– Dom, conte-me o que realmente aconteceu. *Por favor.* – Nicholas estendeu uma mão, querendo tocá-lo, contudo, a manilha o impediu de alcançar os ombros do pirata.

Sentindo-se incapaz de respirar subitamente, Grey recuou e pôs a mão na maçaneta da porta.

– Eu... não posso, Nick. Eu só... agora não.

Os horrores que sofrera eram, nos melhores dias, sombras escuras que espreitavam no fundo de sua mente. Porém, ao ver seu velho amigo e, por um breve instante, lembrar-se de sua vida anterior, do menino que ele tinha sido, da família que tinha perdido, bem como do que poderia ter sido, fazia com que a escuridão rastejasse de volta à luz. Dominic virou a maçaneta da porta, começando a abri-la.

– Tudo bem, não me diga – Flynn disse –, mas, por favor, cuide da dama e de sua criada. A jovem não merece ser vítima de qualquer destino que sua tripulação possa ter reservado para ela.

Uma pontada de dor instigou o capitão a falar cruelmente:

– Cabe somente a mim essa decisão. A mulher é bonita o bastante para aquecer minha cama se eu assim desejar. Compartilhá-la ou não com minha tripulação também é minha decisão.

– Dom – Nicholas rosnou. – O garoto que eu conhecia nunca machucaria uma dama ou qualquer pessoa inocente.

O pirata queria desesperadamente dizer a Nick que ainda era o menino que lutava pelos indefesos. Podia ver os olhos do tenente se encherem de esperança, todavia, não podia deixá-lo acreditar em algo que não era mais verdade.

– Aquele garoto está morto. Agradeça ao seu fantasma pelas condições generosas em que você se encontra.

Dito isso, o capitão deixou a cela improvisada da prisão, batendo a porta atrás de si. Seu amigo gritou, pedindo para que ele voltasse, mas Grey o ignorou, deixando o som do mar batendo no casco de madeira do navio abafar os gritos do homem.

Mal-humorado, subiu as escadas e seguiu para o convés superior com o objetivo de encontrar algo melhor com o que ocupar sua mente. Dominic passou o resto do dia longe das mulheres, tarefa esta que se provou ser mais difícil do que ele esperava. Parecia que para todo lugar em que se virava, deparava-se com Roberta. Ela parecia estar amando levar mensagens sobre o navio entre Reese, Chibbs e ele.

A jovem derrapava e parava bem na frente dele, saudando-o de maneira atrevida e dizendo: "Tenho uma mensagem para você do Sr. Chibbs." Sempre que isso acontecia, o capitão ficava tentado a passar um braço em torno da cintura da dama, puxá-la para perto, beijá-la ou, quem sabe, bater em seu traseiro por ela estar se divertindo muito com toda aquela situação. Roberta não deveria estar feliz em fazer o papel de um grumete. Ela deveria estar exausta, irritada por trabalhar e pronta para se entregar apaixonadamente a ele, momento este em que o pirata poderia mimá-la como qualquer senhorita adorável merecia.

Infelizmente, até então, Grey tivera que se contentar em vê-la mover um esfregão pelo convés, espirrando água com sabão enquanto limpava o lugar. Ao ver os quadris dela balançando, imaginara-se inclinando-a sobre o barril mais próximo e a tomando. Diante do pensamento, seu membro se endurecera, motivo pelo qual, mais de uma vez, tivera que se virar e encarar o mar para esconder seu estado muito claro de excitação, como se fosse um rapaz inexperiente que nunca vira uma mulher antes.

Ainda assim, o que realmente o intrigava – ou melhor dizendo, o fascinava – era a maneira como, de tempos em tempos, Roberta parava para olhar o mar enquanto o vento fazia seu rabo de cavalo esvoaçar ao seu redor. Durante esses breves momentos, os olhos da jovem se iluminavam e seus lábios se curvavam em um sorriso de pura alegria. A serenidade e a paz que a visão do oceano podia trazer era algo que o capitão compreendia muito bem. Nem todos eram capazes de entender tais sentimentos, mas Dominic podia ver que a dama via o mar da mesma maneira que ele e isso fizera com que a jovem ganhasse seu respeito.

Ela quer estar aqui. Roberta deseja esta vida de liberdade tanto quanto eu.

Como se tivesse ouvido os pensamentos dele, a mulher colocou o esfregão e o balde de lado, aproximando-se de onde o homem estava.

– Para onde estamos indo, capitão? Estive prestando atenção e parece que a maré está nos levando para o norte. Devo pedir que o Sr. Reese ajuste o curso?

– O que sabe sobre ela? – o pirata perguntou com genuína curiosidade.

A maioria das pessoas assumiam que esse era um fenômeno que ocorria somente perto da costa. Todavia, as marés em águas profundas se ajustavam de minuto em minuto, podendo facilmente empurrar um navio para longe de seu curso e confundir até mesmo os marinheiros mais experientes se eles não monitorassem constantemente sua posição.

– Sei o suficiente. Eu não poderia afirmar que sou a filha de um almirante se não soubesse algo sobre o mar.

Grey respondeu com um murmúrio suave. Sentia que ela sabia muito mais sobre o oceano do que estava deixando transparecer, contudo, percebeu que poderia descobrir o quanto depois.

– Vá e diga a Reese para ajustar nosso curso.

– Sim, capitão. – A jovem saiu correndo, ágil como um coelho.

Dominic inclinou a cabeça, sentindo-se tanto entretido quanto excitado. Nunca tinha visto uma mulher se mover daquela forma, pulando, deslizando pelo convés e se esquivando de todos os tipos de obstáculos que se encontravam em seu caminho, independentemente de estes serem canhões que estavam sendo limpos ou marinheiros que se ocupavam em consertar redes de pesca.

Na maior parte do tempo, a tripulação não parecia se importar em deixá-la correr para cima e para baixo. A maioria dos rapazes que pisava no navio andava de maneira desajeitada, ainda se acostumando com o tamanho de seus corpos em crescimento, porém, Roberta estava acostumada com seu corpo e parecia completamente confortável em sua própria pele. Não havia nada de desajeitado nela. Na verdade, a dama parecia saber exatamente o que estava fazendo. O capitão estava feliz por seus homens ainda não terem descoberto que tinham duas mulheres a bordo. Estava certo de que, se dependesse de Roberta, eles provavelmente nunca descobririam.

Apesar de alguns membros da tripulação resmungarem sobre o resultado do último roubo, bem como sobre o risco que tinham assumido afundando um navio mercante e jogando seu capitão e um almirante em um barco em alto mar, as coisas estavam indo bem. Grey lhes prometera outro tesouro em breve e eles confiavam nele. Teria que encontrar outro navio para saquear, do contrário, os murmúrios poderiam crescer e ultrapassar sua zona de conforto. Ele nunca tivera que lidar com um motim antes e certamente não pretendia permitir que um surgisse agora.

Após algum tempo, Chibbs se juntou a Dominic e ambos observaram as ondas azuis escurecerem à medida que o sol se punha.

— Como estão os homens? Furiosos? — o capitão perguntou.

O outro deu um aceno de cabeça rápido, sua barba escura lançando sombras sobre seu rosto enquanto o sol desaparecia no horizonte. O céu avermelhado era uma visão bem-vinda. A ausência de nuvens garantia que teriam uma noite tranquila pela frente.

– Capitão, sei que não sou o primeiro a dizer isso, mas a tripulação estava esperando mais do que alguns vestidos de seda.

Por Deus, como era possível que, mesmo com suas reuniões privadas com Reese, os boatos sobre as embarcações que eles pretendiam saquear sempre corriam pelo navio mais rápido do que ratos fugindo da morte iminente?

– Diga-lhes que descansaremos em *Tortuga* antes de irmos atrás de outro tesouro.

– Sim, capitão. – O contramestre vagou pelo convés, ladrando ordens para que os marinheiros mudassem as posições de algumas velas, assim, elas se ajustariam melhor aos ventos caribenhos inconstantes.

Grey se inclinou contra o parapeito assim que Roberta e sua criada apareceram à meia-nau. Chibbs estava atrás delas, enxotando-as como se elas fossem um par de pombos que tentava fazer um ninho em sua embarcação. O homem apontou para as velas principais e deu uma ordem que Dominic não conseguiu ouvir de onde estava, ao lado do leme. Contente em observar o que quer que estava prestes a se desenrolar, ele riu.

Roberta tentou persuadir Lucy a subir nas cordas do mastro. O capitão escondeu um sorriso ao ver a filha do almirante escalar o cordame com facilidade e voltar, mostrando à funcionária como a tarefa deveria ser feita. Hesitante, Lucy escorregou algumas vezes antes de conseguir estabilizar seus pés. Os sapatos que as duas mulheres usavam eram grandes demais para elas, sem dúvida porque os tinham roubado dos grumetes do *Fortune*. De qualquer forma, uma coisa estava clara: a ruiva se movia pelas cordas com naturalidade.

– O mar está em seu sangue, não é mesmo? – o pirata murmurou para si mesmo.

Se ela não fosse a filha de um almirante, consideraria convencê-la a ficar no *Dragão*. Podia ver que a jovem amava a agitação a bordo do navio e a aventura que este tipo de vida podia proporcionar. Mesmo à distância, o sorriso da dama era mais brilhante do que o sol que se punha atrás dela.

Os pensamentos do capitão começaram a derivar para águas perigosas. Como esta mulher espirituosa poderia estar noiva de alguém tão intragável quanto Huntington? A raiva fez seu sangue ferver. Homens como o oficial caçavam piratas como ele. Muitos dos que saqueavam a alto mar não tinham tido outra escolha senão a pirataria. Quando Dominic finalmente reconquistara sua liberdade, já carregava o peso do conhecimento de que nunca poderia voltar para casa. Se não tivesse sido sequestrado, se não tivesse sido tolo o bastante para deixar a segurança de sua casa naquela fatídica noite, teria se tornado o conde de Camden, um cavalheiro respeitável, um homem que poderia ter cortejado uma mulher como Roberta adequadamente.

Pela primeira vez em anos, sua mente correu solta, imaginando como sua vida poderia ter sido entre bailes, jantares, festas, Natais em família e momentos sorrateiros em que levava uma beleza adorável como a filha do almirante para uma alcova, onde poderia roubar mais do que um beijo sob o ramo de um visco. Ela estaria deslumbrante e envolta em seda. Seu corpete apertado estaria pressionando seus seios para cima, exibindo-os para que um homem faminto como ele pudesse tracejar beijos quentes e suaves sobre eles. Grey colocaria uma mão embaixo das saias da dama, fazendo o tecido sussurrar à medida que encontrava o núcleo dela, acariciando-o até que ela estivesse gritando seu nome contra seus lábios. Ele teria abafado o grito de prazer da jovem e ficado encantado em ter uma mulher como Roberta.

Todavia, algo assim nunca aconteceria, porque Dominic era um pirata. O condado de Camden seria de seu irmão mais novo, Adrian, que, agora, já deveria ter dezesseis anos. Qualquer possibilidade de ter uma vida como conde não passava de um sonho, nada mais. E sonhos só serviam para ferir um homem, portanto, era melhor não pensar neles.

– Capitão, posso conversar com você? – A voz de seu contramestre atravessou a névoa dos devaneios do pirata.

– O que foi, Chibbs?

– Esses novos garotos... há algo de estranho sobre eles.

Dominic teve que morder o lábio para não rir.

– É mesmo?

Chibbs coçou sua barba.

– Eles... bem, não sei dizer bem o que é, mas algo não está certo. – O contramestre observou Lucy dar um passo aterrorizado em direção às cordas.

O capitão lançou um olhar ao redor, certificando-se de que estavam sozinhos antes de dizer:

– Chibbs, eles... não são garotos, mas, sim, a filha do almirante e sua criada pessoal.

O outro piscou antes de se virar com uma expressão séria no rosto.

– *Damas* a bordo do navio? Isso traz má sorte. E duas delas ainda por cima? "Quando se dobra a maldição, dobra-se também o perigo". É o que o meu pai costumava dizer.

Grey tentou não rir. A lista de dizeres do pai de Chibbs era extensa e Dominic tinha quase certeza de que o sujeito nunca dissera nenhuma daquelas coisas.

– O que fará com elas? – o contramestre perguntou.

– Imagino que tentarei ser honrado e mantê-las longe do perigo. Vamos levá-las em segurança para *Tortuga* e, quem sabe, até encontrar um navio com destino a *Port Royal* em que possam embarcar.

Chibbs pareceu notar que havia muito mais em sua mente do que ele estava dizendo.

– Ah, sim, capitão, e você também planeja entrar debaixo das saias de uma das jovens em breve. Está escrito no seu rosto. Bem, este é um risco que eu evitaria se estivesse no seu lugar.

Contudo, ambos sabiam que o aviso do homem não seria levado em consideração por Dominic, pois, se o pirata desejava ter uma mulher, sempre encontrava uma forma de reivindicá-la. Grey não conquistara sua fama de sedutor à toa. Ele ganharia a afeição de Roberta lentamente e apreciaria a jornada até que a jovem finalmente sucumbisse em seus braços.

CAPÍTULO 6

Ao anoitecer, Roberta retornou para a cabine de Dominic. Ela estava exausta; todos os seus músculos e cada um de seus ossos tinha sido usado extensivamente após o longo dia de trabalho. A jovem estremeceu quando afundou na cama do capitão, examinando as bolhas vermelhas em suas palmas. Se não encontrasse um pouco de pomada, a pele logo racharia e sangraria. Ainda bem que só permitira que Lucy subisse alguns metros do cordame antes de fazê-la voltar para a cozinha. A funcionária não teria lidado bem com a dor das feridas. Para uma criada, ela era bastante delicada.

Tentando se distrair da exaustão e da dor em suas mãos, a dama se voltou para a pilha de roupas que, mais cedo, Lucy conseguira recuperar dos baús de Roberta. Felizmente, ela incluía seu novo vestido bordado com cavalos-marinhos. Também havia uma camisola longa e fina entre os itens que a criada colocara na cama para a jovem. Ela a pegou, passando os dedos ao longo da renda delicada do decote. Um suspiro longo e pesado escapou de seus lábios. Seria um alívio vestir algo macio para ir dormir.

Aquele dia tinha sido desafiador e, ao mesmo tempo, bom. Na verdade, fora melhor do que o esperado, dado que ela e Lucy eram prisioneiras, juntamente com o Tenente Flynn, a bordo de um navio pirata. Quando descobrira que o homem também estava na embarcação, perguntara se poderia vê-lo, contudo, dois dos oficiais superiores do *Dragão* tinham negado seu pedido. Roberta não se aventurara a perguntar ao Capitão Grey, pois tinha a sensação de que ele seria a última pessoa que a deixaria ver Nicholas.

Sem falar que já tinha incomodado o pirata o suficiente por um dia. O olhar selvagem que ele lhe dirigia sempre que a dama se aproximava começara a assustá-la. A jovem não sabia ao certo se Dominic queria beijá-la ou jogá-la ao mar. Ela e Lucy teriam que continuar a ser cuidadosas. Mulheres a bordo de navios certamente corriam o perigo de serem molestadas, além disso, grumetes também não estavam completamente a salvo. Rapazes e moças tendiam a ser vitimizados em alto mar, até mesmo nas embarcações da Marinha de Sua Majestade.

Apesar de temer ficar presa no navio pirata, Roberta tinha gostado do seu dia. Estava se acostumando com a liberdade que as calças e as camisas masculinas proporcionavam. Prender levemente seus seios com algumas faixas de pano em vez de confiná-los em um espartilho era muito mais confortável. Também apreciara poder mover suas pernas livremente. Correr pelo convés do navio fora maravilhoso. O único problema era que, agora, sempre que pensava nas calças, lembrava do momento em que o capitão abrira suas pernas para se posicionar entre elas.

Dominic... A jovem sabia que não devia pensar nele tão

intimamente, mas o nome do homem era tão adorável, sombrio e... *sedutor*. Era exatamente como ele.

Ao sentir uma pontada súbita em seu abdômen, a dama colocou uma mão sobre o local. Os beijos e a forma como o pirata a tinha mantido em seus braços enquanto devastava sua boca, a sensação do corpo dele pressionado contra o dela, fazendo com que o ar parecesse sumir do cômodo...

Roberta estremeceu. Grey era perigoso de inúmeras maneiras.

Uma batida suave na porta da cabine a fez voltar à realidade. A dama se aproximou para abri-la, imaginando o que Lucy poderia querer dizer, já que ela já tinha lhe dado boa noite.

Ao abrir a porta, deparou-se com o rosto belo de Dominic a fitando.

– O que você...?

O capitão caminhou para frente, forçando-a a se afastar. Ele entrou na cabine sem oferecer qualquer saudação educada ou explicação. Então, trancou a porta e inspecionou o cômodo.

– Está gostando das acomodações? – Grey perguntou, sorrindo.

De fato, ela estava. Havia uma cama de um tamanho decente, uma mesa grande e uma janela com vista para o mar. Roberta não conseguira resistir à vontade de dar uma olhada nos mapas que cobriam a mesa e se orientar com base neles.

– Sim, é muito confortável – a dama disse.

Seus olhos se voltaram para a porta trancada. Perguntava-se que objetivo o pirata poderia ter para fazer aquela visita inesperada. Certamente ele não poderia querer...

Por mais que beijá-lo tivesse sido prazeroso, a jovem

não poderia tolerar tal comportamento, já que ele levaria a outras coisas que acabariam com sua inocência e, francamente, com o seu bom senso. Sua governanta a ensinara a ser cautelosa ao lidar com os homens e seus desejos. Se uma dama não tivesse cuidado, poderia perder a cabeça e o coração para um cavalheiro que apenas a usaria e, depois, descartaria. A ruína era algo que aterrorizava até mesmo uma mulher como Roberta.

— Que bom. Fico feliz em saber que você se acomodou bem. Agora, se me der licença... — Ele passou por ela, abrindo a porta de um pequeno armário.

Dominic tirou sua camisa, dobrou-a e enfiou-a em uma das prateleiras. Enquanto isso, Roberta se viu enraizada no chão, incapaz de desviar o olhar das costas bronzeadas e musculosas dele. Subitamente, sentiu vontade de tocá-lo e descobrir se sua pele era tão quente quanto parecia — ela certamente parecia muito, muito quente. Felizmente, a dama recuperou seu autocontrole, percebendo que, agora, tinha um capitão pirata seminu no meio da cabine que deveria ser seu único porto seguro a bordo do navio.

— O que está fazendo, Capitão Grey? Estes são meus aposentos e não aceitarei ser tratada de maneira tão casual. — Ela cruzou os braços, tentando esconder o tremor que a percorreu quando suas palmas roçaram no tecido de seu próprio colete.

Dominic se virou, revelando um peito igualmente esculpido. A visão aqueceu completamente o corpo dela.

— Está enganada, Robbie. Estes são meus aposentos. *Você* é apenas uma mera convidada. Fui gentil o bastante em oferecer compartilhar o cômodo com você, não o abdicar. — Ele sorriu perversamente.

A palma da dama coçava para esbofeteá-lo por tê-la

enganado. Em vez disso, Roberta pegou sua camisola e seguiu em direção à porta. Se ele fosse agir assim, recusava-se a permanecer no local.

O capitão esticou um braço, barrando seu caminho. A jovem quase o empurrou para longe. Ela lhe lançou um olhar feio, mas sua fúria começou a vacilar quando percebeu quão perto o homem estava. O calor do corpo seminu dele irradiava, aquecendo sua pele fria.

– Não acho que seja prudente que meus homens descubram que você não é Robbie, mas, sim, Roberta. Eles podem ser menos civilizados do que eu – Grey disse de modo factual, contudo, ela sabia que ele não estava exagerando. O perigo que poderia correr era verdadeiro.

Melhor lidar com um diabo bonito do que com trinta homens sujos, a dama pensou sombriamente.

– Tudo bem, mas você dormirá no chão – Roberta afirmou, movendo-se em direção à cama.

Dominic riu, pegando-a pela cintura. Ela reagiu instantaneamente, pisando com força no pé calçado dele. O pirata grunhiu e a jovem conseguiu se libertar. Grey arqueou uma sobrancelha em desafio, porém, em vez de se aproximar novamente, caminhou até a cama e se deitou sobre o colchão de forma tranquila. Ele fez questão de fazer uma performance ao se acomodar, chutar suas botas e colocar suas mãos atrás de sua cabeça.

– *Você* pode dormir no chão, mas eu não recomendaria. – O capitão fechou os olhos. – Um único movimento de uma onda a arremessará diretamente contra a mesa.

– Prefiro arriscar isso a me deitar ao seu lado, o que, sem dúvida, me custaria minha virtude.

A jovem estendeu uma mão para pegar o travesseiro que estava preso logo abaixo do cotovelo dele. Ela lutou para puxá-lo até que o homem sorriu e levantou seu braço ligeiramente. Roberta conseguiu tirar o travesseiro, jogando-o no chão.

– Cobertor? – ele ofereceu.

Com seus olhos ainda fechados, o pirata estendeu um cobertor azul-escuro. A dama tentou pegá-lo. Os dois, então, passaram os próximos minutos brigando por ele em um estranho cabo de guerra. Em determinado momento, Roberta quase caiu em cima de Dominic, o que ela suspeitava ser a intenção do sujeito. A jovem enfiou os calcanhares no chão. Por ter um bom equilíbrio, finalmente conseguiu tirá-lo da mão dele. Roberta não pudera deixar de notar que o capitão conseguira segurar o cobertor fácil e preguiçosamente com apenas uma palma enquanto ela tivera que segurar a extremidade com um aperto mortal de suas duas mãos. O homem era muito forte. Tal percepção fez uma onda de sensações selvagens a atravessar.

A perspectiva de ter que dormir no chão parecia terrível, todavia, acomodar-se na cama – que mal podia comportar duas pessoas – com ele era muito mais perigoso.

Carrancuda, Roberta fitou Grey. Ele não pôde ver sua expressão, já que permanecia com os olhos fechados. A dama lançou um olhar para a porta, depois, de volta para ele. Ela se virou para poder se trocar, rezando para que ele continuasse assim. A jovem espiou por cima do ombro e quase gritou quando viu o pirata abrir um olho. Freneticamente passando a camisola pelo corpo, murmurou uma série de xingamentos que teria feito o seu pai corar.

– Você aprendeu isso em um baile chique? – Dominic perguntou.

– Não, aprendi com a tripulação do meu pai.

O capitão riu suavemente. O som rico fez um rubor se espalhar pelo corpo dela.

– Realmente imaginei como conseguiu fazer uma transição tão perfeita de dama para o papel de grumete. Você se adaptou muito mais rápido do que sua amiga. Quanto tempo já passou no mar?

O interesse dele sobre seu passado a surpreendeu. Por um momento, Roberta não soube o que dizer. Será que realmente poderia ter uma conversa agradável com um pirata?

– Eu... bem, muito tempo. Meu pai sempre me levava para o mar durante o verão. Viajamos para a França, Espanha, Portugal, Itália e até para a América, embora eu não tenha gostado de fazer a travessia pelo Atlântico Norte. As tempestades... – Ela estremeceu ao recordar a sensação da água fria colidindo com o convés enquanto o vento chicoteava.

– As tempestades da travessia do norte são, na maior parte do ano, traiçoeiras – Grey concordou. – O Caribe é uma amante menos vingativa para os marinheiros, embora a primavera e o outono tragam furacões como você nunca viu. Juro que ilhas inteiras podem desaparecer por semanas até que a água finalmente decida recuar. Várias cidades foram dizimadas por eles e muitas pessoas morreram afogadas. – Seus olhos estavam completamente abertos, contudo, ele encarava o teto, não ela. Uma mistura de saudade e dor podia ser vista em sua expressão. O pirata parecia o trágico herói de uma antiga peça grega.

– Meu pai disse que o oceano possui segredos e que nós, meros mortais, nunca descobriremos o bastante para poder confiar nele.

A resposta suave da dama chamou a atenção de Dominic. As poucas velas que iluminavam a cabine criavam sombras nas paredes.

– Seu pai é um homem inteligente.

– Ele é. – Roberta hesitou antes de voltar a falar. – Capitão, meu pai estava muito ferido quando o viu pela última vez?

– O ferimento não parecia ser um mortal, porém, também não se tratava de um mero arranhão. Não se preocupe, ele sobreviverá. Certifiquei-me de que o médico do *Fortune* estivesse com seus suprimentos antes de colocá-los no barco. Eles estavam a apenas dois dias de *Port Royal*. Imagino que irão chegar no local amanhã e que o tolo Huntington enviará mil navios para tentar resgatá-la.

A jovem mordeu o lábio. Quase se esquecera de que tinha dito a ele que estava noiva do oficial.

– Sim, estou certa de que o fará – ela falou calmamente. O aumento repentino da tensão entre eles era quase tangível. Grey parecia realmente desprezar o homem. – O que fará comigo? Deixará que eu parta como prometeu? – indagou em um sussurro baixo, temendo ouvir sua resposta.

Os olhos escuros do capitão se fixaram nela.

– Deixar você partir? Honestamente, não sei. Gosto de onde você está agora.

– Como sua prisioneira?

– Ou minha convidada, se preferir. – Seu olhar intenso foi, de alguma forma, suavizado por seu sorriso lupino. – Não se preocupe, pequena Robbie, eu não a tocarei esta noite. Não farei isso nem mesmo se você me implorar. – O pirata voltou a encarar o teto antes de fechar os olhos mais uma vez.

Ela se aproximou da cama, cutucando o peito nu dele e o acordando.

– Não é bom o bastante. Quero ter a sua palavra de que não fará nada que ameace minha honra.

– Pensei que tínhamos concordado que minha palavra não possui muito valor. – Dominic sorriu, fitando o rosto da jovem. – Pode ficar tranquila, Roberta. Eu não "ameaçarei sua honra" – concluiu.

Diante da promessa, a jovem se acomodou no chão com o travesseiro embaixo da sua cabeça, ficando no ponto mais distante da cama. Em posição fetal, passou o cobertor por cima de seu corpo, preservando o máximo de calor que conseguia para, assim, evitar congelar por conta do frio que emanava das tábuas geladas que estavam abaixo dela.

Roberta esfregou o rosto no travesseiro, inalando o aroma pesado de couro misturado com uma pitada de especiarias. Este não era o cheiro de suor que estava acostumada a sentir vindo dos marinheiros. Por um momento, a dama imaginou como seria estar cercada pelo aroma e pelo calor do corpo do qual ele emanava. Era uma pena que o homem fosse um pirata. Por que eles não tinham se conhecido em um baile ou em um jantar? As coisas teriam sido tão diferentes. Ele seria um cavalheiro elegante vestido com um colete e calças arrojadas. Seu cabelo estaria penteado para trás e, talvez, Dominic não teria sua barba e seu bigode. Desejava poder imaginá-lo sem eles, mas sua mente não conseguia formar uma imagem.

Será que o homem a convidaria para dançar? Ou será que seu foco estaria em mulheres mais bonitas? Seria Grey um bom dançarino? Quase podia vê-lo girando por um salão de baile dourado enquanto a luz das velas e o som da música enchia o ar ao seu redor. A mão do cavalheiro na sua cintura a teria feito corar. Ela teria estendido uma mão para alcançar o ombro dele e...

– O chão é confortável o bastante para você? – A voz de Dominic destruiu seus devaneios bobos, fazendo-a tremer tanto de frustração quanto de frio. Ao menos sua raiva fervia seu sangue, mantendo-a quente por um momento.

– Sim, muito – Roberta mentiu e fechou os olhos, desejando poder cair no sono.

Ia ser uma noite muito longa.

CAPÍTULO 7

D ominic ficou parado, mal respirava enquanto ouvia Roberta mudar de posição e se remexer. Não podia acreditar que ela realmente tinha escolhido dormir no chão. Esperara que a jovem chorasse, implorasse e rogasse para que lhe desse a cama. Ele estava disposto a ceder, dependendo, é claro, de quão bonita ela ficasse com lágrimas nos olhos.

Para sua surpresa, parecia que a mulher era feita de ferro. Ela fungara algumas vezes, murmurara alguns xingamentos deliciosamente impróprios e, depois de um tempo, sua respiração ficara tranquila.

Incapaz de resistir à curiosidade, Grey rolou até a beira do colchão e a espiou. A dama estava deitada de lado, com o rosto voltado para a cama e seu corpo curvado como a concha de um nautilóide. O cobertor cobria a maior parte de seu corpo, mas um de seus braços estava estendido para fora, com a palma voltada para cima. Bolhas cobriam sua carne. Eram queimaduras de corda. Roberta se machucara ao escalar as cordas do navio. Sua bela e macia pele estava em carne viva. Por conhecer bem os cordames, o capitão sabia que logo logo o sal do mar endureceria os ferimentos.

Os machucados deviam estar ardendo. Ainda assim, a jovem não tinha soltado nenhum pio de protesto durante o dia todo. Dominic ficara impressionado, tinha que admitir. Por mais que não quisesse atrapalhar o sono dela, não queria que suas mãos se curassem da maneira errada. No momento em que ela movesse as palmas no dia seguinte, os ferimentos se abririam e começariam a sangrar novamente. Deslizando de sua cama, o capitão passou por cima do corpo dela antes de vestir suas roupas e calçar suas botas novamente. Em seguida, saiu silenciosamente da cabine. Ele atravessou o navio, ouvindo o barulho dos sinos que contavam as horas do relógio. Então, bateu levemente na porta da enfermaria.

O Dr. Abel Maynard era um velho cavalheiro das colônias que se juntara ao *Dragão* no ano anterior.

– Capitão? – ele semicerrou os olhos na direção da porta aberta, segurando uma lamparina na mão.

– Desculpe-me por acordá-lo, Abel, mas preciso do pote de pomada; o que usamos para as queimaduras de cordas. Um dos grumetes machucou as mãos.

As sobrancelhas do médico se juntaram. O homem se voltou para seu armário, passando a lamparina pela coleção de frascos e potes, todos com etiquetas escritas em tinta preta.

– A pomada... – ele murmurou, movendo alguns dos frascos enquanto procurava. – Ah! – Abel pegou um pote verde e o entregou a Dominic. – Aplique-a e, depois, enrole as mãos do garoto com isto. Se os ferimentos forem profundos, mantenha-o longe do cordame por alguns dias.

Isso lhe dará o tempo necessário para se curar. – O homem lhe entregou algumas ataduras limpas.

– Obrigado. – O capitão deixou o médico em paz e levou os suprimentos para sua cabine.

Roberta ainda estava na mesma posição, dormindo profundamente no chão. Ele se ajoelhou ao seu lado e, cuidadosamente, ergueu uma de suas mãos, analisando-a sob a luz fraca. Grey passou a pomada sobre as bolhas e os machucados. Os dedos da jovem se curvaram ligeiramente, mas ela não acordou. O pirata espalhou mais um pouco do produto antes de enfaixar a palma dela e repetir o procedimento na outra mão.

A dama choramingou em seu sono, trouxe as palmas feridas para perto do peito e franziu o cenho com preocupação. Algo sobre ver outra pessoa sofrendo – uma que não estava acostumada com a dor – fez com que memórias sombrias serpenteassem pela mente dele. Flynn estava certo. Roberta era uma jovem doce e inocente; o tipo de mulher pela qual Dominic teria sangrado e até morrido para tentar proteger quando era garoto.

Contudo, a pessoa que ele costumava ser não existia mais e essa percepção queimava profundamente dentro de si, fazendo seu peito doer. Nunca poderia recuperar sua inocência. Ela estava perdida para sempre. Apesar disso, o destino lhe dera uma segunda chance: poderia proteger Roberta e sua criada até que elas chegassem em segurança em *Port Royal*. O único problema era que a ideia de deixar uma criatura tão única como ela ir embora fazia Grey cerrar os dentes.

Ele se afastou, colocando certa distância entre eles. A tentação de tocá-la e tomar o que não o pertencia era quase como o canto de uma sereia. Com um suspiro pesado, o pirata saiu novamente de sua cabine e seguiu para o castelo de proa, onde parou e ficou vigiando.

– Capitão – Reese o cumprimentou. À luz das lamparinas, seus olhos brilhavam como ouro.

Dominic se encostou no parapeito, passando seu olhar pelo resto do navio.

– Noite tranquila?

– Sim, tranquila e calma. Temos uma boa brisa. Se os ventos continuarem assim, devemos chegar em *Tortuga* em um dia ou dois, mas...

O capitão não gostou da hesitação que ouviu na voz de seu intendente.

– Mas?

– Sinto que uma tempestade está chegando, uma bem desagradável. Temo que ainda estejamos muito longe para chegar à terra antes que ela nos atinja.

Reese parecia ter um sexto sentido para coisas como essa e nunca estivera errado antes. Até mesmo os marinheiros mais experientes a bordo do *Dragão* aceitavam sua palavra como algo certo. O homem conseguia prever quando os ventos fariam a menor das mudanças e eles precisariam corrigir o curso para se manterem na direção correta.

– De que direção ela virá? – Grey perguntou.

– Do leste. Recomendo que nos apressemos para o norte o máximo que pudermos e, depois, façamos a volta para enfrentá-la assim que ela surgir.

– Faça o que for necessário para garantir a segurança do navio e da tripulação.

– E quanto às mulheres? – Reese indagou.

Dominic não deveria ter se surpreendido. É claro que o intendente tinha descoberto a verdade sobre elas.

– Como soube?

O outro riu. O som antigo não condizia com sua terna idade.

– Pela maneira como você as estava observando hoje. Você estava paciente e parecia quase que entretido. Normalmente, novos grumetes trazem sua ira e frustração à tona. Porém, esse não era o caso com elas. Seu olhar ficava terno sempre que as fitava. – Reese lhe deu um sorriso perverso. – Além disso, uma delas cheirava a água de rosas.

Grey riu, balançando a cabeça.

– Eu deveria saber que era melhor não manter segredo de você.

Os lábios do mais novo se curvaram enquanto ele observava a luz da lua brincar com as águas.

– Imagino que tenha reivindicado a ruiva e a levado para a sua cama.

– Na verdade, não. A dama parece amar protestar. – Ele bufou. – Ela está dormindo no chão da minha cabine. Disse que não me queria.

– É mesmo? Ela deve ser uma jovem muito esperta para conseguir resistir a alguém como você.

– Sim, ela é inteligente demais para o seu próprio bem.

Dominic prestou atenção aos sons de seu navio, ouvindo os rangidos do casco de madeira contra água à medida que a brisa noturna os levava para mais perto de *Tortuga*. Não queria pensar na tempestade que se aproximava e nas últimas horas de calmaria que ele e sua tripulação tinham a bordo.

– Acorde-me quando a tempestade chegar.

– Sim, capitão.

Grey retornou para suas acomodações abaixo do

convés, lançando um olhar para a mulher que dormia no chão. Se a tempestade os atingisse durante a noite, ela poderia acabar sendo jogada contra a mobília e se machucar. Como não queria que isso acontecesse, arriscou ter que enfrentar a fúria de Roberta e a colocou em sua cama. Ela se remexeu por um momento, mas, então, suspirou e se enterrou nos cobertores do homem, passando-os ao redor de seu corpo sem deixar nenhum para ele.

– Sua pequena ladra. – Dominic soltou uma risada abafada antes de se deitar ao lado da jovem.

O pirata a encarou, puxando-a para perto de si e a embalando em seus braços. Era muito bom segurar uma mulher contra seu corpo e respirar o doce aroma de água de rosas que emanava dela.

Não devia se permitir dormir profundamente, pois precisava manter sua mente parcialmente alerta caso a tempestade caísse sobre eles antes do esperado. A habilidade de acordar e correr se fosse necessário era algo que o capitão aprendera há muito tempo; uma que o servira bem ao longo dos anos. Contudo, a sensação do corpo quente e pequeno de Roberta contra o seu o puxou para as profundezas de um sono perigosamente pesado.

Ondas negras rolavam sob Dominic enquanto uma risada fria e sem coração as seguia.

– Fique quieto, rapaz. Pare de lutar. – O rosnado cruel do capitão era tão violento quanto as mãos sobre os membros amarrados do garoto.

As cordas cortavam profundamente. Ele gemia em agonia enquanto o homem tomava o que queria. Greyville só podia chora-

mingar contra o pano enfiado em sua garganta. Lágrimas ardiam em seus olhos enquanto ele tentava encontrar um lugar secreto dentro de sua cabeça para o qual pudesse fugir.

Árvores brilhavam em um tom dourado à medida que o sol desaparecia no horizonte. Ele ouviu o som melódico da risada de sua mãe, a conversa risonha dos gêmeos, sentiu o aroma dos charutos de seu pai e viu o raro sorriso que ele às vezes lhe dirigia. Nicholas, o rapaz que prometera segui-lo até o horizonte mais distante apareceu...

— Dom! — A voz de Nick atravessou seu corpo, fazendo as lembranças ensolaradas vazarem pelas bordas como tinta salpicada em um pergaminho.

— Não! — Dominic lamentou, querendo recuar de volta para aquele mundo seguro e secreto.

Infelizmente, as ondas negras estavam de volta e o mar parecia ainda mais raivoso. Seus ventos uivantes eram um lembrete gritante de que o oceano estava sempre no controle.

— Dom! — Uma voz diferente da de Nicholas o acordou.

Reese pairava sobre Grey com uma lamparina erguida na mão, iluminando a cabine.

— Ela está chegando — ele sussurrou com urgência. — Está vindo *agora*.

A tempestade havia chegado. Gentilmente, Dominic sacudiu a mulher deitada ao seu lado.

— Robbie, acorde. — Seu movimento se tornou mais severo ao vê-la tentar se afastar de sua mão para voltar a dormir. — Maldição. Robbie, acorde. Uma tempestade está chegando.

Subitamente, os olhos de Roberta se abriram e ela se sentou sobre o colchão. A confusão momentânea de perceber que estava na cama dele o teria feito rir em qualquer outra ocasião, só não agora.

– Vista-se e encontre sua criada. Traga-a para a minha cabine e fiquem aqui. A não ser que eu mande alguém vir buscá-la, não vá para o convés ou para qualquer outra parte do navio. Se começarmos a afundar, quero que você esteja perto do convés superior, entendeu? – Ele manteve seu olhar no dela mesmo quando o *Dragão* se chocou contra uma onda poderosa.

– Sim, capitão – ela sussurrou, agora com os olhos arregalados de terror.

A dama conhecia o mar, conhecia-o melhor do que qualquer outra mulher com a qual o capitão se deparara, exceto, talvez, por algumas piratas com as quais o caminho de Dominic havia se cruzado ao longo dos anos.

– Vá se vestir.

Mesmo sentindo um estranho desejo de trazê-la para mais perto de si e de não a deixar sair de sua vista, Grey a soltou. Precisava ir para o convés. Voltando seu foco para seu navio e para a vida de sua tripulação, ele seguiu Reese.

– Amarre as velas, abaixe todas as escotilhas e acorde os homens – Dominic ordenou ao intendente antes de se juntar a Chibbs no leme.

– Coloque-o contra o vento, Chibbs.

– Sim, capitão.

Grey piscou para afastar as gotas de chuva ao passo que os céus se abriam e um dilúvio caía sobre eles. À frente, só havia escuridão. As nuvens se agitavam tão violentamente quanto o mar abaixo. Ele mal conseguia distinguir a diferença entre os dois; via apenas a raiva da natureza diante de si.

– Que Deus tenha misericórdia de nós. É pior do que Reese previu! – Chibbs berrou em meio ao vento uivante e agarrou o leme com todas as suas forças.

Dominic o ajudou a manter a roda no lugar enquanto o mar tentava movê-la. Teriam sorte se sobrevivessem à noite.

Por favor, o capitão rezou para o mar. *Por favor, tenha piedade das nossas pobres almas...*

ROBERTA TEVE QUE SE ESFORÇAR PARA SE VESTIR, POIS não parava de tropeçar enquanto o navio mergulhava e subia com as ondas. Seu estômago se revirou, mas ela conseguiu acalmá-lo. Assim que estava vestida, usou as mãos para se equilibrar enquanto caminhava pelo corredor até o depósito convertido de Lucy. Sua criada estava curvada sobre um balde, vomitando.

A dama se ajoelhou ao lado da funcionária e usou uma tira de couro para afastar o cabelo dela do rosto.

– Ah, Lucy. Tente respirar, querida, apenas respire. – Ela acariciou as costas da outra, consolando-a sob o uivo do vento.

– Milady, nós vamos morrer? – Lucy perguntou entre respirações ofegantes.

– Não. O Capitão Grey é um marinheiro experiente. Ele não permitirá que nada aconteça com seu navio ou com seus passageiros.

Apesar de acreditar em suas próprias palavras, Roberta sabia que o mar poderia dominar até mesmo o navio mais forte e o capitão mais corajoso. O medo que tinha visto nos olhos de Dominic a enchia de terror. Se um homem como ele estava preocupado, ela também deveria estar. Contudo, não podia desmoronar na frente de sua criada. Precisava ser forte assim como seu pai a ensinara.

Quando Lucy se sentiu melhor, Roberta a ajudou a voltar para a cama.

– Deite-se e descanse. Vou ver se o médico tem algo que possa ajudá-la. – A jovem cobriu Lucy com os cobertores.

– Sou eu quem deveria estar lhe ajudando – disse a funcionária, fungando.

– Bobagem. Devemos cuidar uma da outra.

Roberta verificou o pavio da lamparina que balançava acima da cama de Lucy. Não queria que a criada entrasse em pânico se ela apagasse enquanto a tempestade ainda estava rugindo lá fora. Assim que a jovem voltou para o corredor, o navio se moveu inesperadamente, fazendo-a colidir com força contra a parede. A dor irradiou de seu ombro, a partir do ponto em que ela se chocara com a madeira. A dama se endireitou e esticou os braços para que pudesse se proteger caso viesse a cair novamente à medida que se dirigia aos aposentos do médico.

O Dr. Maynard estava acordado. Sua enfermaria se encontrava cheia de pacientes. Havia três homens esticados em camas estreitas, um estava doente, outro tinha um braço quebrado e o terceiro possuía uma grande lasca de madeira alojada no músculo da panturrilha. Ele estava gritando de dor.

– Pare de gritar – o médico berrou para o marinheiro. Então, notou a presença de Roberta na porta. – Você, garoto. Pegue o sonífero que está na garrafa azul-escura marcada com círculos duplos. – Maynard gesticulou com a cabeça para o armário.

A jovem cambaleou na direção indicada e vasculhou as prateleiras até encontrá-lo. Ela pegou o sonífero e o entregou para ele. O médico abriu a rolha, em seguida, pressionou a garrafa na boca do marinheiro.

– Beba em um grande gole.

O sujeito engoliu a bebida, soltando uma maldição antes de entregar a garrafa de volta. Enquanto Maynard colocava a rolha no lugar, o paciente caiu para trás, inconsciente.

– Não fique parado aí, rapaz. Entre aqui e ajude! – o médico bradou.

Roberta fechou a porta, tentando ignorar o pânico que preenchia o cômodo. O lugar cheirava a sangue e a água do mar. Suas botas deslizavam sobre a água que invadia os lados do navio, vinda do andar acima. Quando chegou à mesa, Maynard apontou para a perna do marinheiro inconsciente.

– Ajude-me a amarrá-lo. Precisamos tirar a lasca e enfaixar a ferida, senão ele vai sangrar até a morte.

O médico jogou várias tiras de couro pelo corpo do homem à medida que a dama o ajudava a prendê-lo à cama. Em seguida, Maynard usou um alicate para retirar a grande lasca. Sangue escorreu da ferida aberta e o estômago de Roberta se revirou com a visão. Agora, a bile subia pela sua garganta.

– Vire a cabeça, garoto. – A voz do médico ficou suave e ela fez como instruído. Maynard apertou um cinto acima da ferida do homem, em um ponto logo abaixo do joelho.

Quando a jovem conseguiu controlar seu estômago, encarou o médico. Ele acenou em direção ao marinheiro que segurava o braço quebrado.

– Muito bem. Vamos colocar o osso dele no lugar certo.

Meia hora depois, Roberta se recostou na parede da enfermaria com as roupas salpicadas de sangue, de suor e

de água do mar. Maynard estava examinando os três marinheiros. Agora, todos estavam tratados e descansando.

– Volte para o seu quarto, garoto. Agradeço a ajuda.

– Obrigado, doutor.

A dama seguiu para o corredor. Ela retornou para a
cabine do capitão e trocou de roupa, vestindo uma camisa
limpa que o antigo grumete de Dominic havia lhe empres-
tado. Depois, saiu para verificar como Lucy estava.

Relâmpagos iluminavam as escadas que levavam para o
convés acima. Sombras dançavam em formas macabras à
medida que os marinheiros tentavam prender os cordames
aos mastros. Roberta se agarrou ao corrimão, incapaz de
afastar seus olhos da cena. Griffin, o ex-grumete do
Capitão Grey que fora promovido à marinheiro, estava
lutando para amarrar uma corda ao mastro principal. Uma
onda atingiu um dos lados da embarcação, fazendo-o escorregar e deslizar em direção ao parapeito.

A jovem agiu sem sequer pensar. Ela atravessou as
escadas e interceptou Griffin no meio do caminho, esten-
dendo uma mão para ele. Seus braços se encontraram e o
rapaz agarrou o cotovelo dela. A dor a atravessou quando
algo em seu ombro estalou. Roberta se engasgou com a
fisgada dolorida, mas não o soltou. A água continuou a
passar por eles.

– Aguente firme! – ela ofegou.

Os olhos de Griffin se arregalaram. Ele tentou não
soltar seu braço, porém, ambos estavam deslizando. Se
não conseguissem chegar à segurança, seriam levados
pelo mar.

Relâmpagos rasgaram o céu acima de suas cabeças. A
força do trovão ressoou dentro do peito dela. Roberta
firmou as pernas em uma fenda entre as escadas e o convés,

contudo, sabia que não aguentaria por muito tempo. Eles iam ser levados pelas ondas.

– Solte-me, Robbie, ou então nós dois vamos morrer! – O grito de Griffin mal era audível em meio ao barulho da tempestade.

Ela se recusava a deixá-lo morrer, mas seus dedos estavam se soltando e a dor em seu braço e em seu ombro estava ficando insuportável. Pontos pretos dançavam em sua visão quando sua força começou a falhar.

Assim que Griffin estava deslizando de seu aperto, Dominic e Reese apareceram. O intendente arrastou o rapaz pelo pescoço como se fosse um filhote de cachorro e o levou para a base do castelo de proa, onde o mar não podia levá-lo para longe. Roberta foi pega pelo capitão, levada para o lado oposto do convés e colocada em um canto. Seu corpo se contorceu em uma mistura de alívio e de dor. Grey usou as pernas para prendê-los no lugar e manteve um braço em torno da cintura da jovem.

– Sua tola – Dominic grunhiu em seu ouvido exatamente quando um raio iluminou o seu rosto.

A dama não tinha forças para se mover ou para discutir. Ele a segurou contra seu peito. Seus corpos ficaram pressionados em um abraço apertado à medida que o navio era jogado para um lado e para o outro. Roberta se enterrou nele, apertando-o com seu braço ileso enquanto o terror corria por suas veias. O *Dragão* desceu e subiu ao passo que a água os atingia com força, fazendo com que a jovem temesse novamente que eles pudessem se afogar.

– Segure-se, Robbie – Dominic gritou em seu ouvido. – Não me solte.

Ela se manteve firme em seus braços, só diminuindo o aperto ao sentir uma pausa passageira, momento em que o navio ficou equilibrado por alguns minutos. O capitão se curvou e passou o braço bom da dama pelo seu pescoço para ajudá-la a andar. Então, eles foram para baixo do convés, em direção à cabine dele.

Grey murmurou uma série de maldições enquanto a colocava em sua cama.

— Não se mova. Vou chamar o médico.

Roberta suprimiu a vontade de chorar quando ele a deixou. Pareceu que horas tinham se passado até que Dominic retornou com Maynard.

— O tolo se machucou. Ele arriscou sua vida para salvar Griffin.

O médico se afastou do capitão antes de se ajoelhar ao lado da cama.

— Deixe-me dar uma olhada. — Ele pegou o braço esquerdo da jovem e tentou movê-lo.

Roberta não pôde evitar o grito de dor que deixou seus lábios.

— O garoto deslocou o ombro — Maynard disse para Dominic. — Preciso que me ajude a colocá-lo sentado e a mantê-lo imóvel enquanto ajusto o braço.

— Por Deus — Grey sibilou ao ajudar Roberta a se sentar.

Ela queria gritar com ele, porém, parte de sua dor diminuiu quando se inclinou contra o calor e a dureza do corpo do capitão.

— Morda isso, garoto. — O médico colocou um grosso pedaço de couro em sua boca.

A jovem afundou os dentes na tira, tentando se concentrar em qualquer coisa além da dor que a atravessou assim que Maynard ergueu seu braço e começou a dobrá-lo. Era como se cada um de seus tendões estivesse em chamas.

— Robbie. — A voz do médico soava fraca, como se estivesse vindo de longe, por baixo das águas de um vasto oceano. – Estamos quase terminando.

– Olhe para o mar – a voz sedutora do capitão sussurrou intimamente em seu ouvido.

A dama fitou a janela da cabine, seu olhar se dirigindo às ondas negras que subiam, desciam e açoitavam a embarcação, vindas de todas as direções.

– Estamos no olho da tempestade. – Dominic apontou para as nuvens rodopiantes que pareciam ter saído do inferno. – Agora! – sibilou para o médico.

Maynard moveu o braço da jovem na direção de seu corpo e algo voltou a estalar. Roberta gritou contra a tira de couro. Alguns segundos depois, a dor agonizante diminuiu, deixando-a como o recuo da maré. Apenas pontadas doloridas permaneceram.

– Ele é um garoto forte – o médico disse. – Já vi homens adultos se mijarem ao terem seus ombros colocados no lugar. – Ele riu e se agitou como uma galinha velha enquanto fazia uma tipoia e a amarrava firmemente em torno do pescoço da dama. – Ele não poderá carregar peso ou fazer qualquer trabalho árduo, capitão. Não se quiser se recuperar adequadamente.

– Um grumete inútil – Grey resmungou.

– Um grumete *vivo*. Você deveria se sentir grato. Eu estava com ele na enfermaria cerca de meia hora atrás.

– Não me diga que ele estava enjoado. – O tom amargo de Dominic atravessou a névoa de dor que nublava a mente da dama.

Ela queria chutá-lo e cravar seus dentes nele, mas seu ombro estava consumindo a maior parte de sua energia.

– Não, nem perto disso. O garoto me ajudou com Jennings, Schaefer e Colton. Ele se manteve firme diante de uma situação que a maioria dos homens teria desmoronado. Havia muito sangue envolvido.

O corpo do capitão ficou ligeiramente tenso sob o peso dela.

— Bem, fico feliz em saber que ele não é inútil.

— Certamente não — Maynard afirmou. — O garoto só é jovem. Dê-lhe uma chance e verá que ele será tão bom quanto qualquer um dos homens a bordo. — O médico deu um tapinha no joelho de Roberta, então, olhou para Grey. — Deixe-o descansar pelo resto da tempestade. Se precisar de outro tripulante, leve o tenente cativo para o convés. Apesar de ser da Marinha Real, tenho certeza de que ele quer voltar a ver terra firme tanto quanto nós.

Dominic respondeu com um grunhido. Pouco depois, Maynard os deixou a sós.

— Eu ainda acho que você é uma tola — ele rosnou, contudo, suas palavras não tinham a mesma força de antes. — Você desobedeceu a uma ordem direta. Haverá consequências.

O pirata a segurou por mais alguns minutos e a dama fechou os olhos. Quando a manhã chegasse, Roberta se odiaria por ter apreciado o calor e o apoio dos braços dele. Porém, naquele momento, estava muito ferida para fazer qualquer outra coisa.

Gentilmente, Grey a deitou na cama.

— Durma. Conversaremos pela manhã.

Sonolenta, ela murmurou algo antes de cair em um sono exausto. Nem mesmo as ondas raivosas da tempestade selvagem que brincavam com o casco do *Dragão Esmeralda* foram capazes de acordá-la.

CAPÍTULO 8

– **C**omo Robbie está? – Reese perguntou.

Dominic fechou a porta atrás de si, indo para o corredor.

– Ombro deslocado.

O intendente estremeceu.

– Por Deus, isso deve doer. E imaginar que uma jovem dama está tendo que suportar tal dor... Ela deve ser muito forte.

– E teimosa. Como está Griffin? – Grey se preparou ao sentir o Dragão passar por outra grande onda.

– Repreendendo-se por ter colocado Robbie em perigo. Você sabe como ele é, capitão. Deveria dar um aceno de cabeça para o rapaz na próxima vez que o vir, isso fará com que ele se alegre. Do contrário, acreditará que o decepcionou.

– Muito bem – Dominic disse.

Ele gostava muito de Griffin. Sem falar que o rapaz trabalhava com afinco. Grey o resgatara de outro navio pirata e pagara sua dívida. Desde então, o garoto o seguia como um filhote de cachorro, sempre ansioso para lhe agradar. Dominic não podia culpá-lo. Afinal, sabia muito bem como era a vida em um navio em que um homem o possuía.

Ao olhar para seu intendente, falou:

– Por quanto tempo ainda ficaremos sob a tempestade?

– Acho que por mais uma hora. – Reese inspirou, sentindo o aroma no ar. – Contudo, precisamos de ajuda no convés; de alguém que conhece o mar. Deveríamos usar o tenente do *Fortune*.

– Maynard disse a mesma coisa. Acho que devo ir buscá-lo. – Dominic estendeu a mão e Reese lhe entregou as chaves da cela. – Encontro você no convés.

O capitão desceu as escadas de dois em dois degraus até chegar à cela de Nicholas. Assim que abriu a porta, o homem pulou de pé.

– Já estava na maldita hora, Dom. Tire isso de mim para que eu possa ajudar. – Ele sacudiu a algema em seu pulso.

Dominic abriu a manilha de ferro.

– É algo temporário. Assim que estivermos em águas mais calmas, você voltará para cá.

– Qualquer coisa é melhor do que ficar esperando para me afogar aqui.

Pelo estado em que a cela se encontrava, estava claro que Nicholas fora espancado durante a tempestade. As pesadas caixas de armazenamento estavam jogadas ao seu redor.

O tenente flexionou o braço, tocando na pele ferida onde a algema estivera, mas não demonstrou qualquer sinal de desconforto. Havia um corte em sua testa. Ele mancou ao seguir Grey pela porta.

– Como está o vento?

– Ruim – Dominic grunhiu. – Ele vem do nordeste.

– Do nordeste? Isso é incomum durante essa época do ano, especialmente nesta localização. – Nicholas cambaleou para o convés logo atrás do capitão.

– Já estava na maldita hora, capitão! – Chibbs, encharcado até os ossos, estava com seu corpo robusto apertado contra o leme no castelo de proa.

– Reese! – Dominic berrou.

O intendente estava um andar abaixo, junto com vinte homens que puxavam as cordas com força para prender os mastros.

– Dom! – Nicholas apontou para o mastro da mezena, que começava a se curvar por conta da força do vento.

– Reese, saia do caminho! – O capitão tentou alertar seu intendente, contudo, o mastro mais próximo dele e de sua equipe quebrou, indo diretamente na direção deles.

Nicholas e Grey pularam sobre o gradil, pousando e rolando no convés antes de voltarem a se pôr em movimento. Juntos, eles correram em direção à tempestade e saltaram sobre os pedaços quebrados de madeira para chegar até os marinheiros atingidos.

Dominic se esqueceu do passado, da dor e de tudo que não fosse Nick e a alegria que ele sentira ao lado do amigo durante sua infância. Até mesmo diante do perigo, sentia-se feliz com o reencontro inesperado. Os anos que haviam endurecido ambos os homens não tinham diminuído a confiança instintiva que surgia quando mais importava.

– Ao horizonte mais distante! – ele gritou para Nicholas enquanto atravessavam o convés escorregadio e outra onda atingia o navio.

Um raio iluminou o céu, possibilitando que visse o

sorriso familiar do tenente e risse à medida que ambos corriam para os braços do perigo.

ROBERTA ACORDOU, EMBORA SUA MENTE AINDA GIRASSE com vislumbres e partes de sonhos tão emaranhados quanto as vinhas que cresciam do lado de fora de sua antiga casa na Inglaterra. Ela tentou clarear a mente ao passo que uma luz suave iluminava suas pálpebras fechadas.

Tivera sonhos tão estranhos, envolvendo mares negros, bandeiras brancas, madeira estilhaçada e sangue misturado com água do mar que fazia seu estômago...

A jovem rolou e vomitou no chão com um gemido de dor. Seu braço esquerdo e seu ombro latejavam intensamente. Ah, então, não tinha sido um sonho.

– Temos baldes exatamente para isso. – Uma voz áspera atrás de si a fez estremecer à medida que absorvia seus arredores.

– Griffin! – Roberta tentou sair do colchão, contudo, um braço musculoso e bronzeado a segurou, arrastando-a de volta para a cama estreita.

– Fique aqui. O rapaz está bem, só um pouco machucado – Dominic disse. – Fique quieta e deixe-me voltar a dormir. Fiquei acordado a noite toda no convés.

Ela parou de tentar se libertar de seu domínio ao ouvir o cansaço em seu tom. O pirata não faria nada com a jovem. Não agora.

– Assim é melhor. Volte a dormir.

Roberta teria bufado com indignação diante da ordem, porém, a verdade é que estava feliz por ter a chance de descansar. Todo o seu corpo doía. A dama sentia como se tivesse colidido com todas as paredes do navio. Estar gentilmente pressionada contra o corpo de Dominic parecia reconfortante, o que era algo que lhe preocupava. Ela se sentia... *segura*. Com um pirata. Isso não era bom.

– Perdemos alguém? – a jovem perguntou após um momento.

As memórias sombrias do mar e de como vira uma parede de água se erguer mais alto do que o mastro do navio enquanto Grey a segurava com força estavam gravadas em seu cérebro.

– Não perdemos ninguém, contudo, certamente já vimos dias melhores. – A voz de Dominic soou abafada.

Ela ousou se mover ligeiramente para poder vê-lo. O capitão estava deitado de costas, com a cabeça virada sobre o travesseiro. Seu corpo bronzeado era uma bela pintura com colinas esculpidas e vales feitos de puro músculo. Porém, também havia cicatrizes... Eram tantas que a dama sequer podia contar. Roberta estremeceu ao pensar em como ele as tinha conseguido e na dor que o homem tivera que suportar a cada chicotada.

A jovem forçou sua mente a focar na conversa que estavam tendo, assim, não acabaria perguntando sobre elas.

– Graças aos céus. Pensei que alguém pudesse ter... – Ela deixou a frase trágica ficar inacabada.

Roberta tentou se deitar e não ponderar sobre o fato de que estava na cama com um pirata que a segurava de uma maneira muito inapropriada enquanto um dos braços dela estava amarrado em uma tipoia.

– Posso ouvir seus pensamentos, Robbie – ele grunhiu. – Durma, pelo amor de Deus.

A dama fechou os olhos, jurando que não o faria, embora soubesse que esta era uma batalha que logo perderia. Dez minutos depois, a respiração de Grey ficou uniforme e ela descansou seu queixo no peito dele. A jovem catalogou silenciosamente as cicatrizes que podia ver, imaginando como ele acabara com elas. Algumas pareciam ser mais antigas do que outras.

Dominic ainda era a perfeição masculina em pessoa, mas as cicatrizes... faziam com que Roberta desejasse enterrar seu rosto no pescoço dele, abraçando-o enquanto pedia desculpas suaves pelo que ele havia sofrido. Ela não era uma mulher terna, bem como nunca fora dada a sentimentalismos quando havia um trabalho a ser feito; ainda assim, saber que o homem que salvara sua vida tinha sido ferido tão profundamente a fazia querer cuidar dele da mesma maneira que ele cuidara dela. Não demorara muito para a dama perceber que, em algum momento durante a noite, o capitão chegara até mesmo a cuidar das queimaduras de corda em suas mãos.

Incapaz de resistir à tentação, Roberta beijou a cicatriz mais próxima, roçando seus lábios levemente antes de voltar a olhar para o rosto dele. As linhas duras que marcavam sua expressão pareciam ter sido suavizadas ligeiramente pelo sono. Ela se aninhou na cama, acomodando a bochecha na curva do braço dele antes de, por fim, adormecer.

Dominic permaneceu imóvel enquanto Roberta explorava seu peito, certificando-se de manter sua respiração uniforme e seus músculos relaxados. Não tinha certeza do que ela pretendia fazer até que a jovem começou a tracejar suas antigas cicatrizes; as marcas que ele se esquecera que existiam porque estavam em seu corpo há tanto tempo que já haviam se tornado parte dele.

A dama soltou um suave som angustiado ao encontrar uma cicatriz particularmente profunda que corria por suas costelas. Grey recebera o golpe de cimitarra aos quinze anos, quando ousara discutir com o capitão. Gerard La Roux o prendera sobre o tampo de uma mesa em *Tortuga*, deixando o corte em seu peito para que ele se lembrasse de nunca mais o questionar.

Ao relembrar a terrível memória e como seu sangue tinha escorrido pelo chão da taverna em que haviam parado para tomar um pouco de rum, seu coração se acelerou. Contudo, no momento seguinte, sentiu os lábios de Roberta substituírem seus dedos. O roçar de sua boca não era sensual, embora, é claro, tivesse levado o corpo dele à beira do precipício. Ainda assim, foi a ternura e a doçura reverente de seu toque que o intrigou. Por que a jovem se importava? Ele a capturara e a forçara a trabalhar em seu navio sem lhe dirigir mais do que uma palavra de apreço. A maioria das mulheres o odiaria pelo que fizera. Todavia, ela parecia quase que... grata?

Bem, supunha que era melhor que a dama fosse mesmo, já que Dominic quase morrera na noite anterior a salvando enquanto Reese salvava Griffin. Por mais que gostasse do seu ex-grumete, sempre havia decisões difíceis a serem tomadas ao mar. Portanto, entre perder um membro da tripulação e quatro tentando salvá-lo, a decisão era óbvia.

Uma onda de raiva borbulhou dentro de si, mas o capitão se manteve parado até senti-la adormecer. Será que Roberta achava que estava no controle? Que podia tomar seu navio e arriscar a vida de seus homens sem pensar nas consequências? Se sim, ele a lembraria de quem estava no controle dessa embarcação e qual era o preço a se pagar por desobedecer às suas ordens. Não permitiria que a jovem passasse por cima dele. Não quando havia vidas envolvidas. Ninguém faria com que Grey se sentisse como o garoto quebrado e privado de controle que uma vez fora. Nunca mais.

Quando Roberta acordou novamente, já devia se passar do meio-dia. Ao menos era isso que as sombras na cabine lhe diziam. O outro lado da cama estava vazio. A jovem se virou para examinar o chão, mas a evidência de seu enjoo havia desaparecido. Será que fora Dominic que fizera isso? Não conseguia imaginar o capitão pegando um esfregão, embora também não conseguisse imaginá-lo ordenando que outra pessoa limpasse o vômito enquanto ela ainda estava em sua cama.

A porta da cabine se abriu e Lucy apareceu.

— Bom dia, senhorita! — ela cumprimentou antes de murmurar um xingamento que, sem dúvida, aprendera com o cozinheiro. — Quero dizer, Robbie.

Embora parecessem estar sozinhas, não era possível prever o alcance que sua conversa poderia ter.

— Luke, como está se sentindo? Não consegui voltar com algo que pudesse ajudá-lo. — Roberta se sentou, estremecendo ao sentir uma nova pontada de dor.

— Ah, estou bem. Depois que partiu, dormi pelo resto da noite. Como você está?

— Eu?

— Sim — A criada colocou um pequeno prato de comida na mesa do capitão. — O navio está alvoroçado com a história do resgate de Griffin. Você parece ter se tornado um herói.

Roberta suprimiu um gemido de dor.

– Eu certamente não me sinto como um.

– Tome um pouco de chá e coma alguns biscoitos. A comida logo fará com que se sinta melhor.

Ela se animou ao pensar em tomar uma xícara de chá.

– É um pouco sem graça, mas é bebível – Lucy garantiu.

Roberta se sentou à mesa, tentando ignorar o cheiro desagradável de suas roupas, da água do mar e do suor da noite passada. Tendo cuidado para não machucar o braço, a jovem mordiscou os biscoitos. A julgar pelo gosto, Lucy os tinha feito. Eles definitivamente não eram a atrocidade dura que normalmente era servida à tripulação da maioria dos navios.

Enquanto a dama comia, a funcionária se inclinou contra a grande janela.

– Como anda o trabalho na cozinha? O Sr. Lee está lhe tratando bem?

Lucy se virou, corando. O cozinheiro temporário do *Dragão* era um homem alto, intimidador e atraente de pele escura; um ex-escravo africano que fora libertado por Dominic. A criada tinha estremecido ao se aproximar dele pela primeira vez, embora Roberta tivesse percebido que não fora de medo.

– O Sr. Lee é muito gentil – Lucy respondeu cuidadosamente. – Ele agiu de forma rude no começo, porém, agora, conseguimos conversar. O homem já viajou por quase todo o mundo durante os anos em que vem servindo o Capitão Grey. Ele me contou sobre uma pequena ilha cheia de papagaios que visitaram no ano passado. Consegue imaginar? Milhares de pássaros coloridos espalhados por todos os cantos?

– Parece magnífico. – A jovem desejou poder ver o lugar. Perguntava-se se Dominic levaria o navio até lá enquanto ela e Lucy ainda estavam a bordo.

Após terminar o café da manhã, a criada a deixou e voltou para a cozinha com o intuito de ajudar o Sr. Lee a preparar a próxima refeição para a tripulação. Roberta não tinha o que fazer, contudo, não conseguia ficar na cabine nem por mais um minuto. Deixando os aposentos do capitão, subiu as escadas até o convés. A dama parou ao ver o tenente Flynn. Ele estava cuidando das cordas do mastro principal junto com outros seis homens. Ela deu um passo em sua direção assim que uma mão pousou sobre seu ombro ileso.

– Estava me perguntando quando você apareceria no convés. – A voz de Dominic a fez pular.

Roberta se virou, deparando-se com o pirata alto e de cabelos escuros que a observava. Realmente tinha passado a noite inteira na cama deste homem e beijara seu corpo musculoso e cheio de cicatrizes? Sempre que ficava cara a cara com ele, era lembrada de quão grande e poderoso o capitão era. Sua postura firme no convés acentuava as coxas fortes delineadas por suas calças e os quadris estreitos que davam lugar a um tronco largo e um belo par de ombros.

A jovem não pôde deixar de compará-lo com Huntington. O capitão do *Fortune* estava em forma, assim como qualquer outro integrante da Marinha Real de sua idade, todavia, Grey possuía uma força e uma presença poderosa – presentes até mesmo quando ele estava parado – que o outro não tinha. Era como se o homem pudesse entrar em ação a qualquer momento.

Ele a lembrava do tigre que vira em sua infância, quando ela e seu pai tinham visitado o rei. Dignitários da Índia haviam exibido a fera à corte enquanto todos observavam a poderosa criatura rondar até onde sua corrente lhe permitia. Sua beleza natural, a pele listrada reluzente e os olhos dourados haviam levado um cortesão tolo a se aventurar para perto, sendo atacado em seguida. Um poderoso golpe das garras do tigre fora o bastante para levar o homem às pressas para o médico. Diante da cena, Roberta se agarrara ao pescoço de seu pai; ambos ainda fitando o animal com admiração.

Dominic era como aquele tigre. Bonito, atraente e mortal.

— Eu disse para você ficar abaixo do convés na noite passada. — Seu tom era suave, mas havia algo que fazia com que a tensão se atiçasse dentro dela.

A dama deu um passo para trás e esbarrou no gradil com vista à meia-nau.

— Eu estava... eu fiquei — ela protestou.

— Ainda assim, decidiu arriscar sua vida por um garoto como Griffin? — Grey lançou um olhar quase que assassino para o rapaz, que estava trabalhando ao lado de Flynn.

— Vi uma chance de ajudar — a jovem sibilou. — Se está chateado por conta disso, então não passa de um tolo, Capitão Grey.

— Sinto-me tentado a açoitá-la — ele murmurou.

Roberta o encarou.

— Açoitar-me? Você não *ousaria*!

Dominic agarrou seu braço bom, prendendo-a ao gradil com o corpo.

— Eu não só ousaria como faria muito mais, querida. Não se esqueça de que lhe ofereci duas opções: compartilhar minha cama como mulher ou trabalhar como um homem a bordo deste navio. Você escolheu a segunda e, em seguida, desobedeceu às minhas ordens. Três outras vidas poderiam ter sido perdidas ontem a noite, não apenas a de Griffin. Você, ele, Reese e eu poderíamos estar mortos no fundo deste maldito oceano, servindo de comida para os tubarões. Neste navio, uma vida não vale a morte de várias.

A jovem não conseguiu evitar. Seu temperamento foi atiçado pelo dele. Além disso, nunca conseguira se manter com a cabeça fria ao ser forçada a lidar com pessoas estúpidas.

– Eu *salvei* a vida de um homem. Se quiser me açoitar por conta disso e arriscar receber a raiva de sua tripulação, vá em frente.

Ele estava blefando. Grey não ousaria puni-la, não enquanto a dama mantivesse a estima dos marinheiros após ter salvado um dos seus. Os lábios do pirata se esticaram em um sorriso frio.

– Está a bordo do meu navio por apenas alguns dias e acredita que, nesse curto espaço de tempo, ganhou a lealdade dos meus homens? Ah, isso definitivamente é algo que vale a pena ser testado, não acha?

Roberta engoliu em seco. *Ah, Deus, agora eu realmente passei dos limites...*

Ele a arrastou para o meio do convés.

– Reese, venha aqui – Dominic berrou.

O jovem intendente deixou seu posto, onde supervisionava os reparos dos estragos causados pela tempestade.

– Capitão? – Os olhos castanhos dele se moveram cuidadosamente entre a dama e Grey.

A jovem puxou o braço com força, lutando para se libertar do aperto do homem.

– Traga o barril.

Reese arregalou os olhos.

– Você não pode estar querendo...

– O barril, Reese. Agora. Reúna a tripulação no convés. Quero que todos testemunhem.

– Sim, capitão.

O olhar do intendente brilhava com arrependimento ao atravessar o convés e recrutar dois homens para ajudá-lo a trazer um grande barril até um ponto no meio do navio. Eles o viraram de lado, amarrando-o a ganchos que se encontravam no chão.

– Por favor... por favor, não – Roberta implorou em um sussurro.

Ela não era forte o bastante para suportar uma chicotada. O golpe do gato-de-nove-caudas a rasgaria no meio. Ao se lembrar das costas cobertas por cicatrizes de Dominic, a jovem tremeu. Não era tão forte a ponto de sobreviver a algo assim.

– Você fez sua escolha, Robbie – ele falou em um sussurro tão suave que quase parecia doce. – Vou oferecer outra vez: minha cama ou o barril.

– Seu monstro sem coração!

Roberta se recusava a lhe entregar sua virtude apenas para evitar a punição. Podia ser muitas coisas, mas não era uma covarde. A dama lutou contra o aperto dele, arrastando os calcanhares ao longo do convés; ainda assim, o capitão conseguiu levá-la ao barril. Ele praticamente a carregou até lá.

Naquele momento, Lucy apareceu e tentou correr até ela, mas o Sr. Lee passou um braço por sua cintura, mantendo-a no lugar.

– Capitão? – Griffin deu um passo à frente, assim como

o Tenente Flynn, que estava atrás dele. – Há algo de errado?

Agora, todos estavam reunidos no convés. Quase uma centena de homens observava a cena com os olhos arregalados. O único som que se ouvia era o do vento soprando as velas. O barulho livre e glorioso parecia estar zombando dela.

– Robbie desobedeceu às minhas ordens na noite passada e colocou sua vida, bem como a vida de outras pessoas em risco. Ele vai levar cinco chicotadas por suas ações.

– Capitão! – Os olhos cinzas do rapaz se esbugalharam com medo. – Ele me resgatou. Ele não...

– Silêncio – Dominic disse. O pirata não precisou levantar a voz. A palavra foi forte o bastante para atravessar o convés como o estalo de uma pistola.

– Eu levarei as chicotadas no lugar dele. – Griffin deu outro passo, mas o Tenente Flynn o empurrou para trás.

– Não, eu as levarei. Robbie é muito pequeno. Elas poderiam matá-lo.

Flynn olhou para Roberta. A jovem observou enquanto o nobre loiro dava um passo à frente, puxando seu colete e sua camisa. Grey ficou em silêncio por um momento, dando-lhe esperanças de que pudesse ter mudado de ideia. Então, ele se virou para encará-la.

– Permitirá que outro homem seja punido pela sua imprudência e desobediência?

O desafio em suas palavras era óbvio. A dama quase podia ouvi-lo falando em sua mente: *você é uma covarde, Roberta? Realmente deixaria uma pessoa inocente ser castigada no seu lugar?*

– Não, eu receberei a punição. – Ela se assustou com a

firmeza de sua voz, visto que todo o seu corpo tremia. Em seguida, fitou o pesado barril de carvalho.

– Dom! – Flynn gritou. – Não faça isso!

– Façam-no se calar! – Dominic berrou.

Vários tripulantes agarraram os braços do tenente e um homem enfiou uma mordaça em sua boca à medida que o arrastavam de volta para multidão. Ele quase conseguiu se libertar, contudo, estava em desvantagem. Quando seus olhos se encontraram, Roberta balançou a cabeça ligeiramente. Se Flynn continuasse a lutar, acabaria sendo punido junto com ela.

Vendo que Griffin parecia dividido, a dama gesticulou para que ele se afastasse. Não permitiria que o capitão vencesse essa batalha de vontades. A jovem queria ser um marinheiro assim como todos os outros. Sem falar que o homem estava certo – ela tinha desobedecido a uma ordem direta dele e colocado várias pessoas em perigo. Quatro vidas poderiam ter sido perdidas: a dela, a de Griffin, a de Reese e a de Dominic. Se não tivesse ido ao convés, apenas o rapaz teria morrido. Entendia a fúria de Grey, todavia, se pudesse voltar no tempo, não mudaria nada. Agora, percebia que seriam cinco chicotadas por uma vida. Era um preço justo a se pagar. Seu pai teria ficado orgulhoso.

– Pronto? – Dominic perguntou com seus olhos escuros e inteligíveis.

– Sim – Roberta disse, sentindo seu coração retumbar loucamente ao passo que avançava em direção ao barril.

CAPÍTULO 9

Roberta se aproximou do barril e cuidadosamente removeu a tipoia que estava ao redor do ombro. O local ainda doía, mas não tinha escolha. Já tinha visto isso ser feito em outros navios. O marinheiro devia segurar as bordas do barril enquanto aguentava o castigo. Se ele não conseguisse permanecer na posição, os outros o amarrariam. O que estava por vir deixava sua boca amarga e fazia seu sangue pulsar em seus ouvidos, tornando difícil pensar.

A jovem não tiraria sua camisa – tinha que ficar com ela, do contrário, todos descobririam que era uma mulher. Após respirar profundamente, ela se inclinou sobre o barril, esticando os braços e suprimindo o grito de dor gerado pelo movimento. Reese apareceu em seu campo de visão, desenrolando um chicote. Ele não tinha pregos no final das cordas, apenas um conjunto de tiras de couro. A dama supunha que essa era uma pequena misericórdia, contudo, seu alívio não durou muito. Dominic se aproximou e sussurrou algo para seu intendente, que assentiu em resposta. O bastardo provavelmente estava ordenando que Reese a açoitasse com força. Quando o intendente desapareceu atrás dela, seu medo aumentou e Roberta começou a ofegar, esperando a dor do primeiro golpe.

A dama ficou tensa. Seus dedos deslizaram do barril enquanto tentava agarrar os anéis de metal ao redor das extremidades. De repente, Grey apareceu à sua frente, ajoelhando-se no lado oposto do barril. Ele agarrou seus antebraços e os prendeu ao objeto, impedindo que suas mãos voltassem a escorregar sobre a madeira. Surpreendentemente, seu toque era gentil.

Os olhares deles se encontraram.

– Normalmente, nós amarramos quem é punido – ele sussurrou –, mas não você.

Os olhos do homem brilhavam com uma estranha intensidade. Mesmo através do tecido, a sensação quente de suas mãos em seus braços era um alívio bem-vindo. Ela lhe distraía de ter que pensar em...

Crack! O chicote atingiu a parte superior de suas costas. Roberta se sacudiu diante do choque e do terror, berrando. O som aterrorizado que deixou seus lábios era animalesco, nem de longe o que se esperaria ouvir de uma dama.

– Mantenha-se firme – Dominic rosnou. – Esse foi o primeiro.

A jovem piscou, sentindo o suor escorrer por sua pele enquanto tentava não se debater.

Crack! O Segundo golpe atingiu seu traseiro. A ferroada fez seu corpo ser empurrado contra o barril. A dor era... suportável, ela subitamente percebeu. Era uma fisgada forte, porém, desaparecia mais rápido do que previra. De fato, não era a dor excruciante que havia antecipado. Na verdade, parecia-se com a punição que recebera de sua governanta durante a infância, após tentar fugir por uma janela durante uma de suas aulas. Sentindo-se mais corajosa, a dama encarou o capitão, profundamente consciente de que estava sendo humilhada na frente de toda a tripulação do navio.

A sensação de ter vários olhos sobre si a deixava mortificada; ainda assim, Roberta não chorou. Não deixaria sequer uma lágrima cair, independentemente do que quer que viesse a seguir. O olhar de Dominic se manteve no dela quando o golpe seguinte a atingiu, prendendo seu foco nele em vez de na plateia que a observava.

– Esse foi o terceiro, Robbie. Consegue lidar com isso, não é? – ele sussurrou baixinho para que apenas ela pudesse ouvir. – Você é tão forte quanto qualquer outro homem nesse navio, certo?

Grey a estava forçando a perceber que aquilo não era sobre a dor. Era um lembrete de que, na embarcação, as ordens dele eram a lei e de que a dama as havia desobedecido. A ferroada seguinte já não se parecia com a tortura que ela esperara sentir.

– Quatro – o capitão disse, apertando os dedos ao redor dos pulsos dela, o que ajudou a prendê-la ao momento junto com ele. A voz do pirata pareceu se misturar com as ondas sob o navio ao passo que o vento agitava seus longos cabelos escuros. A luz do sol transformou suas íris em um tom de castanho mais quente e claro.

– Quatro – Roberta repetiu, sentindo a necessidade de reconhecer que estava completamente focada nele.

Dominic não afastou seu olhar. Quando o quinto golpe veio, algo estranho aconteceu. A dor pareceu desaparecer quase que completamente, dando lugar a um zumbido doce e vertiginoso à medida que a dama continuava a fitar o feroz pirata à sua frente. O calor da sua pele, aquecida pelo chicote, levou sua mente para um lugar distante onde apenas ela e Grey existiam. Os olhos escuros e adoráveis do capitão brilhavam com uma dor oculta que parecia ser um eco da dela. Estaria ele sofrendo junto com a jovem?

– Cinco! – O grito de Dominic fez a mente dela voltar aos eixos. Roberta deslizou pelo barril quando ele soltou seus braços e se levantou. – Já basta!

A dor dos golpes se infiltrou lentamente em seu corpo e a dama não pôde deixar de soltar um pequeno gemido. Essa parte definitivamente parecia diferente dos castigos de sua infância. Ela teria dificuldade para se sentar por alguns dias, contudo, percebia que este não fora uma açoitamento normal. Afinal, já vira o estrago que chicotadas fortes deixavam para trás.

– Todos vocês, de volta para o trabalho.

Roberta lutou para respirar. Suas costas e seu traseiro estavam *quentes*, mas a sensação não era a mesma das palmadas de sua governanta. Era... diferente. Sem falar que estava coberta por uma camada de suor.

Passos soaram atrás dela.

– Capitão? – A voz suave e incerta de Reese a fez se perguntar se estava mais gravemente ferida do que imaginara.

– Dê um minuto a Robbie – Dominic falou.

A jovem caiu sobre seus joelhos. Cada músculo de seu corpo estava fraco e trêmulo. Sequer conseguia se levantar. Suas pernas estavam tão vacilantes quanto as de um potro recém-nascido.

– É melhor ficar em pé e se mover – Grey disse.

Roberta balançou a cabeça, não porque desejasse desafiá-lo, mas, sim, porque se levantar era simplesmente impossível.

– Não tenho certeza se o garoto consegue – Reese sussurrou. – Você vai ficar bem, Robbie. Dê-me sua mão.

Ela colocou sua palma trêmula na dele. O intendente a pôs de pé. Antes que a dama pudesse reagir, o capitão segurou firmemente seu braço bom e a puxou para longe.

– Ande ou terei que responder as perguntas da tripulação sobre porque estou carregando meu grumete como se ele fosse uma donzela em perigo – Dominic alertou, embora a firmeza em seu tom tivesse desaparecido.

Ele a levou para sua cabine. A jovem desabou sobre a cama, não se importando que isso pudesse incomodá-lo. O que mais o homem poderia fazer com ela?

– Quão ruim é? – Roberta perguntou quando ficou claro que Grey não a deixaria sozinha. A dama abriu um olho para poder espiar sua silhueta imponente ao lado da cama.

– Quão ruim? – O capitão arqueou as sobrancelhas, confuso.

– O sangue... Minhas cicatrizes serão tão profundas quanto as suas?

O calor que ainda sentia só podia vir dos ferimentos. Não havia outra explicação.

Algo cintilou nos olhos dele. Um momento de dor, talvez.

– Sangue? Não há sangue. Você ficaria surpresa em descobrir quanto controle um homem habilidoso pode ter com um chicote. Reese não lhe deu mais do que as palmadas que uma criança malcomportada teria recebido. Sua pele ficará sensível por alguns dias, mas lhe asseguro que seu futuro marido não encontrará nenhuma marca em seu corpo. – Dominic cruzou os braços, franzindo o cenho.

Quando as palavras dele foram processadas, a raiva fervilhou dentro da dama.

– *Palmadas?* Aquilo doeu!

– Esse é objetivo.

Roberta pulou da cama, ignorando o pulsar doloroso de seu braço ferido, e parou na frente dele.

– Eu não sou uma criança malcomportada! – A jovem enfiou um dedo no peito dele, mas o pirata não se moveu.

Os olhos escuros de Grey brilharam como chamas. Ele colocou uma mão no traseiro dela, apertando-o. Apesar de o toque não ser forte, a pressão de sua palma era algo cru e sensível.

– Você não está verdadeiramente ferida. – Uma onda de calor a atravessou. Ela ficou chocada com a maneira como seu corpo estava respondendo ao homem e ao domínio puramente carnal sobre seu traseiro. – E, sim, comportou-se muito mal. Você é a filha de um almirante, portanto, sabe que desafiar a autoridade de um capitão na frente de sua tripulação não é algo que pode ser tolerado.

– Solte-me – a dama rosnou.

– É isso o que realmente quer? – Dominic perguntou.

Sua voz parecia doce, todavia, a jovem podia sentir o perigo sensual que estava à espreita.

– Sim.

Ela não se moveu, não se afastou. Em vez disso, segurou-o pelo colarinho, lançando-lhe um olhar feio enquanto seus rostos estavam a centímetros de distância.

– Acho que está mentindo – o capitão disse. – Acho que essa leve punição despertou algo em você, Robbie, algo que estava enterrado sob todas as suas boas maneiras e os seus vestidos de seda. Acredite, já vi isso antes.

– E o que seria? – Roberta exigiu.

Seu coração batia descontroladamente. Algo estava incendiando os dois. Ele a irritava de todas as maneiras possíveis, fazendo com que a jovem questionasse tudo o que sabia sobre os homens; algo que tanto a assustava quanto a animava.

– A sua paixão. Você saboreou como é estar no limite, milady. – O sussurro de Dominic fez cócegas em sua pele.

– No limite? – Ela não entendeu o que ele queria dizer.

A mão em seu traseiro se moveu para a parte inferior de suas costas e a jovem sentiu uma leve e remanescente ferroada dos golpes do chicote. Maldição, ele estava certo. As chicotadas não tinham lhe machucado de verdade; não da maneira que Roberta esperara. O pânico e a excitação do desconhecido haviam despertado algo novo dentro de si. Agora, sentia como se pudesse enfrentar qualquer coisa.

– Sim, o limite capaz de transformar um cavalheiro em um pirata e uma dama inocente em uma mulher que busca seu próprio prazer. Você está saboreando a vida, o que significa *realmente* viver, Robbie. Está livre da bela gaiola em que nasceu. A questão é: o que fará com essa liberdade?

Grey deixou a pergunta pairar no ar como a nota singular de uma harpa, vibrando entre eles. Então, abaixou a cabeça em direção à dela.

A jovem não lutou contra o beijo. Em vez disso, o acolheu. As íris dele, que quase pareciam negras naquele momento, foram a última coisa que ela viu antes de fechar os olhos e ceder aos sentimentos que a consumiam. Arrepios corriam por sua pele ao segurar o ombro dele com seu braço ileso, beijando-o de volta. Sua barba aparada e seu bigode faziam cócegas. Roberta gemia enquanto Dominic a levava para trás, prendendo-a contra a parede ao lado de sua cama. A sensação do corpo dele contra o seu só aumentou sua excitação.

Emoções e sentimentos rodopiavam ao seu redor. Seu sangue pulsava em seus ouvidos em um ritmo constante enquanto a jovem lutava para respirar. No instante em que seus lábios se abriram, a língua dele deslizou para dentro, conquistando-a em uma dança que fez a umidade se acumular entre suas coxas. A dama mal notava o pulsar maçante de seu braço ferido.

Estava perdida no sabor dos lábios ligeiramente salgados de Dominic misturado com a doçura natural de sua boca. Suas palmas calejadas exploravam o traseiro e as costas dela em movimentos arrebatadores. Os toques eram ásperos o bastante para lembrá-la de que estava com um homem perigoso, mas gentis o suficiente para que Roberta soubesse que o capitão não a machucaria. Grey mordiscou os lábios, o queixo e o pescoço dela. A dama estremeceu quando ele tentou tirar sua camisa.

– Ai! – Ela abaixou o braço, embalando-o contra o peito.

Dominic recuou, soltando uma maldição.

– Eu não deveria ter... – Ele balançou a cabeça como se quisesse afugentar a névoa da paixão compartilhada entre os dois.

A decepção a atingiu com mais força do que os golpes do chicote. Roberta não queria que o momento acabasse. Ela desejava *mais*, embora esta fosse uma palavra perigosa. Mais beijos, mais mãos errantes, mais prazer. Seu corpo ainda estava em sintonia com o dele; ainda permanecia ansioso por seu toque.

– Preciso voltar para o convés – o capitão disse após um momento.

Sem dar um olhar para trás, ele a deixou sozinha na cabine. A jovem suprimiu um soluço, odiando a estranha, repentina e insuportável necessidade de chorar que a tomou. Ela nunca chorava. Roberta era mais forte do que isso. Ainda assim, as lágrimas rolaram por suas bochechas no momento em que ela afundou na cama.

O que estava acontecendo? O pirata conseguira passar por suas defesas. Por mais tentador que fosse chegar ao limite, precisava se lembrar de quem ela era, não de quem queria ser. Contudo, no fundo, sabia que o precipício estava muito próximo e que já estava caindo.

As MÃOS DE DOMINIC TREMIAM QUANDO CHEGOU AO convés superior. Sua tripulação parou, olhando para ele. Uns com respeito, outros com incredulidade. O capitão não açoitava ninguém em seu navio há quase seis meses e, sem dúvida, nunca levantara o chicote contra um menino. O *Dragão* estava repleto de homens que eram leais a Grey e ao seu propósito; qualquer um que precisasse ser disciplinado constantemente era enviado ao porto mais próximo com uma bolsa cheia de moedas capaz de comprar sua felicidade enquanto procurava por uma nova tripulação.

Reese se juntou a ele no castelo de proa.

– Capitão, posso ter uma palavra com você?

O intendente arregaçou as mangas; seus braços bronzeados estavam cobertos por cicatrizes similares as de Dominic. Ele nunca dissera como acabara com elas ou o que acontecera em seu passado. Um dia, Reese simplesmente aparecera no convés da embarcação, à procura de trabalho. O homem conquistara Grey e, em menos de dois anos, acabara sendo promovido a intendente. O capitão sentia que podia confiar sua vida a Reese.

– O que está lhe preocupando?

O intendente olhou para o mar. Apesar da tempestade já ter passado, as ondas ainda estavam fortes.

– Ela está... quer dizer, Robbie está bem?

A preocupação em seus olhos assustou Dominic.

– Sim. Você se saiu bem. Sua pele está sensível, mas é seu orgulho que está ferido.

– Que bom. – Reese ficou em silêncio por algum tempo, em seguida, inspirou profundamente. – Nunca mais me faça fazer isso. Não açoitarei ela ou outra mulher novamente, quer mereçam ou não. Se isso significa que você me punirá, então, que assim seja.

Grey encarou suas botas. A verdade, por mais dolorosa e distorcida que fosse, estava na ponta de sua língua.

– Eu não queria ter que fazer algo assim, mas ela quase nos matou na noite passada. As pessoas morrem durante tempestades, você sabe disso tão bem quanto eu. Ela arriscou sua vida por aquele garoto. Quando os vi deslizando para o parapeito, simplesmente perdi minha maldita cabeça.

O terror de testemunhar Roberta quase ser levada pelas águas escuras enchera seu peito com um temor que só sentira uma vez antes – no momento em que percebera que nunca mais veria sua casa em *Cornwall*.

– Estou falando sério, capitão. Não voltarei a fazer isso. O que quer que ela esteja fazendo com você, peço que resolva suas questões em privado. Não me coloque no meio. Está claro que você a deseja e eu apostaria que a mulher também o quer, independentemente de ser uma dama ou não. Se este for o caso, tome-a. Quando a reivindicar, o fascínio desaparecerá e você poderá se concentrar no navio e na tripulação novamente.

Dominic não respondeu. Como poderia contar a verdade ao seu intendente? Como poderia dizer que havia encontrado a criatura mais ardente que já vira; uma que se encaixava em todas as facetas de sua vida, a do conde que teria se tornado e a do pirata que agora era? Ele não sabia o que fazer, bem como deixara de confiar em seus instintos.

Grey segurara os braços dela, mantendo-a firme sobre o barril. Tinha visto seu medo e sua bravura duelarem até que a última havia vencido. Naquele momento, uma parte de si mesmo havia se ligado à dama – a parte que se lembrava do medo e da dor gerado pelas chicotadas e pelos socos de seu torturador, quando a linguagem do sofrimento ainda era nova para ele. Agora, o capitão esmagava seus temores com os punhos, vivendo à sombra de uma dor montanhosa.

Os marinheiros falavam sobre a morte como se ela fosse um velho amigo, porém, para Dominic, ela era uma ceifadora, um raio envolto em escuridão. Os anos de dor fizeram com que ficasse entorpecido a ponto de não se importar em infligi-la. Ainda assim, de alguma forma, Roberta conseguira fazer com que os anos de luz do começo de sua vida voltassem à tona, deixando-o aflito e cego.

Não. Independente do castigo ter sido leve, nunca mais voltaria a machucá-la como hoje, porque não queria se tornar Gerard La Roux, o sujeito que lhe causara tanto sofrimento. Ver Nicholas tentando correr em defesa da mulher o lembrara do homem que ele costumava ser.

Dominic Greyville nascera para defender os fracos e os indefesos, não para feri-los. Agora, percebia que deixara que o Capitão Grey manchasse seu coração. Mesmo que ele e sua tripulação passassem a maior parte de seu tempo perseguindo navios negreiros e libertando prisioneiros, nunca sentira que havia sido absolvido pelos seus pecados, por mais que os tivesse cometido apenas para sobreviver. Sabia que não era digno de salvação, mas isso não queria dizer que não podia voltar a agir com nobreza. Sua inocência podia ter desaparecido há muito tempo, porém, protegeria Roberta de si mesmo a qualquer custo. Apesar de continuar desejando-a, precisava conquistá-la como um cavalheiro, não como um pirata. Seria uma tarefa praticamente impossível, mas faria tudo que estivesse ao seu alcance para começar a agir mais como Nicholas.

Grey estudou o horizonte e a maneira como o sol estava se pondo no céu. Logo seria noite e precisava falar com Nick. Ele se dirigiu para o convés inferior, onde seu amigo de infância fora colocado após o açoitamento. Desta vez, Nicholas não fora algemado. Quando Dominic entrou no pequeno cômodo, deparou-se com o homem andando de um lado para o outro. Uma trilha de poeira se formara nas tábuas do chão, mostrando que ele estava fazendo isso há muito tempo.

O tenente congelou ao ver o capitão, fechando suas mãos em punhos. Um momento de silêncio se passou, então, Nicholas pulou sobre ele com um rugido e empurrou Grey contra a parede. Seu amigo o prendeu pela garganta antes que o capitão tivesse a chance de levantar os braços.

— Inferno, quando aprendeu a se mover assim? — Dominic cuspiu as palavras à medida que o tenente apertava sua traqueia.

— Seu bastardo! Você chicoteou uma mulher. Uma mulher indefesa!

Pontos pretos dançavam na visão de Grey; ainda assim, pôde ver que Nick deixara sua posição aberta. Ele deu um golpe, acertando o outro logo abaixo de sua caixa torácica. O aperto do tenente em sua garganta afrouxou, possibilitando que o capitão desferisse outro soco, dessa vez, com mais força. Seu amigo tropeçou para trás, segurando um dos lados de seu corpo.

– Meu intendente mal a tocou, Nick. Eu juro. Acabei de deixá-la. A jovem estava em pé e com seu temperamento rotineiro.

Nicholas recuperou o fôlego, inclinando-se contra a parede dos fundos da cela.

– Você me deixou acreditar... Mas ela gritou. – Seus olhos azuis queimavam em desafio.

– A jovem se sobressaltou. Qualquer um gritaria com o susto do primeiro golpe, por mais leve que ele fosse. – Grey não podia acreditar que estava defendendo suas ações, bem como não podia acreditar que o tenente não confiava nele. Pensando bem, era um pirata, então... – Pedirei que a tragam aqui se não acredita em mim.

Algo que não era preocupação cintilou nos olhos de Nick.

– Sim, eu quero vê-la.

Será que Nicholas e Roberta...? Não, a dama estava noiva de Huntington. Talvez seu amigo estivesse apaixonado por ela, mas estivesse escondendo o sentimento como qualquer homem honrado faria.

– O que ela é para você? – Dominic perguntou, sem se importar com a franqueza do questionamento. Todos os modos e a polidez com os quais fora criado haviam perecido muito tempo atrás.

Nicholas encontrou seu olhar.

— A dama é uma amiga. Nós nos conhecemos na viagem. Ela é brilhante, Dom. Absolutamente brilhante. É uma navegadora muito melhor do que eu. — Os lábios do tenente se contorceram em um ligeiro sorriso. — Ela é até mesmo melhor do que Huntington. Isso tornou os jantares a bordo do *Fortune* muito mais divertidos.

— Mais inteligente do que seu noivo? De fato, deve ter sido divertido — o capitão refletiu.

O que diabos Roberta via naquele tolo?

— Noivos? Ela e Huntington não são... — As palavras de Nicholas morreram. — A jovem lhe disse isso?

— Sim. — Dominic compreendeu o que se passava na mente de seu amigo de infância. — Só que ela não está noiva, não é? Uma mulher assim não se amarraria a alguém como ele

— Não. Eu sabia que ele planejava pedi-la em casamento. Huntington se gabou disso. Contudo, tinha certeza de que a dama diria não.

— Então, ela queria que eu acreditasse que eles estavam noivos para que eu a tratasse bem. — Grey não pôde deixar de rir.

— Dom — Nick avisou. — Não a machuque. Pelo bem da amizade que já tivemos, eu imploro.

O pirata e o cavalheiro se entreolharam por um momento antes de Dominic assentir.

— Eu lhe disse que o homem que eu costumava ser não existia mais, mas eu estava errado. Essa parte de mim estava enterrada, não morta. A dama está segura comigo.

— Isso é bom. Posso vê-la? — Nicholas perguntou.

— Por quê? — A suspeita espreitava no tom do capitão.

— Quero assegurá-la de que seu pai ficará bem. Ela não viu ele ser colocado no barco.

– Muito bem. Pedirei que ela venha aqui.

Quando ele deu um passo para sair, o tenente voltou a falar:

– Seu pai nunca desistiu de procurá-lo, Dom. Nem sua mãe. Falei com eles pela última vez há dois meses. Seu pai ainda tem navios nas colônias e na Espanha lhe procurando. Em sua carta, ele me disse que planejava enviar homens para a costa da África e para as Índias Ocidentais. Você pode... – A voz de seu amigo ficou rouca. – Você pode voltar para casa.

A garganta de Dominic se apertou.

– Depois do que vi, do que eu fiz? Não, nunca posso voltar. – Ele fechou a porta da cela, esperando deixar as feridas do passado para trás.

CAPÍTULO 10

Nicholas olhou para a parede de sua cela. Estranhamente, sua mente estava em branco. Ainda não conseguia acreditar que Dominic estava vivo depois de todos esses anos. Quando seu amigo desaparecera, ele ficara destruído. Nicholas tinha ido às docas e perguntado a todos sobre Dom, na esperança de descobrir que o garoto tinha se juntado a uma tripulação mercante. Contudo, suas perguntas foram respondidas com um silêncio estoico. Apenas a jovem da taverna, a mesma garota pela qual Greyville havia lutado, jurara entre sussurros urgentes que o vira sendo levado para um navio.

Exceto por ela, ninguém mais havia dito sequer uma palavra. Os pais de Dominic tinham ficado frenéticos de preocupação. Os dois haviam contratado homens para questionar os habitantes da cidade e enviado mais pessoas para todas as estradas principais à procura de seu filho, mas era como se ele tivesse desaparecido na noite, assim como um raio ou um fantasma.

Dom não estava morto. Tal realidade ainda estava

sendo processada por sua mente. Mesmo após todos aqueles anos, Nicholas nunca tinha perdido as esperanças; não completamente. Em parte, fora por isso que se juntara à Marinha. Ele pensara – talvez tolamente – que poderia encontrar seu amigo em outro navio; que Greyville pudesse ter fugido de seus captores e, então, decidido ir para o mar.

Era comum, embora horripilante, que garotos fossem sequestrados – alguns até mesmo de suas próprias camas – e vendidos como escravos nas Índias Ocidentais ou nas colônias, onde eram forçados a trabalhar por décadas para conseguirem conquistar a liberdade. Alguns eram obrigados a viverem da pirataria, incapazes de retornarem para casa porque, se o fizessem, arriscariam ser enforcados pelos seus crimes do passado. O mero pensamento fez o estômago do tenente se revirar.

Provavelmente, seu pobre amigo ficara à mercê de piratas. Qualquer homem no lugar dele teria passado pelo próprio inferno. O pior é que Nicholas não estivera lá para protegê-lo. Enterrando seu rosto em suas mãos, o tenente se sentou em uma das caixas vazias. E, agora, Dominic era um capitão pirata. Talvez, ele já estivesse em um caminho sem volta.

Nicholas não tinha certeza de quanto tempo havia se passado até que ouviu o barulho de chaves girando na fechadura. Quando ergueu o olhar, não se surpreendeu ao se deparar com Reese, o intendente da embarcação, parado na porta. O homem deu um passo para o lado, permitindo que o que parecia ser um menino franzino entrasse na cela. O tenente se levantou assim que a Srta. Harcourt se aproximou, ainda usando seu disfarce de grumete.

– Tenente – ela disse baixinho antes de lançar um olhar questionador por cima do ombro.

Reese deu um aceno de cabeça e fechou a porta atrás dela, deixando a jovem e Nicholas sozinhos.

— Srta. Harcourt, eu sinto muito. Falhei em protegê-la.

Ela levantou uma mão.

— Eu não diria isso. Nós dois somos prisioneiros, não somos? Assim como eu, você fez seu melhor. Nossas circunstâncias não permitiram que tivéssemos outra opção. Não podemos nos esquecer disso. — Roberta deu um passo à frente, fitando-o com preocupação. — Você está ferido? Aqueles homens o machucaram?

Nicholas riu com amargura.

— Estou bem, Srta. Harcourt. É com você que me preocupo. A senhorita foi chicoteada. — Seu olhar caiu sobre o corpo dela, buscando qualquer sinal de dor.

— Ah... — A dama corou, o que, apesar de seu traje masculino, a deixou incrivelmente bonita. — Eu não fui... Para minha surpresa, ele não me machucou de verdade. — Ela mordeu o lábio.

— Então, Dom estava dizendo a verdade? — Ele não sabia se devia acreditar nisso ou não.

— Sim. No começo, fiquei com medo, mas tudo não passou de uma punição similar a que se daria a uma criança malcomportada; o que suponho que, por si só, seja uma mensagem. — Roberta pigarreou, envergonhada. — Espera, você chamou o capitão de Dom...

A jovem merecia receber uma resposta. Afinal, a verdadeira identidade do capitão pirata era a única coisa que o tenente poderia lhe dar no momento.

— Eu o conheço. O homem que se autodenomina Capitão Grey é Dominic Greyville, ex-futuro conde de Camden. Ele era meu melhor amigo.

❋

— MELHOR AMIGO? — ROBERTA NÃO CONSEGUIA acreditar no que ele estava lhe dizendo. – Mas como...?

Nicholas suspirou antes de gesticular para uma caixa de madeira ao seu lado. A dama se sentou, fazendo o possível para não estremecer de dor, então, prendeu a respiração enquanto o ouvia.

– Nascemos a duas milhas de distância, no mesmo dia. Dom chegou a este mundo apenas três horas antes de mim. Nós nos conhecemos com duas semanas de idade. Nossos pais eram amigos de longa data. Com o tempo, nosso vínculo se solidificou. Tornamo-nos inseparáveis.

A dor na voz de Flynn fez os olhos dela se encherem de lágrimas. Sempre ansiara ter uma amizade assim, todavia, nunca se dera bem com as outras damas. Encontrara algumas jovens agradáveis, mas elas normalmente não possuíam interesses em comum com Roberta. Tinha sido difícil ter conversas significativas que poderiam vir a formar amizades duradouras.

– O que aconteceu com vocês? – ela perguntou.

Os olhos do tenente ficaram intensos.

– Honestamente, não sei, mas tenho minhas suspeitas.

– Não compreendi.

Flynn passou uma mão por seus cabelos loiros.

– Tínhamos catorze anos quando Dom desapareceu. Dei-lhe boa noite e seguimos para nossas casas. Seus pais disseram que ele foi mandado para o quarto sem jantar, porque haviam descoberto que o filho estivera lutando.

– Espera, lutando? Com quem? – A jovem se aproximou mais de Nicholas.

– Com um rapaz de uma taverna. Ele tinha batido em

uma jovem. Dom tem um ponto fraco por donzelas em perigo.

Roberta bufou de uma forma nada digna de uma dama.

– Se isso fosse verdade, ele não teria me tratado melhor?

O tenente deu de ombros.

– Isso é parte do mistério. Como eu estava dizendo, como castigo por ter se envolvido em uma luta, ele foi mandado para os seus aposentos. Após essa noite, ninguém mais o viu.

A jovem colocou uma mão sobre a boca.

– Ah, seus pobres pais. Eles devem ter ficado aterrorizados ao descobrirem que ele havia desaparecido.

– Você não tem ideia, Srta. Harcourt. Aaron era duro com Dom, mas o amava ferozmente. O homem nunca foi cruel, contudo, não deixava que seu filho corresse solto. Como já deve ter percebido, a selvageria está no sangue de meu amigo. – Flynn colocou as mãos nos joelhos e se inclinou para trás. – Eles nunca desistiram. Preciso me libertar assim que chegarmos ao próximo porto para poder lhes enviar uma carta. O conde e a condessa de Camden precisam saber que Dom ainda está vivo.

– Isso se o capitão honrar sua palavra e nos deixar partir em *Tortuga*... – Ela mordeu o lábio. – Acredito que nós dois encontraremos uma forma de chegar em *Port Royal*, então, poderemos escrever para família dele.

– Obrigado. – Nicholas sorriu, mas sua expressão quebrada partiu o coração da jovem. – Depois de tudo o que aconteceu com ele, quer dizer, o que eu suspeito que tenha acontecido, não será uma reunião fácil ou mesmo segura.

– Como assim?

– Não tenho certeza, contudo, acredito que ele tenha sido sequestrado. O tráfico de escravos não leva apenas africanos, mas, sim, qualquer um que possa ser forçado a trabalhar. Sabe-se que homens invadem cidades costeiras da Inglaterra com o intuito de sequestrarem meninos cuja falta não será notada. As condições em que esses garotos vivem só é um pouco melhor do que a dos pobres africanos que são tirados de suas terras natais. Mais cedo ou mais tarde, a maioria dos meninos britânicos sequestrados acaba na companhia de piratas; que são, como já deve ter percebido, bastante cruéis. O abuso que Dom deve ter sofrido em uma idade tão terna é algo que sequer consigo imaginar. E não me refiro somente a chicotadas. Coisas acontecem em navios, especialmente com garotos e rapazes.

Roberta tentou não pensar nos horrores que Grey devia ter enfrentado quando era criança, pois, às vezes, sua imaginação podia ser muito mais perigosa do que a realidade. Ainda assim, tinha que admitir que a tripulação de Dominic não era tão cruel quanto ela imaginara. Ele parecia governar seu navio de uma forma muito diferente dos outros piratas. Apesar disso, a dama não ousava baixar sua guarda diante deles.

– Que coisas? – perguntou. Não tinha certeza sobre o que estava indagando, todavia, sua imaginação logo lhe deu uma ideia sombria.

– Quando tentei falar com ele sobre seu passado, Dom se fechou. Apenas um homem que passou pelo inferno se recusaria a se abrir com seu melhor amigo. – Os olhos de Flynn ficaram úmidos. Rapidamente, ele piscou e desviou o olhar. – Falhei com ele, Roberta.

O tenente usou seu nome de batismo suavemente, da

mesma maneira que um amigo faria. A dama tocou seu braço, querendo tranquilizá-lo.

— Isso não é possível. Vocês eram crianças. Se estivesse com ele, também poderia ter sido levado.

Nicholas fungou, limpando o nariz.

— Pelo menos estaríamos juntos.

Por mais triste que a ideia fosse, Roberta não podia argumentar contra isso.

— Eu invejo a amizade que vocês tinham. Sempre estive sozinha.

Flynn focou nela novamente.

— É mais fácil para os garotos formarem amizades. Minha irmã diz a mesma coisa que você. Ela se sente só na maior parte do tempo. Apenas Josephine, a irmã de Dom, é capaz de lhe confortar.

— Dominic tem uma irmã?

— Sim, e um irmão. Josephine e Adrian são gêmeos. Eles não passavam de bebês quando Dom foi sequestrado.

— Ele deve sentir a falta deles.

O coração de Roberta doía por Grey e pela vida maravilhosa que o homem havia perdido. Conhecer sua história fazia com que sua atitude dura e fria fosse mais compreensível. Supunha que se tivesse perdido sua família da mesma forma que o capitão, também se tornaria uma pessoa amarga.

— Contudo, se o reunimos com sua família...

— Isso pode ser impossível — Flynn interpôs. — Dominic vive como pirata há mais de uma década. Sua reputação o precede. No momento em que ele navegar para um porto onde as autoridades o reconheçam, será condenado à morte. Dom sabe disso. É por esse motivo que não quer que contemos à sua família. Se eles viessem procurá-lo, isso poderia levar à sua morte. – O tenente fez uma pausa, como se quisesse refutar seu próprio argumento. – Ainda assim, eles devem ser informados. Depois de todo esse tempo, precisam saber.

– Sim, eles precisam.

Ela ficou em silêncio por um momento, assim como Nicholas. De repente, a jovem percebeu que esta era uma das poucas vezes em que estava sozinha com um homem. Também ficara a sós com Dominic, contudo, as duas experiências eram muito diferentes. Mesmo Flynn estando na condição de prisioneiro, sentia-se segura com ele. Já com Grey... Bem, sentia exatamente o oposto. A intensidade natural do pirata era algo que a assustava e a atraía da mesma forma que uma mariposa é atraída pela chama.

Embora fosse uma expressão comum, testemunhara quando uma grande e negra mariposa se atrevera a chegar perto demais da lamparina ao lado de sua cama. O inseto havia voado imprudentemente em torno da chama constante, então, quando não pudera mais resistir ao chamado da luz, mergulhara no fogo. Suas asas tinham brilhado como um vagalume lançado para fora dos poços do inferno. Em uma morte esvoaçante e agonizante, a mariposa caíra na base da lamparina. Momentos depois, ela perecera silenciosamente.

Será esse o meu destino? Se eu ficar muito perto do Capitão Grey, ele me queimará até que não reste nada de mim além de cinzas silenciosas?

– Precisa ter cuidado, Roberta. Acho que o Dominic que conheci quando era menino ainda está dentro dele, porém, por conta dos anos que passou como pirata e do que teve que fazer para sobreviver, o homem que vemos hoje não acredita que existe outro caminho. Temo que essa parte dele possa ser forte demais.

O tenente pegou suas mãos e, por um momento, a jovem pensou que o cavalheiro à sua frente – um homem cativante, bonito e muito mais nobre do que Grey – era o tipo de pessoa com quem deveria se casar. Contudo, logo os olhos escuros, brilhantes e cheios de segredos do pirata, a lembrança do toque de suas mãos sobre o corpo dela e do domínio de seus lábios cintilaram na mente de Roberta... Ninguém mais poderia fazê-la se sentir assim.

– Serei cuidadosa – a jovem garantiu.

– Isso é bom. Eu não suportaria vê-la machucada, porque eu...

O que quer que Nicholas estava prestes a dizer foi silenciado por uma comoção vinda do andar de cima. Reese abriu a porta da cela.

– Para o convés, Robbie. Agora. Um navio foi avistado.

Roberta correu para fora, deixando Flynn na cela. Ela seguiu o intendente até o convés. O sol tinha desaparecido no horizonte e a tripulação havia acendido as lamparinas.

– É a *Dama Vermelha*! – berrou um homem pendurado nos cordames acima do mastro de mezena.

– O que é a *Dama Vermelha*? – ela perguntou a Reese.

Eles se juntaram a Dominic no castelo de proa. O capitão fitou seu intendente com uma expressão rígida. Ambos ignoraram sua pergunta.

– Não podemos superá-la. A *Dama Vermelha* é uma das poucas embarcações capazes de nos alcançar – Grey rosnou.

– O que é a *Dama Vermelha*? – Roberta repetiu.

– O pior navio pirata a assombrar as Índias Ocidentais

– Dominic finalmente respondeu. Seus olhos pareciam tão negros quanto a noite.

– Ele vai querer vê-lo, não é? – Reese perguntou com uma expressão dura de preocupação.

Naquele momento, a jovem percebeu que havia algo ou alguém muito ruim a bordo da *Dama Vermelha*. Por um instante, viu um lampejo de medo surgir no rosto do capitão antes de ele enterrá-lo sob uma expressão fria de desafio.

– Sim, ele vai. Terei que permitir, do contrário o homem arriscará a vida de todos a bordo. – Após tomar essa decisão, Dominic se virou para a jovem e agarrou seu braço bom. – Robbie, encontre Luke e vá para a vigia no topo do mastro principal. Não desça até que eu lhe chame. Entendeu? Desta vez, não me desobedeça, senão acabará desejando que eu realmente tivesse lhe açoitado. O capitão daquele navio *é* o monstro do qual você deveria temer.

A garganta da dama se apertou e ela engoliu em seco.

– Sim, capitão – respondeu com sinceridade.

Roberta não o desobedeceria. Esta não era mais uma batalha só entre eles. Obedecer às suas ordens passara a ser uma questão de vida ou morte e ela escolhera escutá-lo.

– Agora, vá – Grey ordenou com urgência.

A jovem correu até as escadas do convés e seguiu para cozinha, que ficava no centro da embarcação.

Lee e Lucy estavam preparando o jantar. Mesmo sob essas terríveis circunstâncias, a dama não pôde deixar de se encantar com o aroma que vinha das panelas no fogão. Lucy estava ensinando o pirata a preparar a refeição.

– Em seguida, você adiciona um pouco de limão. Ele é importante. O almirante diz que a fruta afasta o escorbuto, sem falar que acentua o sabor do frango assado.

– Luke, nós precisamos ir – Roberta interrompeu, recebendo um olhar desaprovador de Lee.

– O garoto está me ensinando. Saia daqui, Robbie. – Ele gesticulou para que ela fosse embora.

– Sr. Lee, o capitão ordenou que nós fôssemos para a vigia. A *Dama Vermelha* está se aproximando.

Os olhos do pirata se arregalaram e ele murmurou algo sobre vilões bastardos.

– Vá e fique fora de vista. – O homem entregou um pão e duas maçãs à Lucy.

Roberta levou sua criada pessoal de volta para o convés assim que a outra embarcação parou ao lado do *Dragão*.

– Suba rápido! – ela sibilou.

Tinham sorte por a escuridão estar escondendo a fuga apressada delas. A dama teve que sufocar um grito de dor enquanto subia o cordame. Com suas mãos feridas e seu ombro machucado, mal conseguiu chegar na vigia. Felizmente, Lucy a ajudou, colocando um braço em torno de sua cintura até que alcançassem o topo e passassem pela borda. O formato de balde da vigia as mantinha a salvo dos olhares vindos de baixo. A jovem esperava que a criada não ficasse enjoada, já que o local balançava até mesmo em águas calmas.

– Por que estamos nos escondendo? – Lucy sussurrou enquanto se sentavam e dividiam a comida entre si.

– O navio que parou ao lado do nosso se chama *Dama Vermelha*. Seu capitão assusta até mesmo Dominic, o que, para mim, já é um motivo bom o suficiente. Lucy, você deveria ter visto o rosto dele. Ele estava aterrorizado.

A funcionária a encarou em choque. Ela congelou com a boca aberta e sua maçã a poucos centímetros de distância.

– Ele aterroriza o capitão? Pelos céus, milady, nós...

– Silêncio – Roberta sibilou quando vozes foram carregadas pelo vento. Eram vozes francesas e crioulas. A jovem queria olhar para baixo, mas sabia que precisava se manter escondida.

– Dominic, há quanto tempo, *mon ami* – um homem com um sotaque francês suave e frio disse.

– La Roux – Grey respondeu.

A dama fechou os olhos, imaginando Dominic à meianau em sua posição firme e imponente. Ele estaria com seus braços cruzados sobre o peito e o rosto rígido, onde apenas uma fachada supostamente amigável poderia ser vista. Uma pistola estaria enfiada em seu cinto e uma cimitarra poderia ser vista próxima ao seu quadril. A imagem perfeita do pirata que ele era. Esse tal de La Roux só poderia ser a personificação de um terrível pesadelo para assustar alguém assim.

– Estávamos prestes a jantar na minha cabine – Grey disse. – Se quiser, pode se juntar a nós. Contudo, estamos a caminho de *Port Royal*. Sei que você não frequenta o lugar, pois a frota britânica costuma estar sempre presente.

Claramente, ele estava tentando afugentar o recémchegado.

– Em circunstâncias normais, você estaria certo, velho amigo, porém, hoje, sinto-me tentado a fazer uma visita. Sei que você tem um carinho especial por *Port Royal* e pelas damas de lá. Nós nos juntaremos à sua tripulação para o jantar.

– Muito bem. – A voz de Dominic se suavizou ao se dirigir para o tombadilho superior, desaparecendo pelas escadas até que elas não podiam mais ouvi-la.

Roberta e Lucy prenderam a respiração, só soltando-a

quando o convés pareceu ficar em silêncio. Então, a dama se ajoelhou e, cuidadosamente, arriscou espiar por cima da borda da vigia, em direção à embarcação vizinha. Alguns homens se moviam pelo convés iluminado da *Dama Vermelha*. Todos tinham uma aparência suja e grosseira, o completo oposto dos integrantes do *Dragão*. De fato, para piratas, os marinheiros do navio de Dominic podiam até ser considerados elegantes e corteses. A jovem observou dois homens discutirem por uma garrafa de rum, o que logo levou à uma luta envolvendo socos e facadas. Enquanto isso, nenhum dos outros piratas a bordo pareceu se importar. Roberta deslizou para o fundo da vigia.

— Lucy, acho que temos uma longa noite pela frente.

CAPÍTULO 11

O estômago de Dominic se revirou de pavor enquanto levava Andre La Roux para sua sala de jantar. Lee já havia feito a mesa para Reese, Chibbs, Dominic e três outros. Ele devia ter adivinhado que La Roux tentaria ficar. Homem inteligente. Até esse pequeno gesto mostraria ao recém-chegado que seus homens estavam preparados para o que viesse.

La Roux gesticulou para seus dois companheiros, seu intendente, Blaise Robinson, um homem perigoso com qualquer tipo de arma, e seu contramestre, Curtis Whalen. Blaise era forte e jovem como Reese, já Curtis era mais velho e mais rechonchudo, embora não menos perigoso. Grey não arriscaria começar uma briga enquanto os dois estivessem a bordo. Por mais que desejasse cortar a garganta de Andre, não colocaria a vida de seus próprios homens em risco. Apenas um tolo pensaria que o capitão poderia ser facilmente morto. Blaise e Curtis encontrariam, sem dúvida, alguma forma de sinalizar a *Dama Vermelha* para preparar seus canhões.

Após La Roux se sentar, Dominic se acomodou rigidamente em sua própria cadeira. Os demais homens na sala esperaram por um momento antes de se juntarem a eles.

Lee trouxe pratos com frango assado e biscoitos, em seguida, serviu o vinho. Grey nunca teria tomado uma bebida ofertada por um inimigo, contudo, o capitão da *Dama Vermelha* era arrogante o suficiente para assumir que ninguém ousaria envená-lo. Dominic pensara em tirar proveito disso, porém, para fazer um trabalho bem feito, teria que garantir que Curtis e Blaise também bebessem, algo que eles não fizeram.

– Bem... este é um reencontro agradável, não é, Dominic? – Ele pronunciou seu nome de uma maneira que fez seus pelos se eriçarem. Enquanto o sujeito falava, curvava os lábios em escárnio, fazendo sua pele se esticar, o que dava às suas feições duras uma aparência ainda mais ossuda e sobrenatural. La Roux tinha quase quarenta anos, mas possuía os traços antigos e eternos que apenas o diabo em pessoa poderia ter.

Apesar de Andre ser uma versão mais magra e mais seca de seu irmão, Gerard, seus rostos, suas vozes e suas atitudes eram tão semelhantes que faziam Grey reviver as memórias mais sombrias do tempo em que passara a bordo do seu primeiro navio. Fora Gerard que o ferira; que lhe tirara o que nenhum homem deveria ter tirado. Andre observara, sem nunca dizer nada, seu irmão se satisfazer usando o corpo muito menor de Dominic. Portanto, o capitão do *Dragão* o via como alguém tão vil e miserável quanto seu abusador.

Dominic tentou enterrar a agonia angustiante daqueles dias, mas até mesmo o cheiro do casaco vermelho e suado de Andre fazia a bile subir pela sua garganta.

– É uma pena que Gerard não esteja mais conosco – o outro refletiu, girando sua taça de vinho entre o polegar e o indicador.

– De fato – Grey murmurou.

Nenhum dos dois reconheceu a verdade por trás do destino do pirata, embora soubessem muito bem o que havia acontecido. Dominic porque estava lá, uma semana depois de seu décimo oitavo aniversário, com uma pistola fumegante em sua mão e seu algoz morto aos seus pés. E Andre porque tinha descoberto uma semana depois, quando já era tarde demais para rastrear o rapaz. Os anos haviam se passado sem que o capitão da *Dama Vermelha* tivesse vindo atrás de sua vingança. Apesar disso, Grey sabia que era apenas uma questão de tempo. Mesmo que sua reputação como pirata tivesse crescido após matar o bastardo que o abusara, tinha certeza de que Andre não se sentiria intimidado e, eventualmente, viria procurá-lo.

– Os rumores alegam que você estava perseguindo um tesouro na costa da Espanha – La Roux disse antes de beber seu vinho.

– Um tesouro? Não. Deixamos a Espanha, mas não para irmos atrás de um navio.

O capitão da *Dama Vermelha* era o único homem à mesa que estava jantando. Seus talheres tintilavam contra o prato de porcelana enquanto ele cortava o frango, pegava-o com o garfo e mastigava, confiante e, aparentemente, indiferente às ameaças. Dominic podia sentir Reese e Chibbs o observando até que seus olhares se voltaram para La Roux.

– Então, você não cruzou o caminho de um navio britânico chamado *Fortune*?

– Não me recordo de algo assim ter acontecido. Porém, talvez você o tenha encontrado? – Grey desafiou o francês.

Andre riu.

– Se tivéssemos, não teríamos perseguido você. Em vez disso, minha tripulação estaria desfrutando dos frutos de nossa vitória em *Tortuga*.

Calmamente, Dominic pegou seu vinho e tomou um pequeno gole. La Roux devia ter suas próprias fontes.

– Conheci uma mulher adorável durante minha recente estadia na Espanha. Ela me falou sobre o *Fortune*. É uma pena saber o fim que a jovem teve. Maria, acho que era esse o seu nome.

O vinho se transformou em cinzas na língua de Grey.

– O que aconteceu com a dama? – Ele sabia que não deveria estar perguntando, pois isto poderia revelar que conhecia a mulher, mas não conseguiu se conter.

– Ah, você a conhecia? – La Roux sorriu e seus olhos cintilaram antes de voltar sua atenção para seu jantar. – Ela era uma puta. Em espírito, não em profissão. E morreu como uma prostituta deveria... ou foi o que me disseram. – Delicadamente, o sujeito colocou uma garfada em sua boca, fitando-o com satisfação. – Caiu de uma janela depois que seu marido descobriu sobre sua infidelidade. Sua cabeça se partiu nos paralelepípedos da residência assim como um melão maduro. *Crack*. – Ao terminar de comer, ele estalou os lábios, inclinou-se para a frente e sorriu. – É uma maneira horrível de morrer, não concorda?

Ao lado de Dominic, Reese mudou de posição. O movimento pareceu tão natural que, se Grey não o conhecesse melhor, não teria suspeitado de nada. Contudo, sabia que o intendente tinha acabado de tirar uma lâmina de seu colete e, agora, estava apenas esperando por uma ordem sua.

– É uma pena. Eu a conhecia.

O capitão do *Dragão* precisou reunir toda a sua força de vontade para pegar seu talher e comer um pedaço do frango como se não se importasse com a informação que o outro acabara de revelar. Se La Roux soubesse que poderia atingir Dominic matando mulheres inocentes, então, sem dúvida, mais damas acabariam encontrando a foice da morte. A tensão sombria entre eles só parecia crescer, fazendo com que o ar se esvaísse e os músculos de cada homem na sala se flexionassem em antecipação a uma possível luta.

– Bem... Vejo que meus companheiros de jantar não estão tão entusiasmados quanto eu esperava. Talvez eu deva voltar para o meu navio. – Andre ficou de pé, circundou a mesa e viu a velha bússola de Gerard sobre uma pilha de papéis. Ele a pegou, então, estudou o objeto com um sorriso lento antes de colocá-lo de volta no lugar e fazer uma reverência profunda com seu chapéu na mão. – Como sempre, sua hospitalidade é apreciada.

Blaise e Curtis também se levantaram, embora sem oferecerem as mesmas sutilezas, e o seguiram para fora do cômodo.

Dominic, Reese e Chibbs permaneceram na cabine, prontos para qualquer coisa que pudesse acontecer. Eles eram espertos o suficiente para não seguir La Roux até o convés. Se Andre quisesse derramar sangue esta noite, teria começado com os homens que estavam ali. Era melhor não instigar sua violência até que estivessem em uma situação em que Grey tinha certeza de que o *Dragão* e sua tripulação estavam em vantagem. Lee retornou depois de alguns minutos.

– Eles se foram, capitão. A *Dama Vermelha* está se afastando.

– Obrigado, Lee. – Dominic caiu em sua cadeira. Seu corpo tremia de alívio.

Reese e Chibbs o observaram com atenção.

– Um dia desses, eu o matarei – Grey prometeu. – Então, ele se juntará ao seu irmão nas profundezas frias do mar.

– Espero que esse dia chegue logo – o intendente acrescentou solenemente.

Dominic ouviu a *Dama Vermelha* se afastar. Ele esperou mais meia hora antes de se aventurar até o convés. Fitando as águas iluminadas pela lua, constatou que o outro navio já tinha desaparecido. Então, dirigiu-se para o cordame do mastro principal e subiu até a vigia. No momento em que chegou ao topo, Roberta se pôs de pé com uma cimitarra fina apontada para sua garganta.

– Calma, Robbie – Grey falou, permanecendo imóvel e dando-lhe tempo para reconhecê-lo no escuro. – Se realmente quiser cortar minha garganta, espere ao menos estarmos em segurança e de volta ao convés.

– Capitão, desculpe, pensei... – A jovem abaixou a arma e recuou alguns centímetros, como se esperasse que ele ficasse furioso.

– Está tudo bem. Vocês podem descer. A *Dama Vermelha* se afastou. Por enquanto, estamos seguros.

Dominic não disse às mulheres que planejava dormir com um olho aberto a partir de agora.

Ele as ajudou a fazer o caminho pelas cordas. Assim que colocaram os pés no convés, Lucy correu para a cozinha com o intuito de ver se Lee precisava dela.

Grey gesticulou para que seu contramestre se aproximasse.

– Chibbs.

– Capitão?

– Certifique-se de que a tripulação receba canecas extras de rum. Será uma noite silenciosa. Todos devemos beber um pouco para elevar os nossos espíritos.

Chibbs sorriu.

– É como meu pai costumava dizer: "Uma bebida por dia mantém o médico longe".

Dominic revirou os olhos enquanto um pequeno sorriso curvava seus lábios. Ao contrário de sua tripulação, ele não encontraria nenhum alívio esta noite. Grey seguiu para baixo do convés e se deitou em sua cama, encarando o teto. A luz do luar entrava pela janela da cabine. O mar cintilava de uma maneira que o fazia pensar nos olhos de Roberta.

Tudo parecia fazê-lo pensar nela. O vento batendo nas velas soava como os suspiros suaves da jovem e o balanço do *Dragão* o lembrava da paz que havia encontrado quando a segurara em seus braços.

Seu corpo ficou tenso quando, de repente, a porta da cabine se abriu e a dama apareceu.

– Trouxe o seu rum, capitão.

Ela se aproximou, segurando duas canecas. Quando Dominic se sentou na cama, a dama lhe entregou uma delas.

– Você já bebeu rum, Robbie? – ele perguntou.

Roberta encarou os pés, parecendo tímida.

– Não bebeu, não é? – Grey riu ao pegar sua caneca e tomar o doce e ardente líquido em um longo gole. Depois, colocou-a no chão.

– Na verdade, já provei uma vez, quando eu tinha quinze anos. Um dos grumetes do navio em que meu pai estava servindo me deixou tomar um gole.

– E? – o pirata perguntou baixinho, dando-lhe a chance de relaxar.

Ela fechou a porta, andando pela cabine.

– O sabor não era do meu agrado. – Seu nariz se enrugou ao se lembrar do gosto da bebida. – Embora as pessoas afirmem que você acaba se acostumando com ele.

– Bem, quer seja do seu agrado ou não, beba. O rum fará a dor em suas costas diminuir.

A jovem levou a caneca até os lábios e tomou alguns goles. Em seguida, cobriu a boca com a mão, engasgando-se.

– Ah, é... pior do que eu me lembrava. – Roberta cuspiu, limpando a boca com a manga de sua camisa da mesma forma que um garoto faria. Seu rosto ficou vermelho ao perceber que o capitão observara a cena e seus modos rudes. – Sinto muito, eu...

– Não se desculpe. Você não precisa gostar de uma coisa só porque os outros gostam.

– Eu sei, mas eu queria me encaixar com o resto da tripulação.

– Robbie, nunca faça algo apenas para se encaixar. Destacar-se na multidão é um feito do qual você deveria se orgulhar.

– Sinto muito – ela disse novamente.

– Pare de pedir desculpas – Dominic rosnou e se levantou.

A jovem deu um passo para trás, colidindo com a parede em frente à cama dele e estremecendo mais uma vez. Quando o capitão pegou seu braço bom e a virou de costas para si, sua respiração se acelerou.

– O que está fazendo? – a dama perguntou com medo.

– Quero ter certeza de que você está bem.

Dominic puxou a camisa de suas calças e a levantou, expondo suas costas. Grossas tiras de tecido prendiam seus seios, o que oferecera certa proteção contra o chicote. Apesar disso, Grey ainda via linhas rosa-pálidas ao longo da parte inferior de suas costas.

Ele tracejou uma que se encontrava logo acima de suas calças. Roberta permaneceu em silêncio, contudo, seu corpo tremeu. Ver seu tremor fez com que um fogo selvagem atravessasse o capitão. Não havia nada mais doce do que ter uma mulher com um corpo tão sensível. Ela não seria como as outras, que viam o sexo como uma transação ou um meio para um fim. Com Roberta, o ato seria capaz de unir seu coração e sua alma aos de um homem. Esta simples percepção o deixava tanto aterrorizado quanto animado.

— Dói? — Grey perguntou. — Devo chamar o Dr. Maynard?

Ele tentou manter seus pensamentos castos, porém, a tarefa estava se tornando impossível.

— Eu... Não. Não o incomode. Só estou um pouco dolorida.

A dama tentou se afastar, mas Dominic não deixou.

— Robbie, você me tenta. Sua presença me faz esquecer... — Ele fechou os olhos enquanto se inclinava para perto, inalando o cheiro dela. Era um aroma doce, leve e feminino, misturado com água de rosas. Reese estava certo.

— Eu faço você se esquecer?

A resposta ofegante da jovem o inundou com excitação e visões em que pairava sobre ela na cama. O que Grey não daria para provar a pele cremosa de seus seios e ouvir seus suaves gritos de prazer misturados com o som silencioso das ondas batendo contra o casco de madeira do *Dragão*.

– Sim...

O capitão abaixou o rosto até o pescoço dela, deixando a camisa da dama cair. Ele pressionou os lábios contra o ponto onde o ombro dela encontrava o pescoço. Dominic nunca sentira uma urgência tão grande quanto a que estava sentindo agora. Estava pronto para passar a noite toda com ela em seus braços, em sua cama; tocando-a, segurando-a com seus corpos pressionados um contra o outro, suas costas tocando o peito dele... Sentia-se em paz, como se pudesse dedicar todo o tempo do mundo em explorar o corpo de Roberta. Um tremor de desejo – não apenas carnal, mas, sim, vindo do coração – serpenteou pelo pirata. Como era possível que, com sua simples presença, essa pequena mulher lhe desse tanto conforto?

Ela se virou, contudo, não se afastou.

– Do que quer se esquecer?

Seus olhos estavam brilhantes; tão cheios de confiança e de desejo que o capitão se viu falando sobre a escuridão que o assombrava.

– Do que eu fiz. – Dominic acariciou seu rosto, roçando o polegar sobre sua bochecha e seus lábios. Vê-la ceder tão docemente gerou uma dor profunda dentro dele. – Eu fiz coisas terríveis, Robbie.

A confissão doeu ao escapar de seus lábios. Sequer tinha a intenção de dizer isso à jovem, pois sabia que não suportaria vê-la condená-lo sem saber por que o pirata havia cometido tais crimes.

– Coisas terríveis foram feitas com você, mas isso não o torna uma pessoa terrível – ela respondeu gentilmente. Seu tom tão cheio de compaixão foi como uma faca entrando no coração dele.

– Como poderia saber...?

Grey odiou a grosseria em sua voz, contudo, a dama não vacilou ou se afastou.

– Posso ver nos seus olhos. Há tanta dor neles. – Ela levantou uma mão, tocando sua bochecha e seu pescoço, passando os dedos ao longo da base da sua cabeça.

O corpo do capitão ficou tenso, sentindo seu desejo ser renovado; um que, agora, misturava-se com algo mais doce.

– Por favor – ele implorou suavemente, soando quase como um garotinho perdido. – Ajude-me a esquecer... mesmo que apenas por um tempo. – Dominic não queria a piedade dela. Felizmente, não viu nada disso em seus olhos.

Roberta ficou na ponta dos pés, pegou seu colarinho e o puxou para baixo. No momento em que seus lábios se encontraram, Grey se viu envolto por um calor invisível. Seus sentidos giraram e ele a agarrou, empurrando-a contra a parede para que pudesse sentir o corpo dela contra o seu. O capitão queria prendê-la ali, certificando-se de que a jovem pertencesse somente a ele. Seu coração martelou ao saborear o gosto do rum que ainda permanecia na boca dela. A proximidade da dama era como uma droga; como uma garrafa inteira do melhor tipo de bebida.

Dominic explorou a suave sensação da boca da jovem enquanto suas mãos vagavam sobre ela de um modo gentil e exigente. O traseiro de Roberta logo encheu suas palmas e ele não resistiu à tentação de apertar. Ela gemia contra os seus lábios, embora o pirata não soubesse se era pela dor do açoitamento ou pelo desejo que a inundava. Ainda assim, as mãos dela mergulharam em seus cabelos, aprofundando o beijo.

Sua pequena língua brincava com a dele. Grey sorria de prazer contra seus lábios. A dama aprendia rapidamente. Em um minuto, ela o beijava com um abandono imprudente e, no outro, seus lábios roçavam contra os dele com uma doçura sussurrante. Naquele momento, Roberta era a sua mestra, possuindo-o até que ele esquecesse todo o resto.

Você é como o mar, Grey pensou. *Profundo, insondável, cheio de fúria e, apesar disso, capaz de gerar uma paz tão calmante. Eu morreria feliz em seus braços.*

As palavras permaneceram em sua mente. Contudo, por mais tolas que fossem, o pirata esperava poder sussurrá-las para a jovem assim que ela dormisse. Ele passou uma mão por baixo de sua camisa, tocando as faixas em seus seios; querendo despi-la e se banquetear com os picos ternos.

Dominic os mordiscaria, acariciaria e chuparia até que Roberta gritasse por misericórdia e por mais. Porém, não podia fazer isso. Ainda não. Em vez disso, mostrou aos lábios dela como brincar com os seus; como deixar que a língua da jovem explorasse a sua boca enquanto suas mãos vagavam sobre o corpo dela.

Quando, por fim, o beijo acabou, suas respirações ofegantes se misturavam no ar calmo e silencioso da cabine. Por um segundo, nenhum dos dois falou. Eles simplesmente continuaram abraçados com suas testas se tocando. Roberta pigarreou, afastando as mãos, e ele relutantemente a soltou.

— Acho que eu deveria descansar e você também, capitão.

Ela o circundou com o intuito de se deitar no chão da cabine. A dama não estava com raiva de Dominic, mas a distância que colocava entre eles ainda parecia com um tapa em seu rosto.

Sem uma palavra de protesto ou um som de desconforto, a jovem se deitou na mesma posição de antes. Ele apertou a mandíbula enquanto lutava contra o desejo de pegá-la em seus braços e carregá-la para sua cama. Infelizmente, sabia que se o fizesse, nenhum dos dois dormiria. Seu antigo eu não teria se importado, mas algo dentro dele havia mudado. Como uma lâmina enferrujada lançada no fogo da forja de um ferreiro, Grey estava derretendo e lentamente sendo remodelado em algo novo; talvez, melhor. A percepção o assustou, pois significava que não sabia o que o amanhã traria.

Ainda assim, agora, não havia dúvida sobre algo: não era só Nicholas Flynn que ele seguiria até o horizonte mais distante.

CAPÍTULO 12

Roberta acordou com os gritos alegres de "Terra à vista!" que vinham do convés superior. Ela se sentou no chão e olhou para a cama de Dominic. Os lençóis estavam bagunçados, mas Grey não estava lá. A jovem suspirou e, com uma risada pesarosa, começou a arrumar a cama. As cobertas ainda estavam quentes. O indício de onde o capitão havia estado fez seu próprio corpo cantarolar em resposta.

Na noite anterior, a dama quase pedira que ele a tomasse. Estivera na ponta de sua língua. Ela tinha provado uma dor e uma mágoa imensa em seus lábios, bem como sentido o forte pirata quase tremer enquanto a beijava como se eles não fossem viver para ver o amanhã. Os olhos escuros dele haviam revelado alguns dos segredos que Grey guardava. O capitão frio e dominador que ela pensava conhecer havia desaparecido, sendo substituído por um homem que Roberta desejava entender; um que ela poderia amar. Em seus braços, vira-o renascer como uma fênix entre as cinzas.

A jovem *estava* se apaixonando por Dominic. Contudo, ele ainda estava preso, vivendo a vida de um saqueador no mar sem nenhuma maneira de escapar. Tudo o que ela queria era ajudá-lo; encontrar uma maneira de fazê-lo recuperar a vida que ele tinha nascido para ter. Infelizmente, Grey era um bandido procurado, o que significava que homens como seu pai sequer pensariam duas vezes antes de levá-lo à forca.

Roberta terminou de arrumar a cabine antes de sair e seguir para o convés. Ela se juntou a Chibbs, que estava olhando para o mar sobre o parapeito do navio.

– Ah, Robbie. Dê uma olhada. – O contramestre apontou um dedo grosso em direção a uma ilha que se aproximava rapidamente.

– *Tortuga?*– a dama perguntou.

– Sim – ele ecoou com um sorriso. – Os homens ficarão felizes em gastar suas moedas, esticar as pernas e visitar as mulheres que os esperam lá.

– Ah, suas esposas devem ter sentido a falta deles. – Roberta sorriu.

Chibbs tossiu, sua barba grisalha mal escondendo a súbita vermelhidão que cobriu seu rosto.

– Esposas? Hã... não, elas não são suas esposas.

A dama corou.

– Você quis dizer mulheres que são livres para... Entendo. – Ela olhou de volta para a ilha. – Tem alguma que o capitão costuma visitar?

– Se ele tem alguma? – O contramestre riu. – Muitas. Ele também nunca tem que pagá-las.

A boca dela ficou amarga. Roberta imaginou Dominic encontrando prazer nos braços de outra mulher, algo que sequer queria pensar a respeito.

– Sim, o capitão é um dos favoritos na ilha, mas com os olhos dele, não posso culpá-las. As mulheres se reúnem como pássaros no cais sempre que o *Dragão* é avistado. Segundo os rumores, elas acreditam que dormir com o capitão atrai mais clientela para o seus bordéis, porém, acho que, na verdade, todas só gostam dele.

A dama fez uma careta ao observar o *Dragão* continuar a navegar para *Tortuga*. Roberta ainda estava carrancuda quando as cordas foram lançadas para amarrar o navio nas águas rasas e continuou com a expressão fechada mesmo quando ela e Lucy subiram no barco a remo para seguirem até a costa. Assim como Chibbs havia dito, um grupo inteiro de mulheres com vestidos coloridos e decotados aguardava para cumprimentar a tripulação. Dominic pulou no cais e sorriu quando todas elas o cercaram. Mais de uma conseguiu roubar um beijo ou dois dele antes que outra aparecesse e a empurrasse para o lado.

A jovem ficou com o rosto em chamas, encarando suas próprias botas em fúria. Flynn, que estava ao seu lado, cutucou-a com o cotovelo. Ela o fitou por baixo de cílios cobertos por tolas lágrimas.

– Você se apaixonou por ele, não foi? – O tom de Flynn não era duro ou crítico. Seu rosto estava cheio de piedade, o que, por algum motivo, tornou tudo ainda pior.

– Não faz sentido. Devo ter perdido minha capacidade de raciocinar – Roberta sussurrou, vendo a tripulação ao seu redor subir no cais.

Dominic deixou as mulheres após afirmar provocativamente que havia sentido falta delas, mas que acreditava não poder vê-las hoje. Diante disso, muitas pegaram outros membros da tripulação pelo braço, escoltando-os até um bordel nas proximidades.

– Dom sempre foi capaz de me fazer esquecer o bom senso. Não seja tão dura consigo mesma.

Ela pegou o braço de Nicholas, apertando-o levemente.

– Você está livre para partir? Ele o deixará ir?

– Acredito que sim. Contudo, ainda preciso encontrar um navio que possa me levar a *Port Royal*.

O tenente saiu do barco. Quando ele estava prestes a ajudá-la a subir no cais, Grey apareceu, oferecendo-lhe uma mão. Ela aceitou o gesto do pirata, mas se afastou quando ele tentou colocar um braço em torno de sua cintura.

– Já está chateada comigo? – o capitão perguntou, dando-lhe um raro sorriso.

– Chateada? Não – ela zombou e se virou, caminhando para longe, mas Dominic logo a alcançou.

Nicholas permaneceu atrás deles, a uma distância respeitosa.

– Então, o que, pelos céus, deixou-a irritada?

A dama girou no lugar.

– Não sei. Por que não pergunta ao bando de mulheres que estava esperando para cumprimentá-lo no cais?

– Aquelas mulheres? – Grey caiu na gargalhada, segurando a barriga. – Ah, Robbie, você está com ciúmes. Eu gosto desse seu lado. – Novamente, ele deslizou um braço em torno de sua cintura e, dessa vez, ela não conseguiu se livrar dele. Dominic se inclinou, sussurrando em seu ouvido – Enquanto me quiser, não tocarei em nenhuma outra mulher. Isso a deixa feliz, meu bem?

Deixava, maldito fosse ele.

A dama respondeu com um aceno de cabeça rápido e o capitão deu um aperto brincalhão em seu quadril antes de soltá-la.

Roberta voltou sua atenção para o refúgio pirata que era *Tortuga*. Havia multidões de homens empoeirados e grosseiros nas ruas. Alguns andavam em trajes esfarrapados e chapéus enfeitados com grandes penas, outros pareciam estar fingindo ser piratas, assim como as crianças costumam brincar de ser soldados. Com sua altura, beleza e olhos castanhos que escureciam diante da paixão, Dominic se destacava entre eles. O capitão não usava nada extravagante. Seu colete dourado e preto era seu único adorno. Ele carregava uma cimitarra e uma pistola em seu cinto enquanto seus longos cabelos escuros fluíam livremente pelos ombros. Grey exalava uma aura de perigo, mas não era o único.

Flynn, em seu uniforme naval amassado e sujo, parecia quase tão letal quanto ele. Enquanto seguia Dominic, podia-se ver uma nova frieza em seu olhar. O tenente sabia que estava caminhando entre seus inimigos, homens que cortariam sua garganta ao menor sinal de fraqueza. A dama estava ladeada por dois anjos, um de cabelos claros e outro de cabelos escuros.

Grey parou em uma taverna com uma placa enferrujada que dizia: *A Sereia*. Roberta e Nicholas o seguiram para dentro.

– Fiquem perto de mim – o pirata disse.

Ele abriu as portas da taverna. A cena caótica de homens e mulheres festejando descontroladamente fez Roberta arregalar os olhos. Os marinheiros cantavam canções sobre praias distantes, damas perdidas e tesouros, balançando suas canecas no ar e espirrando cerveja e rum no chão ao passo que, em um pequeno palco, um homem tocava um violino em um ritmo acelerado.

A jovem estremeceu assim que o cheiro de suor e de álcool misturado com o odor dos animais das ruas atingiu seu nariz. Definitivamente não era assim que havia imaginado ser a grande vida no mar. Não era tão tola a ponto de acreditar que a pirataria era um empreendimento nobre, mas o que estava vendo não era o que esperava. O trio parou ao chegar no bar e Dominic se aproximou de um homem que limpava um conjunto de canecas marrons.

– Não é o que tinha em mente? – Nicholas perguntou enquanto eles continuavam a observar a animação na taverna.

– Não, nenhum pouco – a dama admitiu.

A decepção pesava em seus ombros, todavia, esperava que Flynn não notasse. Honestamente, tinha imaginado apenas homens reunidos para discutir assuntos da pirataria, não festejando loucamente.

Os lábios do tenente se curvaram em um pequeno sorriso que não era muito diferente do que Dominic havia lhe dado ao ajudá-la a subir no cais.

– Como foi perdê-lo? – a jovem perguntou. – Desculpe, eu não deveria me intrometer.

Os olhos de Nicholas, tão cheios de dor, rasgaram seu coração. Ele sorriu novamente, mas, desta vez, o gesto estava permeado pelos sonhos quebrados de uma infância perdida.

– Senti um pesar tão poderoso que me paralisou. Eu não conseguia pensar, não conseguia respirar. Era como se não houvesse nada além de uma dor sem fim; uma que se acalmou com o tempo, mas que nunca desapareceu. – Sua expressão mudou, ficando alegre e, ao mesmo tempo, desesperada. – Então, eu o vi no convés do *Fortune*.

– Você o ama – Roberta disse baixinho.

Ele assentiu.

– Dom era como um irmão para mim; um que se encontrava perdido, mas que, agora, foi encontrado. Suprimi meus sentimentos desde seu desaparecimento. – Flynn balançou a cabeça com tristeza. – Certa vez, conheci uma mulher, contudo, não pude me casar com ela sem ter meu irmão ao meu lado. Simplesmente senti que eu não podia continuar, que não era capaz de encontrar a alegria.

– E agora? Acredita que poderia voltar para ela?

Nicholas balançou a cabeça novamente.

– Eu gostaria, mas a dama se casou com outro. – Eles ficaram em silêncio por um momento, apenas ouvindo os sons da taverna. – Eu sei que você nutre sentimentos por Dominic, contudo, peço que seja cautelosa. Agora, independentemente de qual seja o destino de meu amigo, a mágoa continuará a segui-lo.

– Gostaria de poder fingir que não entendi o que quis dizer, mas compreendo. De alguma forma, ele conseguiu passar por minhas barreiras. Já não posso...

Flynn riu.

– Não precisa me explicar. Apenas tome cuidado.

– Tomarei – a dama prometeu assim que Dominic voltou até onde os dois estavam.

– Flynn, há um navio atracado no final do porto. Eles o chamam de *Orgulho da Índia*. Ele está indo para *Port Royal*. Partirá nas primeiras horas da manhã.

A dama assistiu à troca silenciosa entre os dois homens que, certa vez, tinham sido não só amigos, mas quase irmãos.

– Dom – Nicholas sussurrou o nome em um tom cheio

de agonia que fez os olhos de Roberta arderem com lágrimas.

– Você deveria ir, Nick. O capitão provavelmente permitirá que embarque mais cedo.

Grey estendeu uma mão e o tenente a pegou. Por um momento, os dois homens pareceram meninos novamente, como se os anos passados entre eles tivessem desaparecido.

– Você não mudou. Ainda é o garoto que eu conheci. – Os olhos de Nicholas brilhavam enquanto falava as palavras que Roberta sentia que Dominic precisava ouvir mais do que qualquer outra coisa.

– Assim como você – o capitão respondeu antes de seu olhar deslizar para a jovem. – E eu não me esqueci do que lhe prometi, Robbie. Você pode escolher ficar comigo... ou ir com Flynn.

Ela não queria ter que enfrentar tal dilema tão cedo. Porém, a verdade é que não tinha muita escolha. Não poderia viver fugindo ao lado de Dominic. A paixão boba e juvenil que sentia por ele algum dia desapareceria – tinha que desaparecer – e, quando isso acontecesse, se arrependeria de não ter um lar para o qual voltar. Roberta precisava encontrar seu pai em *Port Royal* e fazer o melhor que pudesse com o que quer que a vida decidisse jogar em seu caminho.

– Eu... preciso ir com Nicholas. M-meu pai... – Ela se engasgou com as palavras.

Dominic a fitou. Uma dor tão aguda e clara cintilou em seus olhos antes de ele enterrá-la com um sorriso.

– O navio não partirá até o amanhecer. Fique e festeje conosco durante esta noite.

O pirata gesticulou para a barulhenta tripulação do *Dragão*, que havia se acomodado na taverna e, agora, estava cantando uma música sobre uma mulher do País de Gales que tinha um marinheiro favorito em todos os navios.

– Fique – Dominic implorou suavemente. – Apenas por esta noite. Beba comigo, dance comigo. – Ele moveu a cabeça em direção a uma plataforma de madeira onde, para o deleite dos marinheiros, algumas mulheres estavam dançando.

– Você tem tempo, Roberta – Flynn sussurrou. – Vou ficar e esperar até pouco antes do amanhecer. Podemos ir para o navio juntos.

A dama abraçou o tenente e sussurrou de volta:

– Obrigada.

Então, virou-se para Dominic e assentiu.

– Milady – ele brincou, oferecendo um braço ao se dirigirem para uma mesa perto do palco.

Uma mulher com um corpete decotado, traços atraentes e um cabelo ruivo pintado parou perto deles.

– Quer algo para beber, meu amor? – ela perguntou para Roberta, dando uma piscadela.

A jovem ficou atordoada.

– Hã...

Dominic riu.

– Queremos uma garrafa do seu rum mais forte.

– Claro – a outra ronronou, com seu foco ainda em Roberta.

– O que diabos há de errado com ela? – a dama murmurou assim que a garçonete os deixou em paz.

– Acho que a mulher quer lhe levar para a cama.

– O quê?

Grey caiu na gargalhada.

– Robbie, meu bem, você parece um rapaz muito bonito. Acredito que muitas das jovens que estão aqui ficariam felizes em levá-la para a cama; embora, sem dúvida, se surpreenderiam ao descobrir que você *não* é, de fato, um homem.

– Ah! – Roberta corou, mortificada. – Eu realmente pareço tão... viril? – Ela quase se engasgou com a palavra.

Por um momento, esquecera-se de que estava disfarçada de grumete. Tinha se acostumado tão facilmente com a vida no navio que sequer lhe ocorrera que estava fazendo o papel de um homem por todos aqueles dias.

Dominic bufou.

– Nem um pouco. Você parece muito delicada e feminina. Contudo, algumas mulheres gostam disso. Seu rosto doce e limpo é um bálsamo em meio aos de todos os homens fedorentos e desarrumados que estão neste cômodo.

A jovem não pôde discordar.

Quando a mulher voltou com uma garrafa de rum e algumas canecas, Roberta aceitou a caneca que o capitão lhe serviu porque, apesar de não apreciar a bebida, precisava desesperadamente de algo para acalmar seus nervos. Esta era a sua última noite com Dominic; a última noite em que seria verdadeiramente livre.

– Devagar – o pirata alertou quando a viu tomar tudo.

– Podemos dançar? – ela perguntou, decidindo que queria se mover pelo salão da taverna. Afinal, nunca mais teria outra chance como essa.

Dominic a acompanhou até a plataforma, jogando algumas moedas para o homem que segurava o violino.

– Toque uma jiga! – ele falou.

O homem sorriu e assentiu, testando algumas notas antes de começar. A melodia era leve e rápida. Roberta não pôde deixar de sorrir quando Grey começou a dançar. Seu coração pulou com prazer ao ver o pirata sombrio e bonito se transformar diante de seus olhos. Ele movia os pés de um modo rápido e seguro. A multidão aplaudiu, urrando com animação sempre que o capitão batia os pés ritmicamente nas tábuas de madeira.

Roberta estava maravilhada. Dominic riu. O som despreocupado pareceu estranho e, ao mesmo tempo, completamente natural para ele. No momento seguinte, ela estava girando junto com o pirata. Grey a pegou pela cintura e a arrastou para o meio da plataforma.

Eles não disseram nada, apenas riram e sorriram enquanto rodopiavam ao redor; seus pés se movendo juntos enquanto o músico continuava a tocar. Nunca a dama havia se sentido assim; como se a noite nunca fosse acabar e os ponteiros das horas no relógio tivessem parado de se mover. Ela estava presa em um feitiço, tonta com sua própria alegria.

– Nick, junte-se a nós! – Dominic berrou para o amigo.

Nicholas terminou seu copo de rum e subiu no palco. Roberta recuou ligeiramente quando os dois homens se enfrentaram como se estivessem prestes a lutar. De repente, o tenente começou a dançar rápido. Seus pés se moviam descontroladamente. Ele fez uma pausa, respirando com um pouco mais de dificuldade do que antes. Em seguida, foi a vez de Dominic. Ficou claro que os dois homens estavam competindo, pois cada um copiava os movimentos do outro antes de acrescentar algo novo no final. A jovem riu ao ver seus passos se tornarem cada vez mais complexos até que ambos finalmente tiveram que parar. Agora, seus rostos estavam vermelhos e seus sorrisos amplos pareciam um espelho perfeito do outro.

– Nick, você ainda dança melhor do que eu jamais conseguirei. – Grey deu um tapinha nas costas de Flynn.

– Ao contrário de você, eu realmente prestei atenção em nossas aulas de dança. Lembra-se de que costumava colocar sapos no salão de baile para evitar ter que dançar? As criadas tinham que passar semanas à procura deles depois de suas travessuras.

O capitão riu, contudo, ao fitar Roberta, um olhar agri-doce surgiu no seu rosto. Ele estendeu uma mão e, sem pensar, ela reagiu, colocando sua palma na dele. O violinista começou a tocar uma melodia lenta e doce, seguido pela voz de Nicholas, que passou a cantar atrás deles:

Adeus, minha adorável Dinah,
Mil vezes adeus.
Estamos longe da Terra Santa
E das mulheres que amamos tão verdadeiramente.
Vamos navegar pelos mares salgados
Para mais uma vez voltarmos,
Eu ainda vivo na esperança de ver
A Terra Santa novamente.
Você é a mulher que eu amo,
Eu ainda vivo na esperança de ver
A Terra Santa novamente.

À medida que Flynn cantava, sua voz profunda e meló-dica atravessava a taverna. Enquanto Roberta e Dominic dançavam, ela viu vários homens enxugando lágrimas de suas bochechas manchadas pela sujeira.

Agora, ao navegarmos
Com você tão longe
Belas cartas eu escreverei
Despejando os segredos da minha mente,
Os segredos da minha mente, minha amada,

Você é a mulher que eu amo,
Eu ainda vivo na esperança de ver
A Terra Santa novamente.

Dominic puxou-a para perto, movendo-se de uma maneira menos dançante e mais parecida com um suave balançar de corpos. O aperto íntimo ao redor do corpo dela fez o coração da dama retumbar loucamente. Era tolice estar dançando de tal forma quando estava fingindo ser um garoto, mas Dominic não parecia se importar. Ele começou a cantarolar, juntando-se, posteriormente, a Nicholas. As harmonias de suas vozes fizeram a mente dela voar para longe; para um lugar secreto.

Ah, agora a tempestade está furiosa
E estamos longe da costa;
O pobre e velho navio está afundando rapidamente
As cordas estão se desfazendo.
A noite está escura e sombria,
Mal podemos ver a lua,
Mas eu ainda vivo na esperança de ver
A Terra Santa novamente.

Os lábios do capitão roçaram na orelha da jovem quando ele encostou o rosto em sua têmpora. Ela inalou seu cheiro, perdendo-se na sensação de seu corpo alto e quente. Nunca considerara que pudesse estar sozinha ou solitária até o momento em que o pirata a segurara em seus braços. Só então percebera o que sempre desejara; o pedaço que faltava no fundo do seu coração; sua outra metade. Esse homem, o lorde renegado que completava sua alma. Roberta se agarrou a ele com força ao passo que o tenente terminava a canção.

A tempestade acabou
Estamos seguros em terra firme

Façamos um brinde à Terra Santa
E às mulheres que amamos.
Beberemos cerveja e rum
E faremos a taverna rugir,
Então, quando todo o nosso dinheiro for gasto
Retornaremos para o mar mais uma vez.
Você é a mulher que eu amo,
E eu ainda vivo na esperança de ver
A Terra Santa novamente.

Dominic se afastou e Roberta enxugou uma lágrima. Ela tentou sorrir.

— Você está bem, querida? — Grey perguntou.

Ela respondeu com um aceno de cabeça.

— Eu... sei que devo partir amanhã, mas não quero deixá-lo — a dama sussurrou.

A risada suave e doce do capitão só fez seu coração doer ainda mais.

— Eu só sou um cavalheiro o bastante para deixá-la ir. — Dominic suspirou, fechando os olhos por um segundo. Em seguida, fitou-a com um calor repentino em seu olhar.

Em suas íris escuras estava a pergunta para a qual ela já sabia a resposta.

— Sim — Roberta falou.

Ele inclinou ligeiramente a cabeça.

— Sim?

— Sim.

A jovem entrelaçou os dedos em sua mão, dando um aperto suave. Ele sabia o que ela estava pedindo. A dama queria isso, queria *Dominic*.

— Nicholas... — Roberta se virou para poder encarar o belo tenente.

— Eu estarei aqui, esperando por vocês — ele prometeu.

Seu sorriso era um eco melancólico do dela ao se sentar em uma mesa para ouvir o violinista tocar outra música.

Esta era uma noite de despedidas e a jovem não planejava perder nem mais um segundo do pouco tempo que possuía com Dominic.

CAPÍTULO 13

D ominic pegou seu cotovelo, guiando-a pelas escadas até um corredor cheio de quartos. Ele escolheu um aleatoriamente e abriu a porta. Estava vazio. Grey a conduziu para dentro, depois, fechou a porta e se inclinou contra a madeira.

– Eu não quero deixá-lo – Roberta disse, enfrentando-o corajosamente, apesar de seu coração estar dilacerado.

– Mas você vai. E deveria.

A grande figura do pirata era imponente, contudo, naquele momento, tudo o que ela desejava era abraçá-lo, segurando-o perto de si. Como o homem se tornara tão importante para a dama durante os últimos dias?

– Vamos fazer com que essa noite seja uma da qual possamos nos lembrar pelo resto de nossas vidas – ele disse em um tom áspero e cheio de emoção.

Roberta tremia ao se aproximar de Dominic. Uma tris-teza aguda roubou sua respiração assim que a dama se jogou em seus braços. Suas bocas se encontraram em uma fome desesperada. Cada momento escaldante era como relâmpagos de verão atravessando céus calmos. Grey a trouxe para mais perto de si. Sua respiração quente roçava no rosto da jovem enquanto ele limpava as lágrimas que escorriam pelas bochechas dela. Roberta afundou em seu abraço, abrindo a boca enquanto sua língua brincava com a dele, aumentando a onda de calor que crescia dentro de seu corpo. O pirata havia despertado algo dentro dela. Por um instante, a dama se viu na beira de um penhasco, prendendo a respiração.

– Por favor, Dominic, mostre-me o que você prometeu. Se eu puder tê-lo apenas uma vez... – Ela enterrou o rosto no pescoço dele, ainda beijando-o.

Grey riu, porém, o som não era alegre.

– Só uma vez? Você não sabe o que está pedindo.

A dama se afastou, encarando-o.

– Sim, eu sei. Se tenho que viver o resto da minha vida sem você, então, quero que essa memória dure para sempre. *Por favor*.

Ele fechou os olhos e suspirou. Quando voltou a abri-los, havia um brilho pirático neles. Dominic se moveu rápido, puxando as roupas dela junto com as dele. Roberta caiu sobre uma pequena cama. No momento seguinte, o capitão já estava em cima dela, beijando-a com uma necessidade selvagem que fez uma umidade se acumular entre suas coxas.

Seus lábios, seus dentes e sua língua exploravam o corpo da jovem com beijos e mordidas suaves. Ele desnudou seus seios, acariciou-os e os apertou. A dama gemia enquanto o homem chupava um pico terno e, depois, o outro. Ela deixou suas mãos caírem sobre ele, passando os dedos pelos seus cabelos e segurando sua cabeça à medida que Dominic continuava com sua tortura ardente até que Roberta pensou que acabaria morrendo. O capitão tomou sua boca novamente antes de voltar a se mover pelo corpo dela. Grey passou a língua pela sua barriga e abriu suas coxas, apoiando-as nos ombros dele para mantê-las daquela forma. A jovem corou profundamente diante do seu olhar.

— Você é linda, Robbie, a mulher mais bonita que eu já vi.

O pirata abaixou a boca até sua fenda. Roberta amassou os lençóis enquanto a língua dele acariciava seu ponto mais sensível. Ela gemeu e mordeu o lábio, sentindo-o chupar o pequeno monte. Ondas de êxtase começaram a levá-la para longe, cada uma se chocando contra a outra, jogando-a em uma tempestade de prazer.

Dominic se moveu para cima, acomodando-se entre suas coxas. Ele roçou seu nariz no dela, sussurrando um doce pedido de desculpas. Antes que a dama pudesse lhe perguntar o motivo, sentiu-o se mover e estocar. Roberta gritou diante da pontada de dor que sentiu e envolveu os braços em torno de seu pescoço, segurando-o até que ela diminuiu.

— Beije-me, meu bem — Grey gemeu antes de suas bocas se chocarem em mais um beijo violento.

Seus lábios a fizeram se esquecer da dor. Quando o pirata se moveu novamente, ela também o fez. Tudo o que conseguia pensar era na sensação dele entrando e saindo de seu corpo, como o mar e a costa em sua brincadeira sem fim.

Lágrimas escaparam de seus olhos ao observar o rosto do capitão. Nunca imaginara que se sentiria assim; como se o mundo inteiro se resumisse ao que estava aconte-cendo naquele quarto, apenas entre eles. Enquanto seus seios roçavam no peito dele e suas respirações se misturavam, Roberta soube que nunca mais desejaria alguém da mesma forma que o desejava. A dama segurou o rosto de Dominic, acariciando a barba escura ao longo de sua mandíbula. Ela não pôde deixar de se perguntar como ele ficaria barbeado. Grey pareceria tão diferente a ponto de se passar por outro homem, contudo, ainda assim, pertenceria à jovem.

O capitão moveu seus quadris repetidamente; seus impulsos se aprofundando. Roberta gemeu, sentindo o prazer crescer até que ele parecia ser forte demais para contê-lo. Ela ofegou no momento em que seu corpo foi inundado por um êxtase trêmulo e pulsante. Será que estava morrendo? Parecia estar.

– Dom – a dama choramingou.

Um segundo depois, ele gritou o nome da jovem – Roberta, não Robbie –, então, desabou em cima dela. Seus corpos derreteram em um emaranhado de membros encharcados de suor. Eles ficaram em silêncio por muito tempo, permanecendo abraçados enquanto caíam em um sono leve e acordavam apenas por tempo o suficiente para fazer amor de novo.

Algumas horas mais tarde, Grey pigarreou. A jovem podia sentir os minutos correndo rápido demais. O tempo que haviam passado juntos não era o bastante.

– Não podemos adiar mais. O amanhecer está a minutos de distância. Você, Nick e Lucy precisam embarcar no navio antes que ele parta.

Assim que o capitão se desvencilhou de seus braços, ela sentiu sua falta. Contudo, a dama não disse nada, apenas vestiu suas roupas. Pouco depois, eles voltaram para o andar de baixo. Nicholas estava encostado no bar. Ele se endireitou ao vê-los. Seus olhos estudaram suas roupas amassadas e suas aparências desalinhadas, mas o tenente não disse nada.

– Cuide dela por mim, Nick – Dominic disse baixinho, com os olhos distantes.

Os lábios de Roberta tremeram, mas ela não se atreveu a dizer algo, temendo piorar a despedida.

De repente, as portas da taverna se abriram e um grupo de homens entrou. Todos os presentes congelaram em seus lugares.

– Bem, parece que nos encontramos de novo, Capitão Grey. E tão cedo! Pensei que você estava indo para *Port Royal*. – O tom francês e familiar de Andre La Roux queimou as entranhas de Roberta.

Dominic ficou tenso e falou baixinho com Nicholas:

– Tire Robbie daqui e não olhe para trás.

O tenente não se moveu.

– Dominic, não podemos sair. Você precisa de ajuda para lutar contra ele.

Ele balançou a cabeça.

– Eu preciso saber que vocês dois estão seguros.

A dama mordeu o lábio, sabendo que se ousasse falar, só acabaria dizendo algo tolo.

Nicholas lançou um olhar em direção a La Roux.

– Não pode enfrentá-lo sozinho. Eu tenho que ficar.

– Nick, você me fez um juramento. Não o quebre.

– *Jurei ficar* ao seu lado – Flynn rosnou.

– Até o horizonte mais distante – o capitão disse. Quando olhou para Roberta, seu tom se suavizou. – Agora, ela é o meu horizonte mais distante. Proteja-a, Nick.

Nicholas empalideceu, assentindo para seu velho amigo. Antes que a jovem pudesse protestar, o tenente a agarrou pela cintura e correu. Um segundo depois, a taverna irrompeu em um completo caos. Pistolas estalaram, homens berraram e mulheres correram para se esconder.

Roberta teve apenas uma chance de olhar para trás antes de escaparem por uma porta dos fundos. Grey segurava sua cimitarra e apontava sua pistola para La Roux. Um deles – ou, quem sabe, ambos – morreriam naquela noite. Todavia, a dama não podia suportar a ideia de perder Dom.

Nicholas não a deixou ficar para ver o fim sangrento, poupando-a de tal destino. Porém, isso não impediu seu coração de se partir como um navio colidindo com um recife durante um furacão. Roberta nunca se recuperaria, nunca sobreviveria a esta noite.

DOMINIC RIU ENQUANTO LUTAVA. HAVIA UMA ESTRANHA selvageria em seus movimentos que o tornava mais mortal do que nunca. No segundo em que vira Andre entrar na taverna, soubera que estava na hora de dar um fim à disputa entre eles. Se fosse preciso, forçaria La Roux a lutar. A distância que os dois haviam mantido após Dominic matar seu irmão finalmente acabara e, de certa forma, ele estava feliz. Depois desta noite, o capitão da *Dama Vermelha* não o assombraria mais.

– La Roux! – Grey gritou tão ferozmente que as madeiras do telhado da taverna tremeram.

Com os olhos ainda fixos em Dominic, Andre golpeou o pirata mais próximo a ele. Era um dos tripulantes do *Dragão*, mas o capitão não tinha certeza se seu oponente estava, ao menos, ciente disso. O corpo mole do marinheiro caiu no chão. Ao redor deles, mais homens lutavam.

O barulho de sabres, cimitarras e facas formava uma orquestra discordante.

– Capitão! – Reese saltou sobre uma das mesas mais próximas para se juntar a Grey. O intendente protegeu suas costas enquanto Dominic se dirigia até La Roux.

O impiedoso pirata francês empunhava duas lâminas em suas mãos, uma espada curta e uma cimitarra. Qualquer um que estava em seu caminho acabou sendo golpeado, contido e rapidamente abatido. Chibbs estava lutando com dois homens da tripulação de La Roux. Andre foi em sua direção.

– Chibbs! Abaixe-se! – Dominic gritou.

Seu contramestre ouviu o aviso a tempo e caiu de joelhos um segundo antes da lâmina do capitão da *Dama Vermelha* atingi-lo. Chibbs rolou sob a mesa mais próxima, cortando os joelhos dos dois homens que estavam na sua frente.

– Você me quer, La Roux? – Grey gritou. – Venha me pegar!

Os olhos escuros de Andre queimavam ao se dirigir para Dominic.

Reese se juntou à luta, tentando se aproximar de La Roux.

– Onde está Luke? – Dominic perguntou.

O intendente estava cuidando da criada desde o início daquela noite.

– Segura no *Orgulho da Índia*. Onde está Robbie?

– A caminho com Flynn.

Ele não queria pensar em Roberta. Neste momento, precisava ser um pirata frio e sem coração. Era a única maneira de conseguir acabar com isso.

Os homens saíram do caminho quando Dominic e La

Roux ficaram a uma espada de distância um do outro. Os olhos de Andre eram como chamas. O colete vermelho e desbotado que ele usava estava salpicado com o sangue de seus homens ao passo que seus longos cabelos permaneciam imaculadamente amarrados com uma fita preta. Ele se parecia muito com Gerard; com o homem que roubara a inocência de Grey e o seu futuro, forçando-o à pirataria.

Os dois capitães andaram em círculos, cada um empunhando uma lâmina. Dominic se movia com facilidade, quase dançando ao se lançar em direção a Andre. Infelizmente, seu oponente também tinha o talento de um dançarino e impediu seu golpe com um movimento fluido. No início, ambos permaneceram em silêncio. O calor da batalha era muito intenso para dar espaço às palavras. Porém, quando La Roux finalmente o provocou, o sangue de Grey congelou.

– Foi um belo grumete que vi ao seu lado? Eu sabia que meu irmão tinha tomado uma boa decisão ao escolher você. Parece que tem os mesmos gostos que ele, Dominic.

Grey rosnou enquanto o contra-atacava.

– Seu irmão era um bastardo louco e cruel. – Ele moveu sua espada descontroladamente, tentando forçar Andre a retroceder.

– Como pode falar mal dele depois de tudo o que Gerard lhe deu e, então, resolver assassiná-lo? Sei quão covarde você é, Dominic Grey. Lembro-me de como costumava chorar, chamando sua mãe todas as noites.

Uma névoa vermelha cobriu a visão do capitão do *Dragão* enquanto golpeava Andre. La Roux se moveu rapidamente, já esperando seu movimento, e cortou o braço esquerdo de Dominic. Grey não parou de se mover, ignorando momentaneamente a dor ao girar com sua lâmina na mão e desferir outro golpe. Ele atingiu Andre na lateral. O homem tropeçou para trás com uma palma sobre a ferida leve, mas seu sorriso permanecia inabalado.

— Durante nosso jantar, você esqueceu de mencionar que fez o papel de anfitrião para a filha de um almirante britânico. Espiei o manifesto do *Fortune* durante nosso breve encontro. Havia duas passageiras listadas nele. — La Roux ainda sorria. — Ela não estava nos barcos a remo. Avistamos os homens se dirigirem para *Port Royal* com nossas lunetas; o que significa que você a manteve a bordo... *talvez*, vestida como um grumete?

Dominic não disse nada, lançando-se na direção de seu oponente, contudo, o homem levantou a espada, desviando o golpe.

— Seria terrível se algo acontecesse com uma criatura tão bela, não é? Afinal, os acidentes parecem seguir aqueles que você ama.

— Vou cortar sua maldita garganta de orelha a orelha! — Grey golpeou novamente, desta vez, de modo menos atento, e quase perdeu o brilho do triunfo que cintilou nos olhos de Andre.

— Dom, atrás de você! — Reese gritou.

O capitão girou a tempo de bloquear o que teria sido um golpe mortal de um dos tripulantes da *Dama Vermelha*. Ele forçou o braço do homem para trás e o esfaqueou com sua cimitarra, vendo-o cair. Quando Dominic voltou a se virar, não havia sinal de La Roux. Seu súbito desaparecimento impeliu sua tripulação a sair correndo da taverna, escondendo-se nas sombras da noite.

Reese se aproximou de Dominic.

— Capitão...

— Estou bem, Reese. Faça nossos homens voltarem para

o *Dragão*. Ele sabe sobre Robbie. Temos que nos certificar de que ela está segura.

Ele queria matar La Roux, contudo, perdera sua chance.

– Mas isso significa que...

– Vamos para único porto cheio de navios britânicos que estão à nossa procura. *Port Royal*.

CAPÍTULO 14

Nas docas de *Port Royal*, Roberta e Nicholas desceram a prancha do *Orgulho da Índia*. Surpreendentemente, os dois ficaram em silêncio durante a maior parte da jornada. Nenhum deles sentira vontade de conversar depois de deixar Dominic para trás.

— Você ficará feliz em ver seu pai — Nicholas disse, tentando puxar assunto.

— Sim — ela concordou, apesar de seu coração ainda estar partido. — E se... — A dama parou, virando-se para fitá-lo. — E se ele tiver morrido?

A expressão de dor no rosto do tenente refletia a dela.

— Não pense dessa forma. Assim como um gato, Dom tem sete vidas. Contudo, provavelmente nunca mais o veremos e, talvez, isso seja melhor. Ele estaria se colocando em risco se chegasse muito perto de um lugar como este. É melhor que fuja para algum porto menor e permaneça seguro.

Eles voltaram a descer a prancha de madeira. No meio

do caminho, os homens que estavam no cais se sobressaltaram ao ver Nicholas em seu uniforme amassado. Roberta os reconheceu. Eram os marinheiros do *Fortune*.

— Tenente Flynn! — um cadete da Marinha gritou.

O rapaz correu até eles, sendo seguido pelos outros.

— Como você está, Charlie? — Nicholas olhou para a tripulação. — Como foi a viagem de volta após o *Fortune* ser afundado?

— Tudo correu bem, mas o capitão ficou chateado por ter perdido seu navio. — Charlie ficou vermelho. — Encontrou a Srta. Harcourt e sua criada? O capitão e o contra-almirante enviaram saveiros para procurar os piratas.

— Estou aqui — Roberta falou.

Lucy apareceu atrás dela, também vestindo suas roupas de grumete.

— Srta. Harcourt! — O cadete corou e fez uma reverência. — Devemos notificar seu pai imediatamente.

Ele saiu correndo com a mesma exuberância de um filhote de cachorro e, por um momento, ela e Nicholas compartilharam um sorriso. O tenente lhe ofereceu o braço e a levou para as docas. Alguns minutos depois, Charlie voltou com um elegante coche logo atrás. Quando o veículo parou, seu pai saiu, procurando freneticamente por ela.

— Roberta!

Vê-lo após tantos dias foi o bastante para acabar com a fachada firme e forte que a jovem estivera determinada a manter. Roberta correu e se jogou em seus braços. O mais velho acariciou seus cabelos, confortando-a.

— Pronto, pronto, minha querida. Enxugue suas lágrimas.

A dama o segurou, inalando o forte cheiro de tabaco

que emanava dele. Lentamente, ela se afastou para poder fitá-lo.

— Está machucado? Eu ouvi...

— Estou bem, minha querida. Fui ferido durante a batalha, mas já me recuperei. — Charles apontou para a ferida fechada em sua testa. Seus olhos estavam escuros de preocupação. — Roberta, o que aconteceu? Você está bem? Precisamos chamar um médico? Quando eu soube que você ainda estava a bordo com aqueles piratas, fiquei com tanto medo de que eles... — Seu pai engoliu em seco.

A mais nova não queria mentir para ele, portanto, modificou a verdade da melhor maneira que conseguiu:

— Lucy e eu fingimos ser grumetes. Eles permitiram que partíssemos junto com o tenente Flynn no *Orgulho da Índia*.

Seu pai segurou seu rosto, limpando as lágrimas de seus olhos.

— Você sabe que pode me contar qualquer coisa, não é?

Quando o mais velho acariciou seus cabelos novamente, Roberta engoliu o bolo que havia se formado em sua garganta.

— Eu sei, papai. Estou verdadeiramente bem. Não precisa se preocupar comigo.

Uma risada irônica escapou dos lábios dele.

— Um pai sempre se preocupa com sua filha. É inerente à natureza da paternidade. Um dever divino de sempre se preocupar. — Ele beijou o topo de sua cabeça e ela o abraçou novamente. — Tenente. — Charles chamou.

Nicholas, que mantivera uma distância educada durante o reencontro, aproximou-se.

— Como lidou com os piratas? — o almirante perguntou.

— Não foi tão ruim quanto acreditei que seria. Fiquei preso pela maior parte da viagem.

– Onde eles os libertaram? Ainda podemos capturá-los. – Os olhos do mais velho ficaram tempestuosos com a necessidade de vingança.

O estômago de Roberta se revirou diante da ideia de ele enviar homens para capturar e enforcar Dominic e sua tripulação.

– Eles nos deixaram em *Tortuga*, contudo, não adianta persegui-los. Acredito que o navio já se foi há muito tempo. Os piratas estavam indo para o norte, para as colônias.

– Ah... – Charles franziu os lábios. – Bem, talvez eles sejam tolos o suficiente para voltar às Índias Ocidentais.

– Duvido muito. Ouvi dizer que o capitão estava interessado em seguir pelo norte até chegar em Boston.

– Maldição. Eu gostaria de ver aquele homem preso à forca. Sabe o nome dele? Não consegui descobrir quando estávamos sendo colocados no barco a remo. A dor não deixou.

O tenente lançou um olhar rápido para Roberta antes de responder suavemente:

– Acredito que era Fernando Montez, um espanhol que, agora, responde pelo sobrenome Grey.

Se a dama não tivesse passado aqueles dias a bordo do *Dragão*, poderia ter acreditado na mentira de Flynn.

– Montez, hein? Eu me lembrarei. – O mais velho pigarreou. – Muito bem, vocês dois devem estar exaustos. Consegui hospedagem com um bom homem local. Até esta manhã, ele estava viajando a negócios, porém, quando soube o que aconteceu com o *Fortune* e que eu estava hospedado em um hotel perto das docas, mandou um bilhete pedindo que eu ficasse em sua casa. A propriedade que eu planejava adquirir ainda não está pronta para nos mudarmos, então, aceitei a oferta de meu novo amigo. Ele é um produtor de chá, um sujeito chamado Aaron King. Sua plantação, *King's Landing*, é extensa e a casa é magnífica. A Coroa está em dívida com ele por tudo o que fez por nós. Venha, vamos levar o coche dele de volta.

Exausta e com o coração partido, Roberta os seguiu até o veículo. O coche tinha lindos encostos de veludo preto e enfeites dourados pendurados nas cortinas. A elegância discreta claramente demonstrava que seu proprietário possuía dinheiro. Todavia, isso não foi uma surpresa. As ilhas estavam cheias de comerciantes ricos que haviam construído fortunas com tabaco e chá. Riquezas estas que, muitas vezes, tinham sido galgadas por meio do trabalho escravo. O estômago dela se revirou ao imaginar que tipo de homem King era para viver tão luxuosamente às custas dos outros.

Um belo par de cavalos brancos com crinas e caudas pretas puxava o coche. Se tivesse que adivinhar, diria que eles poderiam ser árabes. A jovem suspeitava que seu benfeitor era exatamente o tipo de homem com o qual seu pai desejaria que ela se casasse. A percepção fez seu humor azedar. Não queria ser desfilada por aí para o entretenimento de outro homem. Queria Dominic e ninguém mais.

– Como está o Capitão Huntington? – Nicholas perguntou ao almirante.

– Bem, mas, por Deus, esse homem tem um temperamento e tanto. – Seu pai desviou o olhar, frisando o cenho. – Eu o julguei mal, Roberta. Você fez muito bem em recusar o pedido dele. Huntington reclamou durante quase todo o caminho até *Port Royal*. Inclusive, acho que, em determinado momento, alguns dos cadetes consideraram fazer um motim. Ele é egoísta.

– Por mais que eu não deseje falar mal de nenhum

homem, tenho que admitir que ele só é um bom oficial diante das condições mais favoráveis – Nicholas acrescentou cuidadosamente.

O mais velho concordou, não se ofendendo com a observação.

A dama olhou pela janela do coche, mal ouvindo a conversa entre o tenente e seu pai. Em vez disso, concentrou-se nas ruas e nas flores coloridas que transbordavam das jardineiras nas janelas das residências pelas quais passavam. O ar úmido e espesso trazia o cheiro do oceano e uma série de outros aromas exóticos – parte floral e parte frutado – que Roberta nunca havia sentido antes. Pássaros belamente emplumados ocupavam os galhos dos salgueiros altos que ladeavam o caminho até os dois pilares brancos que marcavam a entrada de *King's Landing*.

Roberta se preparou para conhecer o produtor de chá, tentando afastar todos os seus pensamentos sobre Dominic. Porém, sempre que fechava os olhos, tudo o que podia ver era ele e tudo o que podia sentir eram suas mãos em seu corpo, seus lábios em sua pele e a sensação dos membros deles entrelaçados.

Eu nunca me esquecerei de você, Dominic, ou do que aconteceu entre nós. Onde quer que esteja, espero que também não se esqueça de mim.

Quando o coche parou, um criado a ajudou a descer do veículo. Pela primeira vez em vários dias, a jovem se sentiu deslocada vestindo suas roupas masculinas.

O mordomo os encontrou na base das escadas que levava à grande mansão.

– Bem-vindos a *King's Landing*. – Ele encarou as vestimentas da jovem, fazendo-a corar. Em seguida, pigarreou. –

O mestre está tratando de algumas questões de negócios, mas disse que gostaria de vê-los durante o jantar.

Roberta e Lucy foram levadas até um quarto luxuoso no segundo andar. Uma cama de dossel feita de mogno escuro com cortinas de seda azul-pálida e creme combinavam bem com as cadeiras e o sofá cor de champanhe junto à lareira. A dama sequer conseguia imaginar que um aposento naquela cidade poderia ficar frio o suficiente para precisar de uma lareira, mas sua elegância era inegável.

– Por que não descansa um pouco enquanto eu peço que preparem um banho para a senhorita? – Lucy ofereceu gentilmente. – Isso me daria a chance de tirar essas roupas.

– Sim... Acho que descansar me faria bem.

Roberta rastejou para a cama, ainda vestindo seus trapos imundos de grumete, e adormeceu logo em seguida. Uma hora depois, foi acordada suavemente por Lucy, que informava que o banho estava pronto. Ela levou a jovem a uma sala adjacente onde uma grande banheira de cobre fumegava em um dos cantos. A dama tirou a roupa e subiu na banheira com um suspiro cansado. A sensação da água quente em sua pele e em seus músculos doloridos era agradável. Os últimos dias a bordo do navio de Dominic tinham levado seu corpo ao limite. Ela usara músculos que sequer sabia que possuía.

Lucy recolheu as roupas que Roberta havia deixado cair no chão e, depois, separou-as para serem lavadas. A jovem enfiou os joelhos sob o queixo e se sentou na banheira quente até a água começar a esfriar. O peso dos últimos dias finalmente parecia estar se instalando em seu peito e afastando o choque. Ela não conseguiu parar os soluços silenciosos que a sacudiram com força suficiente para deixar seu corpo dolorido. Quando se acalmou, Roberta enxugou lentamente as lágrimas que caíam antes de sair da banheira. Lucy estendeu um robe vermelho de algodão macio, enrolando-o em torno da dama.

– O Sr. King encomendou algumas roupas com as modistas de *Port Royal*. Elas foram entregues.

– Ele fez isso?

A jovem deixou a criada vesti-la e arrumar seu cabelo. O *robe à la française* era adornado por um lindo e rico tom dourado e azul-meia-noite. Ela admirou o bordado em formato de coral da estomaqueira. A vestimenta a fez pensar em todos os seus baús com roupas que ainda estavam dentro do *Dragão Esmeralda*. Roberta olhou para o fino vestido no espelho perto da cama e se sentiu vazia de uma maneira que nunca havia se sentido antes.

Passando as mãos sobre as saias enquanto observava o brilho delicado do bordado e a maneira como o vestido se projetava sobre os aros das anquinhas, percebeu que parecia estar pronta para participar da corte francesa. No passado, isso a teria deixado encantada, porém, agora, ansiava pela liberdade de suas calças masculinas e pela sensação do vento soprando contra seu rosto ao se mover pelo convés de um navio.

Uma brisa passava pelas cortinas brancas das portas da varanda, chamando sua atenção. Ela saiu e olhou para o pôr do sol. A luz dourada parecia iluminar tudo em seu caminho, até mesmo a jovem. Roberta se recostou no parapeito branco, tendo um vislumbre dos jardins abaixo.

Nicholas estava sozinho, alguns metros abaixo do ponto onde a dama se encontrava, com as pernas ligeiramente afastadas e as mãos atrás das costas na posição militar que ela tinha visto inúmeras vezes enquanto viajavam juntos. Seu olhar, assim como o dela, estava fixo na imagem do sol se pondo sobre a orla mais distante da ilha.

Naquele momento, a jovem e o tenente lamentavam a perda de Dominic, cada um à sua maneira. Não saber o que lhe acontecera era a pior parte. A dama nunca saberia se o pirata estava morto ou se se encontrava apenas a uma curta distância, obrigado a permanecer fora de seu alcance.

Lucy interrompeu suas reflexões sombrias:

– Milady, está na hora do jantar. Acabei de ouvir o gongo.

Roberta se afastou da varanda, permitindo que a criada colocasse uma pulseira de pérolas em seu pulso e uma gargantilha combinando em torno de seu pescoço.

Ela tocou as pérolas, que aqueciam a pele logo acima de sua clavícula. A joia não lhe pertencia.

– De quem são?

– Elas são um presente de boas-vindas do Sr. King. Ouvi os criados dizerem que ele está ansioso para conhecê-la. O homem nunca teve uma dama como sua hóspede antes. Ele é um solteiro convicto ou, ao menos, era isso o que todos acreditavam. Contudo, agora que você está aqui, os funcionários estão esperando que a senhorita possa vir a gostar da companhia dele.

Roberta colocou uma mão sobre o estômago. A súbita ansiedade a estava deixando doente.

– Lucy, eu não acho que posso ir jantar.

Só então ela ouviu risos vindos do corredor, uma risada masculina, profunda e rica. O som a lembrou do quanto gostava de ouvir Dominic rir e de como não tivera tempo para escutar sua risada o suficiente. Agora que o havia perdido, será que estava condenada a ansiar pelo capitão para sempre?

– Desça e tenha um bom jantar. Isso fará com que se sinta melhor. – Lucy a empurrou para fora do quarto e fechou a porta atrás dela, impedindo-a de recuar de volta para o aposento.

A dama caminhou pelo corredor acarpetado até chegar ao topo das escadas. Um criado, que estava acendendo as velas do corredor, curvou-se respeitosamente quando ela passou. Roberta começou a descer as escadas, levantando suas saias com uma mão enquanto a outra segurava firmemente o corrimão de madeira reluzente. À medida que se movia, reunia a força e a coragem que seriam necessárias para enfrentar o Sr. King e quem mais estivesse no jantar.

Dois homens se encontravam na base das escadas. Um era seu pai. O outro, um sujeito alto e forte, estava de costas para ela. Sem dúvida deveria ser o solteiro convicto, o Sr. King. Pelo menos seu gosto para vestidos era excelente. Charles disse algo para o anfitrião, que jogou a cabeça para trás e riu novamente. Ela estava no meio do caminho quando seu pai a chamou:

– Ah, Roberta, venha conhecer nosso benfeitor.

Naquele momento, o homem à sua frente se virou e o coração dela parou. Olhos escuros encontraram os da jovem e lábios sensuais se curvaram em um sorriso. Um típico cavalheiro, isto é, se não fosse por... Não, não era possível. A cabeça da dama girou e, antes que percebesse o que estava acontecendo, ela começou a cair.

– Peguei você.

Braços fortes se fecharam em torno dela e Roberta se viu sendo levada pelo estranho de cabelos escuros que parecia...

Não podia ser. Certamente não.

Seu cabelo curto estava puxado para trás e amarrado

por uma fita preta, perfeitamente alinhado. Seu rosto estava limpo e barbeado. Não havia qualquer sinal de pelos, de um bigode robusto ou de cabelos negros indisciplinados. O homem tinha a aparência de um cavalheiro, mas...

Ela inalou profundamente quando ele a colocou cuidadosamente de pé. O aroma escuro, exótico e exclusivo de Dominic estava lá, enterrado sob uma camada de colônia francesa. Roberta ergueu os olhos até os dele, mantendo suas mãos agarradas no peito e no pescoço do sujeito enquanto tentava entender a visão diante de si. Grey estava aqui, em *Port Royal*. Ele não se parecia com o pirata que a dama passara a amar. Ainda assim, não era menos belo ou perigosamente atraente para ela. Ele era um estranho com olhos familiares.

– É um prazer conhecê-la, Srta. Harcourt – Dominic cumprimentou gentilmente. – Seu pai me falou muito bem de você.

Todos os vestígios do pirata endurecido pelo tempo haviam desaparecido, exceto pela sensação do toque familiar de seus braços que permaneceu em sua pele mesmo após Grey a ter soltado.

– Sinto muito. Devo ter dado um passo em falso. Obrigada. Você é...?

– O Sr. King – Dominic respondeu. – Aaron King.

Aaron, igual ao nome do pai que ele deixara na Inglaterra. Ao fazer a conexão, Roberta recuperou a maior parte do fôlego e apoiou-se no corrimão. De alguma forma, ele chegara aqui antes dela e escapara ou, quem sabe, derrotara Andre La Roux e os terríveis marinheiros da *Dama Vermelha*.

– Também é um prazer conhecê-lo, Sr. King. – Ela lhe deu um aceno de cabeça lento.

O pirata piscou para a jovem quando seu pai se virou para cumprimentar Nicholas.

— Tenente Flynn, venha conhecer nosso anfitrião.

Nicholas, vestindo um uniforme recém-passado de oficial, entrou no salão, contudo, parou ao ver Dominic. Ele empalideceu por um instante antes de se recuperar e conseguir apertar a mão que o capitão do *Dragão* lhe oferecia.

— Tenente Flynn, não é? — Grey perguntou educadamente, como se eles nunca tivessem se encontrado antes.

— É um prazer — Nicholas respondeu.

A preocupação obscureceu seus olhos azuis tempestuosos, contudo, a jovem podia entender o porquê. Que jogo Dominic estava jogando? Como ele poderia colocar sua vida em risco assim? Certamente seu pai e Huntington o reconheceriam. Se bem que, talvez, eles tivessem sorte e a memória do homem que os dois haviam visto por apenas alguns minutos não fosse mais vívida o bastante para que viessem a se lembrar.

— Vamos jantar? — Dominic ofereceu seu braço a Roberta, liderando o caminho para a sala de jantar ao passo que Charles e Nicholas os seguiam atrás.

Seu pai se distraiu momentaneamente com o tenente e o pirata aproveitou a oportunidade para sussurrar no ouvido da dama, ajudando-a se acomodar em uma cadeira:

— Irei ao seu encontro nesta noite. — Seus lábios roçaram na bochecha dela, o toque passando despercebido pelo mais velho, então, ele se afastou, sentando-se na cadeira no final da mesa de jacarandá.

O Sr. Lee, o cozinheiro do *Dragão*, entrou na sala de jantar vestindo roupas finas e organizou os pratos junto com Griffin. No momento em que o ex-grumete a viu, piscou, o que lhe rendeu uma carranca de desaprovação de Dominic.

– Gostaria de agradecer novamente por ter deixado que ficássemos em sua residência, Sr. King. A Inglaterra está em dívida com você. Devo admitir que estas são acomodações muito melhores do que as do hotel junto às docas.

– Vocês são bem-vindos. Lamento não ter estado aqui quando chegou na cidade. Meu negócio acabou me mantendo longe. – Grey bebeu seu vinho.

Roberta permaneceu em silêncio, estudando a transformação do homem que passara de pirata a aristocrata. Era espantoso. Ele havia cortado e penteado o cabelo de acordo com a moda atual e estava sem a barba e sem o bigode. Dominic parecia mais jovem, mais como um garoto. Ainda assim, os traços firmes e masculinos de suas feições não possuíam qualquer atributo feminino. Era possível que estivesse ainda mais atraente do que nunca, contudo, a ferocidade típica de um pirata permanecia presente, escondida na curva de seu sorriso e no brilho perigoso de seus olhos.

– Há quanto tempo mora em *Port Royal?* – Nicholas perguntou. A indagação aparentemente inocente estava permeada por uma demanda silenciosa.

– Há dez anos. Desembarquei aqui quando tinha dezoito anos. Eu era um rapaz sem dinheiro, mas trabalhei até me tornar um comerciante de chá. Comprei este terreno quando completei vinte e três anos, onde construí minha casa e meu negócio. – Grey se inclinou para trás enquanto o segundo prato, bisque de lagosta e codorna, era servido.

Lee e Griffin colocaram as travessas na mesa, fazendo Roberta se perguntar quantos outros membros da tripulação do *Dragão* trabalhavam na residência do capitão. Talvez ele não empregasse escravos como acreditara antes. O homem que passara a amar gostava de caçar navios negreiros e libertar todos que haviam sido capturados.

— Parece lucrativo — a dama falou, desafiando-o silenciosamente a contar a verdade.

Por que ele não tinha lhe contado sobre este lugar? Por que Grey não mencionara que poderia vir aqui? E mais importante, por que continuara a piratear depois de ter encontrado trabalho em um ramo de comércio honesto? Se Dominic deixasse a pirataria, eles poderiam ficar juntos, não poderiam?

— O chá realmente pode ser lucrativo, isto é, desde que se tenha o apoio financeiro necessário.

Então, ele devia ter usado os ganhos com a pirataria para estabelecer seu comércio de chá. Porém, posteriormente, recusara-se a deixar a vida a bordo do *Dragão* para trás. Será que Roberta era tão irrelevante para o capitão a ponto de ele achar que não valia a pena lhe contar sobre sua vida secreta em *Port Royal*?

— Suponho que, agora, esteja estabelecido dentro do ramo? — A dama jogou a pergunta, fazendo-a parecer inocente, todavia, viu o pirata levantar uma de suas sobrancelhas escuras.

— Estou. Porém, como este tende a ser um empreendimento tedioso, muitas vezes procuro outras coisas com as quais me entreter.

Suas palavras pareceram um tapa em seu rosto. Roberta não passava de um caso amoroso ou, quem sabe, apenas mais um empreendimento tedioso? Não querendo saber a resposta, a jovem abaixou o olhar, fitando sua comida.

– Sr. King, soube que você possui contato com o governador em *Kingston?* – Charles perguntou.

– Sim – Grey respondeu.

– Eu gostaria de marcar uma reunião com ele para tratar da questão dos piratas. Eles estão se aventurando demais em nossas águas.

Felizmente, seu pai parecia alheio às tensões na mesa.

– Eu ficaria feliz em fazer tal arranjo.

– Excelente. – O mais velho terminou sua comida, sem notar o estranho silêncio de Roberta e de Nicholas.

Assim que a refeição acabou, a jovem voltou para o quarto, deixando os homens a sós para beberem vinho do porto e fumarem charutos. O doce cheiro da fumaça lentamente chegava ao corredor do lado de fora dos aposentos da dama. Enquanto isso, Roberta caminhava pelo cômodo, imaginando quando Dominic viria e o que diabos ela diria ao homem que acabara de partir seu coração.

CAPÍTULO 15

A fumaça dos charutos flutuava preguiçosamente no ar quando o contra-almirante Harcourt deu boa noite a Dominic e a Nicholas. Assim que ficaram sozinhos, Grey tragou seu charuto, em seguida, soltou uma respiração, formando um círculo de fumaça que atravessou o espaço entre ele e seu velho amigo até ficar tão grande que pareceu enquadrar a cabeça do tenente.

Nicholas se inclinou para a frente em sua cadeira. Seus olhos estavam intensos. Pombas do lado de fora das janelas abertas arrulhavam e os gritos dos macacos jamaicanos podiam ser ouvidos das profundezas da selva. Dominic finalmente se permitiu relaxar. Estava preocupado com seu reencontro com Roberta e com Nicholas, assim como com a reação dos dois. Se eles tivessem, acidentalmente, revelado sua identidade, ele poderia ter acabado na extremidade errada do nó da forca.

— Feliz em me ver? — perguntou.

— Como diabos você acabou aqui? E quanto a La Roux?

Como conseguiu organizar essa farsa? – O tenente gesticulou para o cômodo opulento.

O pirata riu, colocou seu charuto em uma bandeja próxima e se levantou.

– Isso não é uma farsa – ele respondeu. – Não do jeito que você quis dizer. Eu realmente possuo este lugar. Como disse, comprei a terra e construí esta residência com minhas próprias mãos; cada tijolo e cada viga de madeira. A tripulação do meu navio me ajudou. Emprego todos os homens e as mulheres que trabalham aqui pagando salários justos. Não tenho escravos.

Admitia que tinha gostado de enganar o almirante e os outros oficiais do *Fortune*. Eles o tinham visto de perto e, até agora, não tinham lhe reconhecido. Dominic recolheu o copo vazio de Nicholas e o encheu novamente com mais vinho. Em seguida, devolveu-o. Seu amigo o pegou e bebeu um grande gole.

– E La Roux?

– La Roux escapou. Eu estava perto de acabar com o sujeito, mas ele fugiu. Eu não teria vindo aqui, não até Huntington partir, se o maldito não soubesse.

– Soubesse de quê? – Nicholas perguntou.

– Sobre Roberta. Ele sabe que ela é filha do almirante e que eu me afeiçoei à jovem. Andre a ameaçou. Eu não poderia deixar que vocês o enfrentassem sozinhos, não quando sei que ele pretende atacar no momento em que menos esperarem. Sei como ele pensa, então, tive que arriscar e vir para cá. – Grey se virou para encarar o amigo. – Esta é a minha casa. Tem sido por um longo tempo. Quando os navios de guerra ingleses vão embora e o porto fica vazio, volto para minha propriedade e me torno o homem que você está vendo.

O tenente deu um meio sorriso.

– É uma transformação e tanto.

– É, não é?

– Você se parece com o homem que eu sempre pensei que se tornaria. – Nicholas deixou o copo vazio em uma mesa de canto e parou ao seu lado, perto da lareira.

Há quanto tempo os dois não tinham um momento como este? Há quanto tempo Dominic sonhava que eles teriam vidas assim, em que não passavam de amigos bebendo vinho do porto depois do jantar enquanto discutiam o futuro e todas as suas possibilidades? Esta cena não voltaria a se repetir. Tal percepção o fez estremecer.

– Nick, sinto muito por prendê-lo. Eu... – Sua garganta se contraiu quando as palavras lhe falharam.

O outro colocou a mão em seu ombro.

– Você não precisa dizer isso.

– Não preciso? Devo-lhe um pedido de desculpas, Nick. Nós já fomos amigos. Eu deveria ter honrado a amizade que tínhamos e não o tratado como meu prisioneiro.

Os lábios do tenente se contraíram como se ele estivesse lutando contra um sorriso.

– Nós somos amigos. Os anos e as circunstâncias não mudaram isso. Eu teria feito a mesma coisa se estivesse na sua posição, pelo menos até saber que você ainda era o homem de quem me lembrava.

As palavras de seu amigo fizeram com que a dor em seu peito só se aprofundasse.

– Nick, eu fiz coisas; coisas pelas quais você pode nunca me perdoar. Matei homens, afundei navios, eu... – Sua voz quebrou ao encontrar os olhos de Nicholas. Tudo parecia tão claro naquele instante.

– Eu sei, Dom. Sei o que homens como La Roux fazem

com os meninos que eles capturam. Conheço a dor e a raiva indescritível que o cegou para todo o resto. Eu *sei*.

As palavras dele quebraram a fortaleza que Dominic havia construído em torno de si mesmo. Agora, não podia impedir sua queda, não podia mais manter seu amigo longe. As lágrimas que se recusara a derramar por todos aqueles anos escorreram por suas bochechas. Foi bom ter a mão do tenente em seu ombro para se ancorar, do contrário, poderia ter se afastado em meio às marés escuras.

– Vamos tomar outra bebida. – Nicholas lhe serviu um copo e eles beberam em silêncio; o tipo de silêncio absoluto que um homem só poderia ter com um amigo de sua confiança. – Deveríamos ir dormir. Amanhã, temos que conversar sobre La Roux – o tenente falou após um tempo.

Antes que ele pudesse sair da sala, Dominic segurou sua mão.

– Obrigado por não desistir de mim, Nick. – Ele esperava que seu amigo pudesse ouvir o amor que nunca expressara em suas palavras, bem como a confiança e a lealdade que ele sabia que não merecia, mas que, por algum motivo, Nicholas sempre havia lhe dado.

O tenente deu um pequeno sorriso.

– Você teria feito o mesmo por mim. Tente descansar um pouco... depois de ver Roberta.

Dominic riu e o peso em seu peito diminuiu.

– Eu vou.

Ele observou o outro partir, permanecendo mais alguns minutos na sala enquanto organizava seus pensamentos.

Roberta estava na sua casa, vestindo os vestidos finos que ele tinha encomendado para ela e as joias que havia comprado anos atrás, com sua primeira venda da plantação de chá. Grey esperara poder dar as pérolas a mulher pela qual, algum dia, se apaixonaria, contudo, acabara desistindo desse sonho até conhecer Roberta. A lembrança de vê-la descer as escadas em tamanha glória feminina fez seu sangue cantarolar. Apesar disso, nunca se esqueceria da jovem vestida como um grumete impetuoso. A maneira como seu rosto se iluminara ao observar o mar, como seu pequeno traseiro coubera em suas mãos ao beijá-la em sua mesa e o quão livre Grey se sentira com ela em seu navio eram inesquecíveis. Chibbs dissera que ter uma mulher a bordo era uma maldição, porém, a dama não fora nada além de uma bênção.

Dominic deixou seu escritório e subiu as escadas. As velas do andar superior tinham sido apagadas. Silenciosamente, ele caminhou pelo chão acarpetado. Roberta fora acomodada no quarto ao lado do dele, que também era o cômodo mais distante dos aposentos do pai dela. Ao parar em frente à porta, girou a maçaneta. Ela se abriu e o pirata adentrou o quarto. Ele esperava que a dama o estivesse aguardando na cama, mas ela estava na varanda. Até mesmo sua silhueta escura o cativava.

O luar caribenho banhava a varanda e as praias de areia branca da baía abaixo. Ele se moveu em silêncio, aproximando-se dela por trás. Então, passou seus braços por sua cintura, colocando as mãos em ambos os lados enquanto olhavam para a vista. Vagalumes dançavam nos jardins. Suas luzes verdes suaves brincavam com a escuridão da noite. Ali, junto com Roberta, Dominic sentiu a mais profunda sensação de paz tomar conta de si. A mulher era um mistério para ele, conseguindo excitá-lo e acalmá-lo ao mesmo tempo.

— Pensei que nunca mais o veria, mas aqui está você. —

Sua voz estava suave e tão cheia da emoção que ele temia e, ao mesmo tempo, estava desesperado para ouvir.

Grey se inclinou e acariciou a orelha dela, roçando os lábios contra a parte sensível. Ela inspirou e o tecido de seu vestido sussurrou contra o chão de mármore da varanda.

– Eu também não pensei que iria vê-la novamente – Dominic disse.

Roberta virou a cabeça levemente em sua direção.

– O que aconteceu com La Roux?

– Nós lutamos, mas ele escapou. Vim atrás de você porque ele sabe. O homem viu o manifesto dos passageiros do *Fortune* e notou que você não estava nos barcos a remo. – Ele engoliu em seco. Havia enfrentado batalhas no mar e escapado da forca por inúmeras vezes, contudo, falar com a jovem sobre seus sentimentos e seus medos era muito mais perigoso do que qualquer coisa que já tinha enfrentado, quer fosse dentro ou fora dos mares.

– Por que isso importa? Eu não significo nada para ele.

Roberta se virou, ainda presa em seus braços, e ele ficou maravilhado com o quão pequena ela era. A dama era uma minúscula criatura de curvas delicadas, mas também era esguia e forte. E, agora, ela estava adornada com as melhores roupas que Dominic podia comprar.

As pérolas ao redor de sua garganta brilhavam contra sua pele dourada assim como um luar condensado. A jovem tinha passado tanto tempo no convés do *Dragão*, tentando conquistar seu lugar como qualquer homem, que acabara ficando bronzeada. Grey sabia que a maioria dos homens preferia o tom de pele leitoso das senhoritas que nunca colocavam os pés do lado de fora, mas o que ele mais adorava em Roberta era o fato de que ela era uma mulher que podia acompanhá-lo junto com seus homens, não um troféu para se ganhar e se exibir.

– Ele sabe que me afeiçoei a você. Andre a colocou em sua mira. Eu tinha que ter certeza de que estava segura, foi por isso que arrisquei vir aqui mesmo sabendo que Huntington e seu pai estavam presentes. Tendo a ficar longe de *Port Royal* quando os navios de guerra estão rondando o meu porto. Contudo, eu tinha que protegê-la a qualquer custo. Não acho que La Roux seja tolo o bastante para vir atrás de você aqui, mas sempre existe a possibilidade de que o faça.

Os olhos dela vasculharam seu rosto e o capitão se perguntou o que a dama poderia estar procurando.

– E depois que eu estiver segura? – Roberta perguntou.

– Confesso que não sei. Independentemente do que eu quero, não há como... – Sua língua parecia chumbo enquanto tentava explicar. – Não sou um homem com quem uma boa mulher deve se casar. Eu sou um pirata. Eu dirijo uma tripulação em um refúgio pirata. Duvido que pudesse parar agora. Muitos homens me conhecem. Eles venderiam minha identidade aqui se soubessem que podem lucrar com isso. Unir-se a mim significaria uma vida de fuga.

A dama segurou o rosto dele. Suas mãos estavam quentes e seu toque trazia uma mistura de conforto e sensualidade à medida que seus dedos traçavam a linha dos lábios de Dominic. Ele tinha feito isso com várias mulheres, mas nenhuma delas o havia tocado da mesma maneira. Grey fechou os olhos, deixando as palmas da jovem vagarem.

– Então, não vamos pensar no amanhã – Roberta disse.

Ele apertou seus braços ao redor dela.

– Tivemos pressa antes. Contudo, não me apressarei agora. Não desta vez – Dominic prometeu.

ROBERTA SEGUROU A MÃO DE DOMINIC E O LEVOU DE volta para dentro. As poucas velas que iluminavam o cômodo estavam minguando e suas chamas logo se extinguiriam, o que era bom para a dama, pois poderia explorá-lo nas sombras sem ter que se preocupar com o rubor que provavelmente surgiria em seu rosto. Ela parou ao lado da cama, tirou as sapatilhas de cetim que usava e segurou o colete dele. O pirata permaneceu imóvel enquanto a dama desabotoava os botões, abria bem o colete e o deslizava por seus ombros.

Eles se revezavam ao se despir, tomando seu tempo. O vestido de Roberta veio logo em seguida. Grey soltou a parte de trás até que a vestimenta se transformou em uma poça azul e dourada aos seus pés.

Então, foi a vez da camisa dele. Roberta colocou as mãos sobre sua cintura, puxando de dentro de suas calças a longa camisa branca. Dominic a passou sobre a cabeça e a jogou no chão. Ela colocou as palmas das mãos em seu peito, deslizando-as sobre os músculos rígidos de seu abdômen e de seu peito forte. A dama circulou a ponta de um dedo em torno de um mamilo plano, fazendo a respiração dele acelerar. Encorajada por sua resposta, Roberta se inclinou e cobriu seu mamilo agora ereto com a boca, passando a língua suavemente contra sua pele. Ela segurou seus braços enquanto o chupava, ouvindo um gemido suave escapar dos lábios do capitão.

Dominic sibilou quando ela se moveu para o outro lado

e, em seguida, traçou um caminho de beijos até o seu pescoço, onde lhe deu uma mordida brincalhona. Roberta riu ao parar para fitá-lo.

— Sentindo-se travessa? — ele rosnou em um tom divertido.

— Eu nunca tive a chance de explorar o corpo de um homem. Perdoe-me por querer tomar o meu tempo.

Os olhos de Grey brilharam.

— Está perdoada, contudo, acho que eu deveria ter a mesma chance.

Ele passou um dedo por sua clavícula e, em seguida, ao longo dos topos de seus seios, que subiam e desciam sob seu espartilho. O capitão soltou as fitas, fazendo o tecido duro se juntar ao vestido dela. Agora, a jovem usava apenas uma camisola transparente. Seus mamilos estavam ficando eriçados por conta do frio inesperado.

Gentilmente, Grey levantou a camisola e atirou de seu corpo. Roberta sentiu vontade de cobrir sua nudez, mas o luar lhe deu coragem.

— É como se eu tivesse sonhado com você — ele murmurou enquanto roçava as costas de seus dedos sobre o seio dela. — A mulher perfeita.

— Perfeita? — Ela riu com pesar. — Eu dificilmente me descreveria assim. Eu sou...

— Shhhh... — Dominic pressionou um dedo em seus lábios, depois, levantou uma das mãos da jovem, abrindo sua palma. As queimaduras de corda haviam se curado, logo elas não passariam de ligeiras cicatrizes. Ele acariciou sua pele, tomando cuidado para não a machucar. — Está vendo isso? Para mim, é a perfeição. Uma mulher que não tem medo de viver, de enfrentar desafios e de chegar ao limite. Você não é simplesmente alguém com um corpo a se reivindicar. Você é... – O pirata fez uma pausa, aproximando-se um pouco mais enquanto seus corpos se tocavam. – *Infinitamente* mais.

A dama ficou assustada com suas palavras.

– Eu sou?

Roberta sempre soubera que não era como as outras jovens de sua idade, mas achava que suas diferenças eram falhas, não qualidades.

– Ah, sim.

O peito de Dominic roçou contra seus seios ao passo que ele puxava as fitas em seu cabelo para que pudesse passar os dedos pelos fios. A sensação das mãos dele brincando com suas mechas era maravilhosa. Ela tremeu quando uma das palmas do homem deslizou por suas costas, cobrindo seu traseiro. Grey apertou suavemente. O aperto era brincalhão e, ao mesmo tempo, possessivo, o que a deixou excitada. Ela riu, sentindo-se subitamente tonta ao pensar em ficar diante dele apenas com suas meias.

– Você é corajosa e brilhante, sem falar que levou uma chicotada de um pirata cruel.

A jovem se inclinou para beijar sua mandíbula.

– O pirata não era tão cruel e a chicotada não foi um castigo tão duro assim – ela respondeu. Ainda assim, a dama se sentia orgulhosa de ter lhe mostrado quão corajosa era; corajosa o suficiente para compartilhar esta noite com ele mesmo quando nenhum dos dois sabia o que o amanhã traria.

Dominic a levantou e a colocou na cama. Ele deslizou as meias de Roberta por cada uma de suas pernas, beijando centímetro por centímetro da pele que estava desnudando antes de se acomodar entre suas coxas abertas. Ela estremeceu, lembrando-se da sensação de tê-lo dentro de si e do desconforto inicial que sentira. Felizmente, naquele momento, queria-o demais para deixar que tal receio tomasse conta de si.

Os olhos de Grey brilhavam à luz do fogo da única vela que ainda estava acesa sobre a mesa. Ele tirou seus sapatos, suas meias e suas calças, permitindo que a jovem tivesse uma visão completa de seu corpo, do caminho de pelos escuros que descia de seu umbigo até seu membro ereto e se espalhava por suas coxas musculosas. O núcleo da jovem vibrou com uma onda de excitação selvagem, mas ele não a tomou como tinha feito na taverna. Em vez disso, deitou-se ao lado dela e a puxou para cima com um toque terno, fazendo-a montar nele do mesmo jeito que Roberta faria ao subir na viga mais alta do *Dragão*.

– Aceite-me quando estiver pronta – o capitão murmurou, então, puxou-a para baixo, beijando-a.

Ela ficou hipnotizada pela sensação de seus corpos pressionados enquanto a brisa fresca da ilha flutuava pelas cortinas da varanda aberta. Pombas caribenhas arrulhavam uma doce sinfonia que se misturava com os beijos e as respirações compartilhadas por eles à medida que exploravam um ao outro. Roberta acariciou as cicatrizes dele, dando um beijo terno em cada uma antes de se voltar para outra.

– Quem o machucou? – a dama perguntou em um sussurro. – Sempre foi La Roux?

– Na maioria das vezes, era Gerard La Roux, o irmão de Andre. Sua tripulação o temia e ele tratava os garotos que levava a bordo com selvageria. O sujeito pagava para os homens em terra sequestrá-los e trazê-los para o seu navio, obrigando-os a trabalharem pela sua liberdade. Se o trabalho forçado fosse o único fardo a bordo do seu navio, a vida teria sido suportável, mas o homem era um monstro. Como Gerard costumava dizer, ele gostava de quebrá-los antes de colocá-los para trabalhar. – Dominic hesitou e ela beijou o vinco que se formou entre suas sobrancelhas franzidas.

– E o irmão dele?

– Andre sabia o que Gerard fazia. Às vezes, ele assistia. Conheci homens que fizeram coisas terríveis e sombrias, contudo, elas não deixaram de assombrá-los à noite. Eles sabem que estão condenados e tal conhecimento pesa sobre seus ombros. Contudo, Andre não é assim. Não há nada além de escuridão dentro dele; de um vasto vazio sem luz, sem esperança e sem misericórdia. Ele gostava de ver seu irmão me machucar. À medida que eu crescia, sabia que, um dia, seria páreo para Gerard, mas não para Andre. Esperei até que o irmão mais novo saísse à procura de um novo tesouro. Após Gerard tomar várias canecas de bebida e exigir que eu lutasse pela minha liberdade, aproveitei a oportunidade e o matei. Atirei em seu coração negro com sua própria pistola, então, roubei uma bússola e um barco a remo e naveguei por três dias seguidos sem comida ou água até chegar a *Port Royal*. Aqui, recomecei minha vida.

Roberta beijou suas bochechas, sentindo o gosto salgado de suas lágrimas.

– Eu gostaria que você nunca tivesse sofrido, que nunca tivesse sido sequestrado.

A jovem beijou sua boca trêmula, escurecendo o mundo inteiro ao seu redor. Grey acariciou o rosto dela e seus olhares se encontraram.

– Se eu não tivesse, talvez nunca acabasse lhe conhecendo. Não sei se posso me arrepender completamente do caminho que minha vida tomou, já que ele me trouxe até aqui. – A honestidade em seus olhos a abalou. – Eu faria tudo de novo, enfrentaria todas as aflições apenas para saber que esta noite pertenceria a mim; que eu teria essa única memória para carregar comigo para sempre.

– Eu o amo, Dominic Greyville. – Ela falou seu nome verdadeiro, querendo que ele soubesse que o amava completamente. Quer fossem as partes belas ou vulneráveis dele, o capitão era inteiramente seu.

– Eu a amo, Robbie. – Sua boca sensual se curvou em um sorriso juvenil que a fez rir.

– Você não me chamou de Roberta – a dama o repreendeu.

– É porque gosto de me lembrar de como a conheci. Roberta, embora adorável, é um nome sério demais para uma pirata. Agora, você é um verdadeiro membro da tripulação do *Dragão* e merece manter seu apelido.

Ela revirou os olhos antes de suspirar com desejo diante de seu beijo profundo. Roberta agarrou os ombros dele. A necessidade que sentia por ele era forte demais para se negar um momento a mais.

– Estou pronta. Eu quero você.

A dama ofegou quando ele os rolou, prendendo-a sobre o colchão de penas macias. O quadril do pirata deslizou entre suas coxas separadas, afundando nela. Eles compartilharam um gemido conjunto ao passo que ele a preenchia, esticava e reivindicava completamente. Desta vez, não houve dor; apenas uma necessidade deliciosa que crescia com cada movimento dele. Dominic agarrou a estrutura da cama acima de sua cabeça com uma mão, alavancando seu corpo para aprofundar suas estocadas. Roberta segurou a cintura dele, ofegando toda vez que o capitão estocava. As curvas suaves de seu corpo se moldavam às linhas duras do dele. O prazer explodiu entre os dois, fazendo-a gritar antes que ele a silenciasse com um beijo. Grey estocou fundo mais uma dúzia de vezes, deixando-a sentir onda após onda de prazer até que ela não aguentasse mais.

A jovem ficou deitada sob ele, completamente embriagada de paixão, até que o pirata finalmente chegou ao seu clímax. Um olhar de admiração e de surpresa surgiu no rosto dele ao fitá-la. Não havia como parar a onda de emoção que jorrava do corpo da dama e preenchia a alma de Dominic. Independentemente do que viesse a enfrentar amanhã, tinham esta noite, este belo momento, no qual se agarrar para sempre.

Grey caiu ao lado dela, puxando os lençóis sobre eles. Roberta se enterrou em seu peito, exausta. Ela colocou uma palma sobre seu coração, deslizando os dedos pela sua pele.

– Quando eu era pequena, pensava que podia capturar a luz assim como alguém captura um inseto em uma jarra. Por isso, sempre colocava frascos de vidro no peitoril da minha janela pela manhã. Meu pai não tinha coragem de me dizer que não era possível. Quando eu chorava ao descobrir que a luz tinha se esvaído, ele me abraçava e sussurrava: *"Você não pode capturar a mais pura das luzes, minha querida. Ela não permanece aqui. Em vez disso, torna-se uma parte de você. Consegue sentir, Roberta? O calor brilhante no fundo do seu coração?"* E eu sentia. Sentia meu amor por ele, pela vida e por mim mesma. Tudo estava dentro de mim, brilhante e ousado como o sol.

Dominic sorriu. Talvez ele a estivesse imaginando criança, pensando e sentindo todas as coisas que havia descrito.

– Quando cresci, tornou-se mais difícil encontrar essa luz. Porém, agora, você afastou todas as sombras do meu coração. – A jovem deu um beijo longo e demorado em sua boca, esperando que o pirata pudesse sentir o calor e o amor dentro de si mesmo.

Grey respondeu com um beijo sincero e desesperado que se suavizou em mil promessas silenciosas de amor e de lealdade. Como Roberta podia ter duvidado dele e de seus sentimentos por ela? Eles espelhavam os seus.

Os dois passaram a noite fazendo amor, seus corpos criando sinfonias de prazer até que a luz do sol começou a iluminar o céu do lado de fora.

O amanhecer havia chegado. Agora, eles enfrentariam o que quer que viesse juntos.

ANDRE LA ROUX GIROU A TAÇA DE CRISTAL NAS PALMAS das mãos enquanto olhava para o vasto oceano das janelas de sua cabine. O amanhecer coloriu a água com um tom dourado brilhante. Ele sabia que a visão era impressionante, mas não inspirava qualquer sentimento amoroso nele. La Roux só amara uma pessoa em sua vida – seu irmão – e o homem estava morto. Morto porque Dominic havia atirado nele. Andre havia postergado o confronto, porque estava buscando pelo momento oportuno. Agora, ele finalmente havia chegado e a chave era a filha do almirante.

O olhar de medo que vira no rosto de Grey ao ordenar que a jovem corresse dissera tudo o que ele precisava saber. A mulher significava algo para Dominic, portanto, Andre a capturaria. Quando a tivesse à sua mercê, ele a torturaria e a mataria. Depois, encontraria uma maneira de incriminar

Dominic pela morte dela e, com isso, fazê-lo ir à forca. La Roux observaria tudo da plateia, apreciando o momento em que o pescoço do assassino de seu irmão seria cortado ao meio e seus pés se ergueriam com o impacto.

O prazer corria pelas suas veias ao pensar em destruir a coisa que Dominic mais amava. Seria tão bom quanto ver Gerard machucando o menino, embora não o bastante para saciar sua necessidade de mais. Sua fome pela dor alheia nunca seria plenamente satisfeita.

Andre jogou a taça com tanta força que ela se quebrou na parede. Os pedaços caíram no chão, brilhando em vários tons coloridos sob os raios solares que entravam pelas janelas da cabine.

Ainda assim, a visão de La Roux continuava permeada por tons vermelhos.

CAPÍTULO 16

Na tarde seguinte, Dominic seguiu Roberta até os jardins dos fundos de sua propriedade, observando a maneira como a cauda de seu vestido de cor creme e rosa farfalhava ao longo do gramado verde exuberante. A cada poucos segundos, ele se aproximava dela, roçando a mão em sua cintura e, todas as vezes, sentia seu sangue ferver com um doce delírio ao vê-la se virar e fitá-lo com seus olhos pestanejantes. Então, Grey gentilmente puxava um cacho solto de seu cabelo ou segurava a seda cara de suas saias, trazendo-a para perto de si para poder dar um beijo rápido em seu pescoço, afastando-se logo em seguida para que o pai dela não os visse. Esse jogo de pega-pega iria acabar o matando. Felizmente, o prazer de finalmente se jogar nos braços um do outro na superfície plana mais próxima, longe de olhares indiscretos, não passava de uma questão de tempo.

O contra-almirante estava caminhando mais à frente, sua discussão animada com Nicholas sendo trazida pela brisa da ilha até os ouvidos deles. Graças à influência do mais velho, Nick recebera permissão especial para permanecer no local em vez de embarcar em um novo navio com Huntington e o resto dos marinheiros do *Fortune*.

Dominic não prestava muita atenção no pai de Roberta, porque estava muito mais interessado na dama e na maneira como seus quadris balançavam enquanto ela se movia. A visão era bastante tentadora, contudo, partes da conversa do almirante ainda conseguiam atravessar seus devaneios sensuais sobre se deitar com a jovem na grama e se deleitar com a exuberância dela.

– Sabemos que os piratas frequentam *Tortuga* e *Cartagena*, então, acho que está na hora de enviarmos navios de guerra para patrulhar esses portos com mais frequência – Charles sugeriu.

Roberta parou para observar uma fileira de roseiras inglesas. Ela se inclinou para segurar uma flor e sorriu ao roçar as pétalas macias contra os lábios. Um lampejo de inveja o atravessou. Pelo céus, estava com ciúmes de uma flor! Grey queria sentir os lábios dela em *sua* pele, roçando suavemente sobre suas cicatrizes da mesma maneira que a dama havia feito antes e o fizera se sentir como um homem inteiro, não quebrado.

Ela olhou em sua direção, seu olhar segurando o dele por um longo momento. A fome e o desejo o preencheram. Por Deus, será que uma mulher já tinha olhado para ele dessa mesma forma? Como se tivesse pegado a lua e a entregado a ela? Era assim que Dominic se sentia em relação à Roberta; como se a jovem fosse a única capaz de conceder todos os desejos de seu coração, mesmo aqueles que ele pensava terem perecido há muito tempo.

– Temo que sempre haverá piratas, de alguma forma ou de outra – Nicholas disse. – Homens têm saqueado embarcações e costas há séculos. A menos que encontre uma maneira de fazer com que os navios de guerra cubram cada centímetro do mar, isso não vai mudar.

Roberta chamou a atenção de Dominic e lhe deu uma piscadinha sugestiva quando seu pai e Nicholas começaram a se afastar ainda mais. Assim que o almirante e o tenente viraram em torno de uma fileira de sebes que continuava por alguns metros, o capitão aproveitou a oportunidade, correndo até a dama e a puxando em seus braços. Ela arrancou a rosa que estava segurando quando Grey a trouxe para perto, fazendo as pétalas se espalharem à medida que passava os braços em torno do pescoço dele. Seus lábios se encontraram em uma doce explosão. Gentilmente, o pirata agarrou a parte de trás de seu pescoço e massageou os músculos rígidos, apreciando a sensação dos seus cabelos ruivos sobre sua mão. O gemido que a jovem lhe deu em resposta o encantou.

Eram tolos por assumir tal risco, contudo, Dominic não conseguia esconder o que sentia por ela. As palavras que Roberta proferira na noite passada o haviam mudado para sempre, banindo quase toda a escuridão de dentro dele. Ela era seu calor, sua jarra cheia de luz. Quando estava com a dama, os últimos quatorze anos de sua vida pareciam desaparecer. Ele podia fingir que estavam secretamente noivos, que logo pediria sua mão em casamento para o almirante e que eles ficariam lado a lado no altar, recitando seus votos e planejando os nomes de seus futuros filhos.

De repente, Grey congelou, percebendo que haviam feito amor meia dúzia de vezes nos últimos dois dias e havia uma grande chance de ela já estar grávida do seu filho. Do filho *deles*. Por Deus, o capitão rezava para que a criança fosse mais parecida com Roberta do que com ele.

Seus lábios se separaram e ele segurou o rosto dela em suas mãos, memorizando cada um de seus traços.

– O que foi? – Roberta perguntou, notando sua preocupação. Estava se tornando cada vez mais difícil esconder seus sentimentos dela.

Dominic inspirou profundamente antes de falar:

– Eu fui um tolo. Não fui cuidadoso com você.

– Cuidadoso? – Seus olhos estavam cheios de confusão.

– Refiro-me à questão dos filhos. Você poderia estar grávida porque... porque eu não consegui me conter. – Ele não queria explicar os detalhes e esperava que a dama entendesse. – Fui egoísta em buscar meu prazer.

Grey fechou os olhos, tentando não entrar em pânico. O que ela poderia fazer se, de fato, acabasse se tornando mãe?

– Dom, eu sei, desde a primeira vez, os riscos que corremos. Não pedi que fosse cuidadoso porque eu não me importava com o resultado.

Roberta parecia estar esperando uma resposta, mas o pirata levou um momento para encontrar as palavras.

– Você quer ter um filho, o nosso filho, mesmo que eu não possa me casar com você? Isso significa que estaria arruinada. Você pode ser forçada a desistir do...

– Shh. – A dama o beijou novamente. – Meu pai nunca tiraria meu filho de mim e eu enfrentaria qualquer futuro desde que tivesse uma parte de você para levar junto comigo.

A garganta de Dominic se apertou e ele fechou os olhos novamente. Esta mulher era um belo milagre. Roberta o estava matando com o poder de seu amor.

A jovem se afastou, posicionando-se a uma distância respeitável.

– Ouço meu pai voltando.

Ela voltou a admirar as rosas que ele havia cultivado em homenagem a sua mãe. Grey sabia que sua família estava viva e bem, já que, uma vez por ano, enviava um de seus tripulantes para verificar como eles estavam.

Os relatórios que havia recebido ao longo dos anos lhe garantiam que seu irmão mais novo, Adrian, era um rapaz capaz e ajuizado. Sua gêmea, Josephine, era uma moça bela e inteligente assim como sua mãe. Embora seus homens não fossem tolos o bastante para tecerem poemas sobre sua aparência e apenas o informassem sobre seus movimentos, Dominic imaginava que Lucia devia estar tão deslumbrante como sempre. Quanto ao seu pai, bem, o capitão não precisava dos relatórios para saber que Aaron ainda era um homem poderoso na política e próximo ao rei, bem como que, sempre que possível, usava sua influência para ajudar as classes mais baixas. Toda a sua família estava melhor sem ele.

– Senhor? – Griffin se aproximou e parou a poucos metros de distância. – O capitão Huntington está aqui para ver o contra-almirante.

– Ah... – Dominic sabia que era apenas uma questão de tempo até que Huntington aparecesse.

– Quais são as ordens, senhor? – Griffin pediu.

– Traga-o aqui.

– Sim, senhor. – Griffin recuou.

Dominic olhou para Roberta.

– Seu querido noivo está a caminho. Devo jogá-lo ao mar? – Ele não resistiu à tentação de provocá-la, mas manteve uma expressão solene em seu rosto para que a jovem não percebesse que ele sabia que ela não estava noiva daquele pateta. Dominic não fizera menção ao homem depois que Nicholas lhe garantira que o noivado nunca havia existido, contudo, agora era sua chance de incitar o temperamento de sua bela dama da maneira certa.

– Ah... Dom, nós nunca fomos noivos de verdade. Eu só disse isso porque queria que você agisse com cautela diante de mim e da minha criada. – Roberta deu um passo em sua direção. O pânico cintilava em seus olhos.

Grey ergueu uma palma, lembrando-a de que precisava se manter distante pouco antes de seu pai e de Nicholas reaparecerem.

– Capitão – o almirante cumprimentou assim que viu Huntington descer rapidamente os degraus que levavam ao jardim.

– Almirante, recebi sua mensagem sobre o retorno da Srta. Harcourt. – O olhar do capitão passou por Dominic, indo direto para a jovem. O alívio coloriu o rosto do homem quando ele se aproximou dela e pegou uma de suas mãos, trazendo-a para seus lábios.

Dominic suprimiu um rosnado ao ver o oficial tocar em sua mulher. Não tinha prestado muita atenção no homem quando o jogara em um barco a remo, porém, agora tinha a chance de estudar o sujeito. Huntington era alto e possuía o porte típico de um homem que tinha sido classicamente treinado na arte da esgrima e do boxe. Ele não era como o pirata, cujo corpo havia sido forjado no fogo do inferno enquanto tentava sobreviver sob as condições mais cruéis. As únicas opções que haviam sido lhe dadas era se adaptar e crescer, do contrário, pereceria. Em uma luta real, o cavalheiro perderia para ele em segundos. Infelizmente, Huntington possuía a Marinha Real e a lei do seu lado. Ainda assim, isso não foi o suficiente para impedir o pirata de se imaginar jogando o sujeito em outro barco. Desta vez, para muito mais longe de *Port Royal*.

– Estou tão aliviado em ver que está segura e bem, Srta. Harcourt.

Roberta corou, mas conseguiu agir conforme as boas maneiras.

– Estou muito bem. O tenente Flynn veio em meu socorro. Quando desembarcamos em *Tortuga*, ele ajudou Lucy e eu a escaparmos do navio pirata.

– Foi mesmo? – O foco de Huntington se voltou para Nicholas. O ciúme ardia em seus olhos.

Dominic ficou surpreso por o capitão do *Fortune* ter simplesmente passado por ele, o mestre da casa que estava visitando, sem sequer notar que Grey se assemelhava ao pirata que o havia feito de tolo e afundado seu navio.

– Espero que Flynn realmente tenha cumprido seus deveres como você disse.

Estava claro para todos que o sujeito não se importava com Nicholas e que usaria qualquer desculpa que viesse a encontrar para poder repreendê-lo.

– O tenente demonstrou um desempenho admirável – Charles interveio. – Minha filha não é uma criatura boba. Se ela afirma que seu resgate foi possível por conta da ajuda de Flynn, então esta é a verdade. Eu aconselho que não desafie Roberta novamente. Fui claro, capitão?

O tom do contra-almirante atraiu a admiração de Dominic. Estava claro o quanto o mais velho valorizava e respeitava sua filha. Isso era bom. A jovem merecia ter um pai capaz de protegê-la de homens como Huntington.

– Bem, fico feliz em ouvir isso – o outro disse, embora a insatisfação ainda pudesse ser ouvida em seu tom aparentemente educado. Ele se endireitou, ajustando seu uniforme e levantando o queixo imperiosamente. Por fim, se voltou para Grey. – E você deve ser o Sr. King. – Seu olhar avaliador não era sequer uma ameaça para o pirata.

Dominic sorriu educadamente e estendeu a mão.

– Aaron King. Bem-vindo a *King's Landing*.

– Obrigado. – O capitão observou a grande residência atrás de Grey. – Linda casa, muito adorável. Ouvi falar que você é um comerciante, é isso mesmo?

– Sim, de chá. – Dominic esperou para ver o que o sujeito tentaria desvendar sobre a sua história.

– Hummm – Huntington respondeu com um sorriso educado antes de focar novamente em Roberta. – Gostaria de convidá-la para jantar comigo esta noite nos meus alojamentos da cidade. Eu esperava que pudéssemos conversar novamente sobre o futuro.

Pela maneira como os olhos da dama escureceram, Grey pôde adivinhar qual era o assunto principal daquela conversa.

– Acho que não temos mais nada a discutir, porém, agradeço o convite. Eu gostaria de poder aceitar, mas...

– Infelizmente, ela já aceitou meu convite para jantar aqui. Você também está convidado, capitão. – Dominic ficou feliz em ver a expressão de Huntington falhar enquanto ele tentava controlar seu temperamento. Foi absolutamente incrível.

– Eu gostaria de poder aceitar, Sr. King. É muito atencioso da sua parte, mas já fiz planos para jantar na cidade esta noite. – O capitão naval parecia pronto para esfaquear Dominic com o objeto pontiagudo mais próximo.

– Que pena. Talvez outra vez, então? Deixarei que vocês desfrutem do jardim enquanto eu discuto o cardápio desta noite com o meu cozinheiro. – O pirata caminhou até a residência, parando no topo das escadas para ver como as coisas se desenrolavam. Mais uma vez, Huntington tentou falar com Roberta, contudo, ela cuidadosamente se plantou entre Nicholas e seu pai.

Dominic sorriu. Infelizmente, seu sorriso não durou muito tempo ao perceber que logo teria que se despedir da dama e vê-la fazer o caminho de volta para Inglaterra assim que estivesse completamente segura.

Quando Roberta retornou do jardim, Grey estava esperando por ela. Ele a puxou para longe, em direção ao corredor.

– Venha comigo.

Ela levantou as saias com a mão livre enquanto o pirata liderava o caminho, segurando sua outra palma.

– Para onde estamos indo?

Dominic não disse nada até adentrarem o quarto da jovem. Então, apontou para a pilha de roupas que Lucy colocara na cama conforme suas instruções.

– Troque de roupa e me encontre do lado de fora daqui a alguns minutos.

Os olhos da criada se voltaram para Grey.

– Como está o Sr. Lee? – ela perguntou.

– Resmungando sem parar porque você não está no *Dragão* – ele respondeu com um sorriso.

Havia notado que a funcionária se afeiçoara ao seu cozinheiro relutante. Lee, assim como Reese, havia descoberto que Luke era, de fato, Lucy apenas um dia após terem partido para *Tortuga* e parecia bastante cativado pela mulher. Se tivessem tido mais tempo, talvez os dois pudessem ter um futuro juntos; um que, sem dúvida, acabaria sendo benéfico para as barrigas da tripulação do *Dragão*.

– Ele voltará para cá em breve?

– Lee teve que retornar para o navio para cuidar dos marinheiros que estão lá. Contudo, posso tentar fazer com que ele volte hoje à noite para o jantar. – Dominic pedira que Lee e Griffin cozinhassem algumas refeições na residência quando chegaram na cidade, mas, depois, acabara se preocupando com o resto de sua tripulação e a falta de comida decente enquanto eles se escondiam a bordo de seu navio e aguardavam ordens suas.

O sorriso de Lucy vacilou apenas por momento.

– Espero que sim. Obrigado, Sr. King.

Roberta pegou as calças marrons de equitação que tinham sido adaptadas para o seu tamanho.

– Calças?

– Sim, vamos cavalgar esta tarde. Achei que as roupas femininas de equitação seriam muito sufocantes. Além disso, eu tinha a sensação de que você preferiria as calças. Estarei esperando no andar de baixo.

Dominic deixou Roberta e chamou seu cavalariço, pedindo que ele preparasse seu melhor garanhão e capão. Enquanto caminhava pelo salão de entrada, Nicholas se aproximou. Seu amigo lançou um olhar ao redor, certificando-se de que não seriam ouvidos.

– O almirante está determinado a encontrar o *Dragão* e sua tripulação. Você não está preocupado?

– O navio está ancorado em uma pequena enseada em que as fragatas da Marinha Real não navegam por conta dos recifes.

O tenente suspirou.

– Eles não podem ficar escondidos para sempre.

– Assim que eu puder sair, iremos para a Espanha ou,

talvez, para o norte da África até que Huntington desista da busca.

— O capitão providenciou um navio que partirá amanhã para a Inglaterra. Ele planeja escoltar Roberta de volta antes de retornar às suas funções a bordo de uma nova embarcação. O almirante decidiu que não é seguro para sua filha permanecer aqui; não quando a jovem ainda está solteira e não possui um marido para protegê-la.

O corpo do pirata ficou tenso assim que o pânico o tomou.

— Tão cedo? Achei que ele queria que ela morasse em *Port Royal*.

Grey estivera esperando que Charles levasse mais alguns dias para encontrar um navio de volta para a Inglaterra e fazer os arranjos. Ainda assim, a sensação de urgência o levara a roubar os momentos que pudera ter com a dama, mesmo que fosse apenas um breve beijo em meio às rosas inglesas.

— Eu sei. É muito mais cedo do que esperávamos — Nicholas disse. — Mas o almirante mudou de ideia. Ele não sente que pode mantê-la segura aqui. A captura do *Fortune* o deixou muito preocupado, motivo pelo qual não a deixará ficar. Prometo protegê-la durante toda a viagem de volta para casa. O homem me pediu para navegar com ela porque acredita que eu a mantive segura a bordo do navio pirata. Você tem a minha palavra de que nenhum mal virá a acontecer com a jovem. — Ele tocou o ombro de Dominic, dando um aperto suave antes de ir à procura do pai de Roberta.

Grey forçou um sorriso em seus lábios quando a dama apareceu correndo pelas escadas com a mesma energia de uma criança.

– Você estava certo. Eu prefiro vestir calças. Como estou? – Ela deu uma voltinha, fazendo-o rir de seu óbvio deleite.

– Você sabe que está radiante. – Dominic riu.

Roberta tinha voltado a prender seus cabelos com uma fita verde elegante. Alguns fios soltos caíam por seu pescoço. Dominic apreciou a visão da dama sob a luz do sol da tarde que entrava pelas janelas e iluminava seu rosto. Ela era a coisa mais linda que ele já tinha visto. Melhor do que mil baías sob o luar, os pores do sol do Caribe, ou a colorida variedade de corais e peixes sob as águas azuis cristalinas. Roberta era a resposta para todas as perguntas que já haviam sido importantes para Grey. E ele estava prestes a perdê-la para sempre pela segunda vez.

– Pronta para ir? – O pirata ignorou o bolo que havia se formado em sua garganta.

A jovem assentiu ansiosamente.

Dominic pegou seu braço e eles desceram os degraus da frente até o par de cavalos que estava aguardando do lado de fora. Ele não desperdiçaria sequer mais um minuto de seu tempo ao lado da dama. Então, quando Roberta tivesse que partir, faria a coisa certa e permitiria que ela retornasse para casa. A jovem estaria segura na Inglaterra.

Longe dele. Longe de La Roux.

 Dominic. Sua postura rígida montada em seu garanhão preto a fez ter certeza de que algo estava errado. Ela aproximou sua montaria da dele na esperança de examinar seu rosto com mais clareza. A estrada em que estavam era densamente arborizada e os cascos dos cavalos criavam uma batida constante sobre a terra úmida. Pássaros exóticos voavam nas árvores acima enquanto a luz do sol atravessava intermitentemente o abrigo da folhagem. A dama sentia como se tivesse tropeçado em um bosque encantado e governado por algum deus antigo. Em qualquer outro momento, teria abraçado a sensação mágica do lugar, porém, agora, estava mais preocupada com o silêncio de Grey.

Ela tocou na mão dele.

– Dominic, o que há de errado?

Estava quente demais para usar luvas. O pirata apertou suavemente sua mão e o contato pele a pele lhe deu uma pequena tranquilidade.

– Nicholas disse que você deve partir amanhã. – Suas palavras pareciam ásperas.

Roberta não sentiu que ele estava chateado com ela, mas, sim, arrependido por saber que eles logo se separariam. Ela estava fazendo o seu melhor para tentar se esquecer disso.

– Não quero ir embora. Eu poderia ficar... Eu *ficaria*... se você pedisse.

E realmente o faria, sem hesitação. A dama arriscaria cair na ruína para poder viver com o pirata, independentemente de ele se casar ou não com ela.

Dominic os levou para fora da estrada principal, através de um caminho estreito que se dirigia para o fundo da floresta. Depois de um tempo, a vegetação deu lugar a uma praia de areia branca. As ondas batiam na costa e a água azul-clara se misturava com o tom suave do céu.

Roberta o seguiu, vendo-o desmontar e amarrar o cavalo a uma árvore próxima. Grey a pegou em seus braços, ajudando-a a sair de sua sela, e a segurou por um momento, seus lábios tocando sua testa em um leve beijo antes que ele recuasse. A jovem segurou a mão dele e os dois caminharam até a faixa de areia pálida que brilhava sob a luz do sol. Dominic se ajoelhou, retirando as botas e as meias. Roberta sorriu um pouco ao fazer o mesmo. Eles correram para as águas rasas, brincando como crianças pelo que pareceram ser horas até que ela ficou exausta e se sentou na areia. O pirata se juntou à dama, esticando seu corpo ao lado do dela e cruzando os braços atrás da cabeça.

— Dom, por favor, podemos conversar sobre isso? — ela perguntou.

Ele tirou uma pequena e bela concha de ostra do bolso, deslizando a ponta do polegar sobre ela antes de entregá-la a Roberta.

— Para você — disse. — Eu a encontrei quando visitei esse trecho da praia pela primeira vez, há dez anos. Mantenho-a em meu escritório em *King's Landing* como um lembrete da oportunidade que tive de construir uma vida neste paraíso. Quero que a leve consigo para a Inglaterra.

A jovem quase podia ouvir suas palavras não ditas: que ele desejava que ela levasse essa pequena parte dele de volta para casa. Era um ínfimo conforto em meio a uma vastidão de dor.

Ela aceitou a concha, sentindo seus lábios tremerem.

— Dom, temos que conversar.

Subitamente, o pirata se levantou, voltando a caminhar pela praia. Ela o alcançou e agarrou seu braço, fazendo-o parar.

— Por favor... fale comigo — Roberta implorou com a voz embargada.

Quando Dominic a encarou, a dama viu as emoções que

ele estava tão desesperado para esconder. A dor e a tristeza marcavam suas belas feições, fazendo-o parecer mais velho do que realmente era.

– Eu daria qualquer coisa para poder ficar com você, Robbie, qualquer coisa para torná-la minha, mas não é possível.

– Por que não? – a jovem perguntou, enxugando as lágrimas de suas bochechas furiosamente.

– Porque La Roux não vai parar até que ele ou eu estejamos mortos. Andre fará de tudo para encontrá-la e matá-la apenas para poder me ver sofrer. Eu não arriscarei sua vida. O homem é esperto o bastante para não ir atrás de você enquanto estiver fortemente guardada pela Marinha Real, mas ele pode tentar raptá-la aqui. Não posso garantir sua segurança se ficar na ilha. É melhor que volte para a Inglaterra amanhã. Quando estiver lá, poderá ter uma vida segura e feliz e nunca mais olhar para trás.

Alguns dias atrás, Roberta poderia ter acreditado que isso era possível. Porém, agora que havia experimentado a verdadeira felicidade com Grey, se recusava a acreditar que poderia abrir mão dela em nome de sua segurança.

– La Roux não ousaria vir aqui. Não com a Marinha à procura de piratas.

– Sim, ele ousaria – Dominic respondeu sombriamente. – Principalmente se achar que o prêmio vale a pena o risco.

O capitão caminhou de volta para a praia e se sentou na areia, sob a sombra de algumas palmeiras. O homem dobrou as pernas e apoiou os antebraços sobre os joelhos. Roberta se juntou a ele depois de um tempo. Ela descansou a cabeça em seu ombro e Grey encostou sua bochecha no rosto dela. À frente deles, as ondas se moviam em um ritmo incessante. A visão lhe proporcionou certo conforto, embora não o bastante. Seu coração pulsava com uma dor profunda à medida que era obrigada a encarar a verdade. Dominic não a deixaria ficar.

– E se você matar La Roux? Eu poderia voltar. Eu...

– Mesmo que fosse fácil encontrá-lo e matá-lo, essa não é a única razão pela qual deve voltar para a Inglaterra. Roberta, você merece ter uma vida de verdade. Ainda que eu parasse de piratear, há homens por aí que poderiam me identificar. Eventualmente, alguém descobrirá que eu também sou o Capitão Grey. A verdade é que meus dias estão contados.

– Todos nós estamos com os dias contados – ela respondeu em um sussurro.

– A diferença é que se eu for enforcado por piratear, a Coroa levará tudo, minha casa, minha fortuna e até mesmo as coisas que eu conquistei legalmente. Isso a deixaria sem sequer um centavo e sem um lar. Não posso fazer isso com você ou com os filhos que possamos vir a ter.

A jovem queria dizer que não se importava, mas estaria mentindo, pois se importava com tais coisas, embora não para si mesma. Roberta poderia encontrar uma forma de sobreviver, porém, seu filho – se estivesse carregando um – dependia dela e de sua proteção. A dama não podia deixar seus pensamentos egoístas assumirem o controle.

– Devemos voltar em breve – Dominic murmurou.

– Sim – ela suspirou e acariciou seu rosto. – Você me visitará esta noite?

– Nada poderia me manter longe. – Ele inclinou a cabeça para beijá-la, roubando o último pedaço de seu coração.

❄

APÓS A MEIA-NOITE, A *DAMA VERMELHA* NAVEGOU PARA uma doca distante no lado oposto da ilha jamaicana de *Port Royal*. A tripulação agia com cautela e em silêncio ao atracar a embarcação no cais. Andre La Roux deixou seus homens e desceu a prancha, caminhando pelas tábuas de madeira que levavam à costa. O brilho da lua era tão branco que quase queimou seus olhos ao fitá-la.

Agora, ele tinha que esperar. Felizmente, a paciência era um de seus muitos dons. Esta noite, sentia que teria sorte. Após quinze minutos, um de seus homens veio ao seu encontro.

– Que notícia você me traz? – Andre perguntou.

– Quando o *Orgulho da Índia* atracou, o grumete e o oficial da Marinha foram recebidos por um almirante. Ele chamou o rapaz de Roberta.

– Então, eu estava certo, o garoto é a filha do almirante.

– Sim. Suas suspeitas após ver o manifesto dos passageiros do *Fortune* estavam certas. Eles foram escoltados até a casa de um produtor de chá. Um homem chamado Aaron King. Cheguei o mais perto que pude e posso atestar que é verdade: Dominic Grey vive aqui sob um nome diferente. Os rumores na ilha afirmam que ele ganha dinheiro com o comércio legítimo de chá, sendo este um negócio separado de suas caçadas piratas.

Andre ponderou sobre a informação. Fora tolo da parte de Grey manter uma vida aqui; uma que poderia ser facilmente destruída por alguém como ele. Isso lhe dava tantos meios para feri-lo. Capturar a mulher, tomar a plantação ou roubar seu comércio de chá. O que lhe causaria mais sofrimento?

– Ele levou a jovem para cavalgar hoje. Sem companhia.

Eles estavam abraçados na praia quando eu os vi pela última vez.

– Abraçados? – Andre considerou a palavra.

Tinha visto a afeição de Dominic pela garota em *Tortuga*, motivo pelo qual o provocara, desafiando-o e instigando seu medo de perdê-la. Ainda assim, conhecia Grey. As mulheres se sentiam seguras com aquele tolo, porque o pirata tinha um coração mole para o sexo oposto. O que La Roux queria saber era se Dominic amava a tal filha do almirante.

– Sim – o homem respondeu. – Apesar de saber pouco sobre o amor, arriscaria dizer que Grey está, de fato, apaixonado pela jovem. Ouvi um pouco da conversa entre os dois. Eles estavam falando sobre casamento e uma vida juntos.

– E você tem certeza de que ela é a filha do almirante?

Isso a tornaria um pássaro difícil de capturar, embora certamente mais poderoso quando preso. Matá-la e jogar a culpa em Dominic o faria enfrentar o carrasco. Que doce reviravolta seria se Andre pudesse colocar seus planos em ação.

O homem assentiu.

– Pelo que pude escutar, ela partirá para a Inglaterra amanhã. O almirante decidiu que é muito perigoso para a mulher permanecer aqui. Ele planeja escoltá-la para casa a bordo do *Falcão da Majestade*.

La Roux sorriu. A maré da guerra entre ele e Grey finalmente tinha virado. O capitão da *Dama Vermelha* pegou uma bolsa de couro com moedas e a jogou para o homem, que voltou a desaparecer nas sombras do pequeno porto. Andre retornou ao seu navio, emitindo ordens para colocarem a embarcação em movimento logo ao amanhecer.

– Blaise! – ele disparou para seu intendente.

O jovem se aproximou com um olhar cauteloso.

– Sim, capitão?

– Tenho uma tarefa especial para você.

Andre havia decidido qual opção causaria mais dor a Dominic. Em breve, ele se vingaria.

CAPÍTULO 17

— S r. King. Uma palavrinha, por favor − o almirante disse após os criados retirarem os pratos da mesa do jantar.

Roberta e Flynn estavam perto do pianoforte, conversando e sorrindo. Dominic se sentia aliviado por a jovem gostar de seu amigo. Sob outras circunstâncias, teria ficado mais do que feliz em saber que sua mulher e o homem que ele considerava como um irmão se davam tão bem.

− Sim? − Ele voltou sua atenção para o mais velho ao seguirem para o corredor.

− Sei que posso parecer muito apreensivo, contudo, quando se trata da minha filha, sou bastante observador. Você tentou esconder suas intenções, mas eu não sou tolo.

Dominic ficou tenso ao encontrar o olhar de Charles. O almirante estava na casa dos cinquenta e poucos anos, todavia, o pirata suspeitava que, se devidamente motivado, o homem poderia lutar muito bem.

− Temo não ter compreendido − ele respondeu cuidadosamente.

O que exatamente o mais velho sabia? Que ele estava dormindo com Roberta ou que era o pirata que tinha afundado o *Fortune*?

O rosto do almirante se suavizou.

– Você é atencioso com Roberta e ouso até dizer que está se apegando a ela.

Grey relaxou ligeiramente.

– Talvez esteja certo – admitiu cuidadosamente.

– Como sabe, planejo partir para a Inglaterra amanhã para escoltá-la de volta para casa, porém, se me fosse dado um motivo para acreditar que seria seguro deixá-la aqui... digamos, sob a proteção de um novo marido...

Dominic teve que reunir todas as suas forças para se impedir de dizer que nada no mundo lhe deixaria mais feliz do que isso e que desejava ter Roberta como sua esposa. Infelizmente, enquanto Andre La Roux respirasse, a dama nunca estaria segura nas Índias Ocidentais.

– Por mais que eu queira, não posso lhe dar um motivo. Os piratas são uma ameaça constante. Não só na água, como também em terra. Por ser a filha de um almirante, a jovem seria vista como um prêmio aos olhos deles; um capaz de ser usado para lhe ferir. A melhor opção para sua filha é retornar para a Inglaterra – Grey falou, sentindo as palavras o cortarem profundamente.

– Então, eu estava enganado? Não se afeiçoou a ela? – A decepção do homem era tão evidente que o estômago do capitão se revirou com pesar.

– Pelo contrário. Estou *muito* apegado à jovem. É por isso que preciso me esforçar para lembrar de que a segurança dela deve vir em primeiro lugar. Sinto como se a conhecesse há anos; possivelmente, até em outra vida. É devido à profundidade dos meus sentimentos que insisto que ela retorne à Inglaterra, onde nenhum mal lhe acometerá. – Ele ficou surpreso por ter compartilhado o que realmente sentia com o pai da dama, porém, chegou à conclusão que, depois de tudo o que tinha acontecido, devia-lhe a verdade.

O rosto do almirante se iluminou com compreensão.

– Roberta é tão capaz quanto qualquer homem. Apesar de seu tamanho, ela é feroz. Sei que, como pai, eu não deveria estar falando sobre minha filha de tal maneira, mas ela não é um lírio frágil. Roberta é forte, resistente, inteligente e destemida. Será que isso é o bastante para mudar sua opinião?

Dominic fechou os punhos, lutando para manter suas emoções sob controle.

– Estou muito ciente de todas essas qualidades. Elas só fortaleceram minha estima e minha afeição por ela, porém, isso a coloca em um perigo ainda maior. A dama não hesitaria em pôr sua vida em risco para salvar alguém que ama... alguém como eu.

Charles sorriu com tristeza.

– Ah. Eu estava esperando que você e ela pudessem... – Ele deixou a frase morrer. – Eu não posso suportar vê-la se casar com um homem como Huntington. No começo, pensei que o oficial era uma boa opção, contudo, agora que descobri quem ele realmente é, eu não posso permitir o arranjo. Roberta merece estar com um homem que a valoriza, alguém que deseja compartilhar sua vida com ela e não a enjaular e a exibir como um brinquedo bonito quando bem lhe convir.

– Qualquer um que realmente a valorize deve colocar a segurança dela antes da sua.

O mais velho colocou as mãos atrás das costas, suspirando. O som cansado fez o pirata se lembrar de seu próprio pai, embora este fosse mais similar a uma demonstração de derrota do que uma de frustração.

– Você está certo. Após o falecimento da mãe dela, eu não soube bem como deveria criá-la. Contudo, não pude deixá-la com uma governanta, não quando eu estava sempre no mar. Não me pareceu certo ficar longe de minha filha, pois sabia que sentiria como se estivesse deixando uma parte de mim mesmo na Inglaterra; uma sem a qual eu não poderia viver. Então, escolhi romper com a tradição e trazê-la comigo em todas as minhas viagens. Isso deu à Roberta um gostinho do mundo que a maioria das mulheres nunca chegam a experimentar. Apesar de tudo, eu não me arrependo.

– Acredito que fez a coisa certa. Ela é a mulher mais extraordinária que eu já conheci – Dominic falou, sentindo a verdade ressoar em suas palavras. Ele nunca encontraria uma jovem igual à Roberta.

– Bem, acredito que não devo incomodá-lo ainda mais com a sugestão de um casamento.

O olhar de derrota no rosto do homem ameaçou quebrar as defesas de Grey. O capitão desejava mais do que tudo poder confessar quem realmente era e dizer que estava loucamente apaixonado pela filha do almirante, mas, se fizesse isso, só acabaria sendo enforcado.

Dominic soltou uma risada pesarosa.

– Por que não afogamos nossas mágoas em um copo de vinho do porto?

– Isso seria bom. – O pai de Roberta o seguiu até o escritório.

Naquele momento, o pirata desejava poder entorpecer sua dor de um modo que não ansiava fazer há muitos anos.

Roberta lançou um olhar pela biblioteca, percebendo que seu pai e Dominic tinham desaparecido. Ela se voltou para Nicholas, que estava ao lado do pianoforte. Ele pressionou uma única tecla, rindo ao ouvir o som rico da nota.

– Dom nunca foi um fã assíduo da música, mas, aqui, ele mantém um instrumento como esse bem afinado. Será que ele aprendeu a tocá-lo? Às vezes, pergunto-me se não se passou tempo demais desde que nos vimos pela última vez. Será que eu ainda o conheço?

A garganta da jovem se comprimiu. Ela não sabia o que dizer. O tenente se recostou no pianoforte, fitando-a atentamente.

– Você se casaria com ele se pudesse, não é mesmo? – Não havia censura em seu tom, apenas esperança. – Acho que uma boa mulher poderia salvá-lo... – Ele se afastou. Seu rosto estava ficando vermelho.

– Andre La Roux me viu na taverna. Ele sabe que Dominic se importa comigo. É muito perigoso. Eu enfrentaria qualquer obstáculo por ele... mas Grey não me permitiu ter tal escolha. Nunca vi um homem com tanto medo, Nicholas. Ele estava apavorado por mim. Eu o amo demais para fazê-lo viver amedrontado.

Nicholas ajustou sua gravata e se endireitou.

– Eu daria qualquer coisa, até mesmo a minha própria vida, para voltar no tempo e impedir que ele fosse sequestrado; para lhe devolver sua vida... e tê-lo de volta como amigo sem temer que nossas ocupações viessem a nos afastar. – Os olhos azuis do tenente estavam cheios de dor.

A dama tocou seu braço, tentando confortá-lo.

– Você tem sido um bom amigo para ele. Você nunca perdeu a esperança.

Nicholas suspirou.

– Pergunto-me o que eu farei agora. Minha delegação termina dentro de um ano. Só escolhi me tornar um oficial porque desejava encontrá-lo. Não me entenda mal, eu amo o mar, sempre amei, mas a maneira como Dominic vive sobre as ondas e a forma como sirvo sob a bandeira da Marinha Real... Nós temos vidas muito diferentes. Não nutro qualquer amor pela vida de oficial. As crueldades e disciplinas do cargo fazem até o melhor dos homens deixar de apreciar a vida a bordo.

– Você poderia voltar aqui. Cuide de Dominic por mim. – Ela engoliu em seco. – Nós poderíamos escrever um para o outro e você poderia me contar como ele está.

O tenente deu um sorriso agridoce.

– Suponho que sim. Não acredito que eu poderia optar por ter seu mesmo estilo de vida, porém, talvez, possa ajudá-lo a gerenciar sua propriedade, as remessas de chá e suas demais incumbências.

– Sim. Se não posso cuidar dele, ao menos fico feliz em saber que você pode.

– Então, é isso que farei após acompanhá-la até a Inglaterra. – Ele beijou sua mão antes de sair, deixando-a sozinha com seus pensamentos.

Roberta permaneceu na biblioteca por mais um tempo, examinando os livros e tocando suavemente algumas notas no pianoforte. Esta poderia ter sido a sua nova casa, a sua nova vida. .

A jovem se virou, deixando a tristeza para trás enquanto se dirigia para seu quarto. Esta noite, queria ser feliz – mesmo que apenas pela última vez – com Dominic.

Roberta entrou em seus aposentos, sobressaltando-se com a escuridão. Todas as velas estavam apagadas.

– Lucy? – sussurrou.

Não houve resposta. A funcionária ainda devia estar nos aposentos dos criados.

– Dom? – ela chamou, perguntando-se se ele adentrara o cômodo para tentar surpreendê-la.

Novamente, sua pergunta foi recebida apenas pelo silêncio. As portas da varanda estavam abertas, portanto, decidiu sair para sentir a brisa fresca em seu rosto.

Subitamente, um aroma acre familiar atingiu seu nariz – o cheiro de um homem que estivera por muito tempo no mar e raramente se banhava. Ela se engasgou ao notar o perigo, mas já era tarde demais.

BLAISE CARREGAVA A PEQUENA MULHER EM CIMA DO SEU ombro. As volumosas saias e as anáguas da jovem atrapalhavam sua fuga da casa em *King's Landing*. Felizmente, a dama estava inconsciente. Ela havia lutado com ele, algo pelo qual o pirata não esperara. Sua pélvis ainda latejava por conta do chute bem dado que ela desferira, contudo, o intendente não podia se dar ao luxo de perder mais tempo. Tinha que estar de volta à *Dama Vermelha* com a mulher em seus braços ao amanhecer.

Assim que Dominic Grey descobrisse que seu lindo passarinho havia desaparecido, vasculharia cada centímetro da ilha antes de zarpar. Até lá, a *Dama Vermelha* já haveria desaparecido. Testemunhas veriam o *Dragão Esmeralda* deixar o porto, o que, com a morte da jovem, acabaria fazendo com que a culpa recaísse sobre Dominic. La Roux teria sua vingança e tudo ficaria bem a bordo. O único porém era que, até que isso acontecesse, Andre continuaria a descontar sua frustração na tripulação. Blaise se orgulhava de ser um homem leal, mas também tinha seus limites.

A mulher se remexeu quando ele a colocou nas costas de um cavalo e a amarrou, todavia, não pareceu acordar. Ele ficou feliz por não ter que bater nela novamente. Não se importava muito em levantar a mão contra uma dama, porém, descobrira que era melhor levá-las para a cama quando não estavam infelizes. Golpes tendiam a azedar o humor das mulheres. O intendente havia aprendido há muito tempo que o charme era a chave para cair nas boas graças das jovens. Ele sentiu um breve lampejo de culpa, pois sabia que La Roux provavelmente a torturaria antes de matá-la. Contudo, esse era o preço que ela devia pagar por ser a amante do inimigo de Andre.

Quando Blaise chegou à *Dama Vermelha*, La Roux estava esperando na prancha. Seus olhos brilhavam ao luar como brasas negras iluminadas por chamas.

– Parabéns, intendente. Bom trabalho. Leve-a para os meus aposentos.

– Sim, capitão.

Blaise desceu o convés, ansioso para se livrar da mulher e para se afastar dos aposentos do homem. Assim que possível, encontraria a garrafa de rum mais próxima e tentaria ignorar os gritos que logo ecoariam pelo navio.

Dominic se moveu silenciosamente pelo corredor. Seu coração ardia de saudade ao abrir a porta do quarto de

Roberta. A escuridão o atraiu para dentro e seus olhos vasculharam o ambiente, procurando onde ela poderia estar. Sua cama estava vazia, assim como o local onde a jovem se trocava. Não havia sinal de Lucy, mas isso não era uma surpresa. Afinal, havia pedido que Lee viesse visitá-la. Porém, onde estava Roberta? Um dos marinheiros do *Dragão* que estava trabalhando como criado havia lhe assegurado que a dama tinha deixado a biblioteca e seguido para seus aposentos.

– Robbie? – ele sussurrou.

O silêncio no cômodo fez com que a sensação de que havia algo terrivelmente errado crescesse dentro do peito dele. Tal instinto lhe servira bem ao longo dos anos, permitindo que sobrevivesse aos eventos que haviam se seguido.

Um arrepio percorreu seu corpo e os pelos em sua nuca se eriçaram. Alguém mais tinha estado aqui. Havia um aroma fraco e azedo... similar ao de um corpo sujo. Era o mesmo odor de um marinheiro que havia passado muito tempo no mar, o que era estranho porque todos os seus homens tinham se banhado logo após virem trabalhar na residência.

Seu coração retumbava ao se dirigir para a varanda. Grey notou gotas escuras no chão. Ele passou a ponta do dedo no líquido, levando-o até o nariz. Apesar do aroma das flores do jardim abaixo, o cheiro de sangue era inconfundível.

Roberta fora atacada e *sequestrada*. O pirata correu para o corredor, gritando por Nicholas e por Charles. O tenente saiu de seu quarto em um instante e o almirante abriu a porta de seus aposentos logo em seguida

– Qual é o problema, Sr. King? – o mais velho perguntou.

– Roberta foi sequestrada. Alguém a atacou e a levou de seu quarto. Encontrei sangue na varanda dela.

– Sequestrada? – Charles repetiu, parecendo tão pálido quanto a lua que brilhava do lado de fora.

– Nick, escolte o almirante até o porto. Pegue o meu cavalo. Acorde o tolo do Huntington e coloque-o no navio mais rápido do cais. Vou pegar meu navio.

– Do que ele está falando? – o mais velho indagou ao ver o tenente descer as escadas correndo para alcançar Dominic.

– Dom, espere. Se velejar o *Dragão* e Huntington o vir, ele descobrirá sua identidade. O homem não irá parar até conseguir colocá-lo na forca.

Grey tirou duas pistolas da gaveta da mesa de jacarandá perto da porta da frente e as entregou a Nicholas.

– Nick, eu faria qualquer coisa por ela.

– Até ser enforcado? – o tenente sussurrou quando Charles se juntou a eles.

– Sim – ele respondeu calmamente.

Dominic morreria por ela; não havia dúvida disso. Tinha que se certificar de que ela estava a salvo de La Roux de uma vez por todas. Depois, enfrentaria as consequências de sua decisão. Tudo o que importava era chegar até ela antes que Andre pudesse machucá-la. Até mesmo o homem mais forte pereceria nas mãos do irmão de Gerard, especialmente quando este estava determinado a lhe causar dor.

– Para onde está indo, King? – o almirante perguntou, vestindo seu casaco.

– Eu tenho um navio. Você e Nicholas farão com que Huntington comande a embarcação mais rápida do cais enquanto eu vou atrás da minha.

– Mas... ainda não entendo. Quem capturou minha filha?

– Um pirata chamado Andre La Roux – Nicholas explicou. – Ele soube que a dama poderia estar aqui, em *Port Royal*, e decidiu que a sequestraria.

– O quê? – Charles rugiu.

Dominic não queria ouvir Nicholas tentar explicar a situação para o mais velho enquanto omitia qualquer informação sobre Grey. Em vez disso, se dirigiu para os estábulos e ajudou seu cavalariço a selar sua montaria.

– Prepare mais dois cavalos para Flynn e para o almirante – ordenou ao rapaz ao subir no animal e seguir em frente. O pirata cavalgou pelo caminho de terra que levava à praia onde seu navio estava atracado. – Espere, Robbie. Estou indo resgatá-la.

Dominic rezou para que ela ainda estivesse ilesa quando a encontrasse e, finalmente, atirasse no coração sombrio de La Roux.

CAPÍTULO 18

Roberta acordou com o gosto de sangue na boca. Ela gemeu ao se sentar, sentindo seus músculos protestando. Ao ver a luxuosa cabine, piscou atordoada. Estava deitada em uma cama estreita que não lhe era familiar. Não estava em *King's Landing* e o suave balanço da cabine lhe dizia que também não se encontrava mais em terra. A cama de estrutura dourada e a mesa próxima indicavam a riqueza de seu proprietário. Infelizmente, a jovem podia apostar que tal fortuna não fora conquistada honestamente.

— Vejo que finalmente despertou — uma voz fria e sedosa disse. — Estava preocupado que meu intendente pudesse ter sido bruto demais com você.

A dama notou a sombra de um homem sentado no canto. Ele se inclinou para a frente, deixando a luz da lamparina iluminá-lo. Andre La Roux. Roberta estava em sua cabine, a bordo da *Dama Vermelha*.

— Não vai gritar ou pedir por misericórdia? — Ele riu.

O terror a atravessou, mas a jovem permaneceu quieta e calma.

– É isso o que deseja? Ver meu temor? Bem, não conseguirá arrancar tal sentimento de mim.

– Ah, acho que vou... em seu devido tempo. Não há necessidade de apressar as coisas. – Ele descansou o queixo na palma da mão, olhando para ela do jeito que um amante faria. Havia uma intimidade, um fascínio e até mesmo certa obsessão em seu olhar.

Se fosse Dominic que a estivesse fitando assim, a dama teria abertos seus braços, mas este homem? Seu olhar intenso a enchia de desespero. Era o olhar de um homem que gostava de matar e que, eventualmente, planejava fazer exatamente isso com ela.

Roberta o encarou de volta na esperança de manter suas mãos trêmulas escondidas em suas saias.

Andre acariciou a fina barba escura ao longo de sua mandíbula, atraindo o foco da dama para os traços retos e angulosos de seu rosto.

– Sabe por que eu a trouxe aqui?

O homem não era desprovido de beleza, mas a frieza de seu coração sobrepunha qualquer um de seus traços atraentes.

Ela cerrou os dentes.

– Por causa de Dominic.

– Passei dez anos esperando por isso e agindo como se considerasse a morte do meu irmão apenas um risco advindo de nossa ocupação. Fingi durante todo esse tempo que não havia sequer um traço de amor entre nós e que eu não estava de olho em seu assassino. Durante uma década, esperei para encontrar algo que o Capitão Grey amasse mais do que sua própria vida; algo pelo qual ele seria tolo o bastante para lutar.

– Dominic não virá atrás de mim – Roberta disse com uma firmeza surpreendente. Era quase como se acreditasse em tais palavras.

– Ah, mas ele vai, *ma petite*, porque sabe o que eu farei com você. E quando o homem chegar, irá encontrá-la em pedaços. Só então, perceberá que a Marinha Real está em seus calcanhares. Quando eu deixei o porto com você a bordo, erguemos uma bandeira idêntica à do *Dragão*. Os estúpidos oficiais ingleses o capturarão e o enforcarão por conta do seu assassinato.

La Roux removeu uma pequena cimitarra de seu cinto, passando a borda da lâmina ao longo de seu dedo e abrindo um leve corte em sua própria pele.

– Está tão afiada que será como cortar manteiga fresca – ele disse, lambendo a ferida quase que sedutoramente. – Você não sentirá o primeiro corte, talvez sequer o segundo. Somente sentirá a dor quando começar a sangrar e, quando isso acontecer, já não terá mais fôlego para gritar. A agonia não permitirá que faça nada além de arquejar como um peixe fora d'água.

O pirata moveu a cimitarra no ar e o coração da jovem pareceu querer sair por sua garganta. Ela não queria pensar sobre o que o homem planejava fazer com aquilo. O terror apertou seu coração, mas Roberta não se atreveu a se mover. Tinha que fazer com que Andre continuasse a falar e, assim, retardar seus planos. Ela sabia que Dominic viria, portanto, tinha que se manter viva até que ele pudesse enfrentar La Roux. Não permitiria que Grey perdesse a batalha antes de poder alcançá-la, pois era exatamente o que o bastardo à sua frente queria. A jovem se recusava a lhe dar tal satisfação.

– Você realmente o teme, não é? É por isso que não o enfrenta de uma forma honesta.

Ela viu o ódio brilhar nos olhos de La Roux antes de o pirata esconder suas emoções.

– Eu não preciso que a luta seja ao meu favor, mas, sem dúvida, gostaria de vê-lo sofrer. Dominic sempre foi rebelde. Meu irmão, Gerard, parecia gostar de tentar domá-lo.

– Só um covarde deixaria que alguém ferisse uma criança. – Roberta o confrontou.

– Um covarde? Não. Um homem que gosta de ver os outros sofrerem? Sim. Gosto de ver a dor ser infligida, *ma petite*. O prazer que isso me proporciona é como uma iguaria requintada. – La Roux suspirou sonhadoramente. – Quando meu irmão trouxe Dominic para seu navio, quatorze anos atrás, eu vi a força que havia dentro dele. O garoto não chorava ou soluçava como os outros meninos. Gerard gostava de ter brinquedos tanto quanto eu, embora preferisse o abuso sexual à tortura. Quando Dominic percebeu os gostos do meu irmão, ofereceu-se de bom grado para salvar os outros. Gerard ficou muito satisfeito. – Andre sorriu. – Mesmo depois de tanto tempo, ainda consigo lembrar da expressão em seu rosto. Ele até apertou a mão de Dominic, concordando com a barganha. Durante quatro anos, vi meu irmão usá-lo como uma prostituta. Gerard adorava encontrar maneiras de fazê-lo gritar, usando o que quer que fosse preciso. Ele destruiu o orgulho do menino apenas pelo prazer de ver seu espírito se quebrar. Era uma coisa linda.

O horror a tomou enquanto tentava compreender a

profundidade das palavras do homem. O abuso que Grey sofrera fora muito pior do que a dama temia. Ainda assim, ele conseguira sair da escuridão, deixando todo seu passado de dor para trás.

— Você está errado. Seu irmão não o quebrou — ela o lembrou. — Ele sofreu, contudo, estava apenas esperando pela oportunidade certa para matá-lo. — A jovem tremia, porém, não era de medo. A fúria a consumia como um redemoinho em formação; um cujos ventos se voltavam para o homem à sua frente. — Dessa vez, Dominic não precisará fazer o trabalho sujo — concluiu.

Roberta enfiou uma mão no bolso de suas saias, sentindo a pequena lâmina de metal que havia aprendido a sempre manter consigo. Seus dedos se fecharam em torno do cabo de madrepérola da adaga. Enquanto se entreolhavam, o amanhecer atravessou lentamente a cabine.

— Não vai? — La Roux indagou com um sorriso sombrio.

— Não, eu vou. — Ela tirou a lâmina de seu vestido e a jogou no pirata rapidamente. A adaga cravou na parede a dois centímetros de distância de seu ombro. O objeto teria atingido o coração negro de La Roux se ele não tivesse saltado para fora do caminho.

— Foi um erro jogar sua única arma.

Andre retirou a lâmina calmamente da parede, caminhando em sua direção. O ritmo comedido de seus passos e o brilho de prazer em seus olhos fizeram com que uma onda de medo a atingisse. A dama se lançou para longe, vislumbrando um conjunto de velas brancas no horizonte azul. Será que alguém estava perseguindo a *Dama Vermelha*?

Roberta pegou uma cadeira, jogando com força sobre La Roux.

— Esta cabine está cheia de armas!

Ele cambaleou e a jovem aproveitou a chance para poder escapar. Assim que abriu a porta, deparou-se com o rosto feio do contramestre do navio. Estava claro que o sujeito fora colocado ali como guarda e que não esperava ver a porta se abrindo tão cedo.

– Ele está ferido! Você precisa ajudá-lo! – Roberta apontou para trás, esperando que o homem fosse tão estúpido quanto parecia.

Ele era. O marinheiro corpulento adentrou a cabine, permitindo que ela passasse por ele em um borrão de cetim azul e dourado. A dama correu e subiu as escadas até o convés. Homens se encontravam ao seu redor, cuidando das tarefas do navio. Vários deles pararam abruptamente para fitá-la. Roberta teve apenas um minuto para decidir o que fazer. Ela não podia pular ao mar. Mesmo sem o obstáculo que o peso de seu vestido representava, sabia que estava muito longe da terra. Sua única opção era escalar. Naquele momento, desejou poder rasgar suas saias no meio para dar mais liberdade às suas pernas, mas o tecido era grosso demais e ela havia perdido sua adaga. Respirando profundamente, a jovem ergueu suas saias com uma mão, tirando-as do caminho, e correu em direção ao mastro principal. Já estava na metade da escalada quando ouviu La Roux gritando. A dama ousou olhar para baixo, vendo-o parado com as mãos no quadril.

– Você não tem para onde ir, *ma petite*.

Ela deu as costas ao pirata e retomou sua escalada. A vigia se encontrava a apenas mais alguns metros de altura. Se pudesse chegar lá, seria capaz de defender sua posição até que os navios que vira chegassem; isto é, considerando que, de fato, eles estivessem vindo para resgatá-la. O vento a açoitava, retardando sua subida. Roberta não podia se dar ao luxo de ser pega no cordame da embarcação por nenhum dos homens de La Roux.

— Atrás dela! — o capitão gritou.

Assim que chegou na base da vigia, a jovem olhou novamente para baixo. Agora, um homem estava escalando as cordas. Ele carregava uma adaga entre os dentes. Roberta soltou uma maldição antes de escalar o parapeito e pousar no grande balde de madeira. Desejava estar vestindo suas calças de grumete, livre da restrição das saias pesadas. Seria difícil lutar daquela maneira.

— Venha aqui, querida — o pirata provocou ao se aproximar da vigia. — Se vier, eu não terei que machucá-la.

No momento em que a cabeça dele surgiu sobre o parapeito, Roberta se apoiou no outro lado e deu um chute certeiro em seu rosto. Não esperando o golpe, o pirata deu um grito de surpresa antes de cair no convés, sete metros abaixo.

A dama fechou os olhos ao escutar o baque doentio e o rugido de raiva da tripulação.

— Subam, todos vocês! — La Roux berrou. — Ela é apenas uma maldita mulher!

A jovem estremeceu. Não podia lutar contra todos os marinheiros. Ela olhou para trás, na direção da embarcação que vira no horizonte. O navio estava cortando a distância entre eles! O alívio fez seus membros tremerem enquanto tentava estimar quanto tempo levaria para ele alcançá-los. Sua fuga até a vigia havia retardado o progresso da *Dama Vermelha*. As velas batiam inutilmente ao vento porque os piratas tinham parado de trabalhar quando ela aparecera no convés. Agora, o navio estava à deriva e a embarcação que os perseguia estava perto o bastante para que Roberta conseguisse identificá-la.

Era o *Dragão Esmeralda*.

Dominic estava chegando.

– O QUE ESTÁ VENDO, CHIBBS? – DOMINIC DEMANDOU À medida que o *Dragão* se aproximava ainda mais do navio de La Roux. Eles tinham conseguido alcançá-lo com muita facilidade. Por que a Dama Vermelha havia desacelerado? Será que isso poderia fazer parte do plano de Andre?

– O maldito bastardo está usando nossa bandeira! – o contramestre rosnou.

Grey lançou um olhar para o navio à distância. A intenção de La Roux devia ser incriminá-lo pela morte de Roberta. Seus punhos se fecharam. Quando chegara ao *Dragão*, fizera com que sua tripulação erguesse a bandeira da Inglaterra. Afinal, hoje, eles não eram piratas; eram aliados dos britânicos perseguindo a escória marítima.

– O que mais você vê, Chibbs?

O contramestre ergueu a luneta novamente, ficando completamente desconcertado.

– Eu não tenho certeza, capitão.

– Dê-me isso. – Reese pegou a luneta e espiou a embarcação inimiga através da lente. De repente, ele soltou uma risada e a entregou a Dominic. – Você vai querer ver isso, capitão.

Grey ergueu o objeto e sua boca se abriu. Quase toda a tripulação da *Dama Vermelha* estava tentando escalar os cordames do navio. O peso de tantos homens havia rompido várias cordas que estavam enfraquecidas pelo sal do mar. Dominic mudou a direção da luneta para ver qual era o motivo da comoção. Lá, no topo da vigia, estava Roberta. Com seus cabelos esvoaçando descontroladamente, ela lutava contra os homens. Ao que tudo indicava, os piratas não estavam esperando que a bela dama lhes desse um chute no rosto. Cada vez que um deles a alcançava, Dominic podia ver mais um corpo despencar em direção ao convés. Na base do mastro, quatro homens jaziam imóveis, provavelmente mortos pela queda.

– Chibbs, prepare os canhões. Precisamos proporcionar outra distração para que Robbie não se machuque. Mire no convés. Mire em La Roux. – Grey apontou para a figura distante no castelo de proa.

– Capitão, um navio britânico está nos alcançando. Vejo Huntington, o contra-almirante e Flynn no convés.

– Sinalize para o tenente circundar a *Dama Vermelha*. Nosso objetivo é afundá-la.

– Sim, capitão.

Assim que Reese se afastou, Dominic verificou se suas pistolas e sua espada estavam presas firmemente em seu cinto. Então, Chibbs deu a ordem para o *Dragão* disparar. A explosão dos canhões o ensurdeceu. Segundos depois, as armas de fogo do navio britânico rugiram em resposta. A madeira da *Dama Vermelha* se estilhaçou pelo convés. Dominic vasculhou o local à procura de La Roux, encontrando-o no cordame da embarcação, fora da mira dos canhões. O que diabos ele estava fazendo lá? Apenas uma resposta lhe vinha à mente.

– Reese! – Grey berrou. – Eu tenho que ir para lá! Ele está indo atrás de Robbie.

O capitão agarrou a corda mais próxima e, assim que os dois navios ficaram lado a lado, pulou. Ele mal conseguiu chegar do outro lado, pousando com um baque pesado no convés. O *Dragão* cessou fogo ao passar pela embarcação e dar a volta para enfrentar novamente o inimigo. Enquanto isso, a *Dama Vermelha* tentava revidar desesperadamente. Tendo apenas a traseira do navio na qual mirar, a tripulação de Andre não conseguiu causar muito dano. Gritos vindos do *Dragão* e do navio britânico invadiram a embarcação assim que os homens a ladearam, preparando-se para embarcar na *Dama Vermelha*.

– À sua esquerda! – Flynn disse de algum ponto atrás dele.

Dominic saltou para o mastro, fixando seu olhar em Andre assim que o homem chegou na base da vigia.

– La Roux! – Grey berrou, esperando alertar Robbie e chamar a atenção do bastardo ao mesmo tempo.

O pirata inimigo disparou um olhar para ele e sorriu.

– É melhor se apressar, rapaz, ou perderá o momento em que eu estiver a cortando em pedaços. – Andre pulou sobre o parapeito da vigia e Robbie gritou.

Dominic se apressou para escalar os últimos metros do mastro e tentou chegar até a jovem.

– Dom, cuidado! – Roberta gritou.

Ele se abaixou assim que La Roux golpeou sua espada no espaço em que, momentos antes, sua cabeça estava.

– Sua maldita! – Andre amaldiçoou.

Vendo uma chance, Dominic passou pelo parapeito de madeira e pousou na vigia. La Roux tinha prendido Robbie no lado oposto e estava pressionando uma adaga em seu corpete – que Robbie tentava afastar com uma mão – logo acima de seu coração. Sua outra palma estava fechada e erguida inutilmente, presa contra o parapeito da vigia pela mão esquerda de La Roux. Não demoraria muito para o homem conseguir dominá-la.

Abaixo deles, o barulho de metal contra metal e o estalo de pistolas criavam uma sinfonia profana. Pela primeira vez em anos, o som fez seu estômago se revirar. Grey já havia amado o som da guerra e os gritos dos homens em batalha, mas não mais. Essa parte de sua vida se encontrava no passado.

— La Roux, sou eu quem você quer. Vamos terminar isso — Dominic rosnou e sacou sua espada curta. Era muito arriscado usar uma pistola de tão perto, sem falar que, com o balanço da vigia, ele poderia acabar machucando Robbie.

Para a surpresa de ambos, a jovem moveu o rosto para trás e deu uma cabeçada em Andre. Ele soltou uma maldição, segurando o rosto e cambaleando para trás. Roberta se afastou no exato momento em que Dominic se aproximou. Infelizmente, La Roux se recuperou rapidamente, bloqueando o golpe inicial do capitão do *Dragão*. Suas espadas se chocaram, formando faíscas furiosas.

— Não conseguirá me matar tão facilmente, *rapaz*.

Grey olhou para o pirata, sentindo o ódio de tantos anos crescer em seu peito como uma poderosa tempestade no meio do Atlântico. A raiva era tão palpável que parecia quase ofuscante.

— Você é uma desgraça para esta terra — ele rosnou entredentes.

La Roux cuspiu em seus olhos, obrigando-o a piscar. Essa foi a distração que Andre precisava. Ele girou sua lâmina, atingindo um dos lados de Dominic e fazendo-o uivar de dor.

— Não! — Roberta se jogou no homem, pulando em suas costas e passando um braço em torno de seu pescoço para tentar sufocá-lo. Ele rugiu e empurrou o corpo para trás, esmagando-a contra o parapeito. A dama caiu no chão, semiconsciente.

Grey avançou, atacando La Roux com um golpe no braço. Infelizmente, sua força começou a diminuir quando teve que pôr uma mão sobre seu ferimento, tentando conter o fluxo de sangue. Andre chutou Dominic, forçando-o a recuar. Ele lutou para respirar quando o inimigo se virou e ergueu o corpo mole de Roberta, empurrando-a sobre a borda da vigia. A jovem lutou contra seu algoz, que apertava uma mão em torno de sua garganta.

– Você é um passarinho tão bonito. Vamos ver se consegue voar.

Após dizer isso, ele a jogou da vigia.

O rugido que Dominic deu foi ensurdecedor. Ele se jogou contra La Roux, enfiando sua lâmina profundamente no estômago do homem. O pavor congelava seu coração enquanto Grey se esforçava para focar na tarefa de matar Andre.

Não pense em mais nada. Acabe com ele.

Dominic girou a espada que estava enterrada no intestino de seu inimigo.

– Isso é por Robbie e por mim – disse. – Você nunca machucará outra pessoa novamente. Sua existência será completamente esquecida. Seu navio e seu corpo afundarão nas profundezas do oceano, onde apenas os tubarões lhe farão companhia.

Os olhos do outro se arregalaram quando o medo substituiu seu ódio. À medida que lutava para respirar, o temor se transformou em confusão. Sangue jorrou de seus lábios ao tentar falar. Qualquer que fosse a última maldição que Andre tivesse desejado proferir acabou sendo levada pelo vento antes do homem cair de joelhos. Grey o chutou, mas La Roux não se moveu.

Só então Dominic permitiu que o desespero esmagador tomasse conta de si. Roberta *se foi*. Ele se lembrou do olhar que vira no rosto da dama no momento em que Andre a soltara. Em um instante, tudo que Grey mais valorizava no mundo pareceu desaparecer. Nada mais importava. Suas pernas começaram a tremer e ele soube que entraria em colapso a qualquer segundo. Foi então que um gemido súbito o fez correr para a borda da vigia.

– Pelos céus! – Ele ofegou ao ver Roberta agarrada nas cordas partidas, a alguns metros abaixo dele.

Viva... Sua doce Robbie estava viva!

A adrenalina disparou pelo seu corpo ao passar pelo parapeito e descer até onde ela estava.

– Aguente firme!

A jovem estendeu a mão em sua direção e ele a pegou, puxando-a para a parte mais estável do cordame. Ele a trouxe para perto, enterrando o rosto em seus cabelos. A sensação de tê-la em seus braços era como entrar no céu. Sentir seu corpo quente e vivo pressionado contra o dele fez com que os olhos de Grey se enchessem de lágrimas.

– Pensei que a tinha perdido – ele soluçou, suas emoções roubando seu autocontrole.

– Eu também pensei que tinha – ela respondeu, tremendo em seus braços.

Dominic pressionou sua testa contra a dela, roçando seus narizes enquanto continuava a segurá-la. Ele estremeceu ao sentir uma pontada de dor que o forçou a ajustar sua posição.

– Você está ferido.

– Não passa de um arranhão – o pirata murmurou.

Roberta empalideceu.

– Não seja estúpido. É mais do que isso. Precisamos levá-lo até o Dr. Maynard imediatamente.

Ele não discutiu com ela. O sangue que gotejava em sua perna esquerda o alertou de que a dama estava certa. Dominic não conseguiria permanecer em pé por muito mais tempo.

– Eu posso descer sozinha – Roberta disse.

Em vez do capitão ajudá-la, foi a jovem que o ajudou. Eles começaram a descer juntos, contudo, Grey congelou ao ver o grupo de oficiais britânicos que os esperava logo abaixo. Várias pistolas estavam apontadas em sua direção e Huntington o observava com um brilho de triunfo em seu olhar.

– Dom, você não deve descer – Robbie choramingou ao notar os homens.

– Eu sabia dos riscos quando vim atrás de você, meu bem.

– Será que não pode fugir para o *Dragão*? – Ela apontou para Reese e o resto da tripulação que havia retornado ao navio e os observava com apreensão.

– Eu não posso pular para o outro navio dessa distância. Ele está longe demais – Dominic murmurou.

O pirata fitou a embarcação, vendo o *Dragão Esmeralda* se mover com as ondas. O navio lhe trouxera sorte, amigos e... Roberta. Ele odiava cogitar que nunca mais poderia andar pelo seu convés, vendo o sol poente.

Grey encontrou o olhar de Reese e berrou uma última ordem:

– Veleje para longe, capitão. Ele é seu agora.

Reese assentiu em compreensão. O intendente seria um capitão bom e justo. As velas do *Dragão* se desenrolaram e o navio se afastou. Huntington não deu atenção aos piratas, pois seu foco estava em Dominic. Isso lhe trouxe certo alívio. Seus amigos a bordo do *Dragão* viveriam por mais um dia.

– Dom, sinto muito. Eu nunca quis que nada disso acontecesse. – Roberta pressionou o rosto em seu pescoço, tremendo.

Ele passou um braço ao redor dela, segurando-a perto de si e ignorando a dor de sua ferida da melhor forma que podia.

– Robbie, não importa o que venha a acontecer a seguir, eu não me arrependo de nada; não me arrependo de sequer um momento que tive ao seu lado – Dominic sussurrou antes de roubar um último beijo. Seus lábios macios tremeram sob os dele à medida que Grey saboreava o doce sabor da jovem antes de soltá-la e descer para se render.

– Sr. King – Huntington falou friamente.

Dominic abaixou a cabeça de maneira respeitosa.

– Capitão.

O almirante correu até sua filha, agarrando-a em um abraço feroz. Flynn estava ao lado de Huntington, com os olhos azuis cheios de dor. Ele tinha sido o único oficial a não apontar uma arma para Dominic. Seu gesto provavelmente não passaria impune, contudo, a demonstração de lealdade de seu amigo foi o bastante para comovê-lo.

Huntington se moveu, batendo a coronha de sua pistola na cabeça do pirata. Grey caiu de joelhos com a força do golpe. Tudo ao seu redor começou a girar vertiginosamente.

– Pensa que eu sou um tolo? Achei que você parecia familiar, *Capitão Grey* – Huntington disse perto o suficiente para que apenas Dominic pudesse ouvir. Então, ele gritou para os dois soldados mais próximos – Algemem-no!

Os pulsos do pirata foram amarrados e eles o arrastaram para longe. Dominic ouviu Roberta gritar, pedindo que os oficiais parassem, mas seu apelo foi ignorado. Grey foi levado para baixo do convés. Logo ele enfrentaria o nó da forca.

CAPÍTULO 19

— O Sr. King... é um pirata?

Roberta olhou de Flynn para o seu pai, assentindo. Os três estavam dentro de uma cabine a bordo do navio comandado por Huntington.

– Foi ele quem atacou o *Fortune*, mas Dominic é um bom homem. O capitão salvou minha vida. Duas vezes. – Roberta contou sobre a grande tempestade e a forma como o pirata arriscara sua vida para salvar a dela.

– Mas ele também é o Sr. King? – o mais velho perguntou, parecendo estar confuso.

Nicholas pigarreou.

– Na verdade, ele é Dominic Greyville, o legítimo futuro conde de Camden.

– Filho de Aaron Greyville? Conheço muito bem o homem. Ele fez muitas perguntas sobre navios piratas nos últimos dez anos. Eu não sabia que ele estava tentando encontrar seu filho. Bom Deus... – Charles logo juntou as peças do quebra-cabeça. – O menino foi sequestrado, não foi? Esse era o boato, contudo, eu sempre presumi que ele tinha fugido para o mar. Muitos rapazes tomam tal atitude.

Roberta cobriu as mãos do pai com as suas.

— Temos que ajudá-lo, papai. Dominic foi forçado à pirataria. Ele não teve escolha após ter sido levado das docas de sua cidade contra a sua vontade. Quando finalmente reconquistou sua liberdade, a vida que ele conhecia já havia sido perdida.

— Ela está certa, senhor — Flynn disse. — Eu era amigo de Dom durante a infância. Nós crescemos juntos. Ele é um bom homem que acabou recebendo um forte golpe da vida.

Charles suspirou e esfregou os olhos com o polegar e o indicador.

— Eu gostaria de poder ajudar, mas minhas mãos estão atadas. Huntington o viu tomar o controle do *Fortune* e afundar a embarcação. Ele tem todas as provas e as testemunhas de que precisa. Não posso refutá-las. Dominic cometeu, conscientemente, atos de pirataria.

Roberta sufocou um soluço. Eles precisavam encontrar uma maneira de ajudar Grey. Tinham que fazer isso.

— Por favor, papai, eu o amo. Eu... — Ela fechou os olhos enquanto lágrimas escorriam pelo seu rosto.

— Acalme-se, minha querida. — Seu pai passou um braço em torno de seus ombros. — Eu gostaria de poder salvá-lo por você, realmente gostaria...

Infelizmente, não havia nada a ser feito, a jovem sabia disso. Huntington era a sua única esperança. Com isso em mente, ela saiu da cabine e subiu para o convés. O capitão e um de seus tenentes estavam conversando sobre a mudança de curso devido às marés. Quando ele a viu, dispensou o seu subordinado.

— Srta. Harcourt, como você está se sentindo depois de

sua pequena aventura? – o oficial perguntou educadamente, embora já não a fitasse da mesma maneira que antes. O homem estava agindo friamente, o que não era um bom presságio.

Roberta sabia que deveria ter mais cautela, mas estava exausta e ansiosa.

– Capitão, se eu concordar em me casar com você, libertaria Dominic?

Huntington a encarou com surpresa, então, seus lábios se contorceram em escárnio.

– Essa é a única maneira de conquistá-la? Em troca da vida de um pirata? – Ele riu friamente. – Você é encantadora, contudo, há dezenas de damas mais belas do que a senhorita que ficariam felizes em ser minha esposa. *Respeitosamente*, seus atributos não são mais notáveis do que os delas – o capitão falou sarcasticamente – Eu recuso a sua oferta.

As esperanças que Roberta ainda nutria desapareceram. Oferecera ao oficial sua vida e sua liberdade, recebendo apenas insultos em resposta.

– Ele será enforcado amanhã – Huntington informou após soltar uma risada áspera.

A dama voltou para baixo do convés e se encontrou com Flynn. Ele a pegou pelos ombros, segurando-a no lugar antes que ela pudesse correr para sua cabine e chorar como uma garota tola. Deveria ter previsto que o orgulho de Huntington seria mais forte do que os seus desejos; sem falar que, no fundo, a jovem sempre soubera que sua aparência não era das melhores. Somente Helena de Tróia poderia ter convencido o capitão a não reivindicar o pescoço de Dominic.

O tenente a fitou com uma expressão preocupada.

– Você se ofereceu para salvá-lo, não foi? – Não era uma pergunta. Ainda assim, ela assentiu silenciosamente. – Foi uma atitude tola, apesar de também nobre. Venha comigo.

Nicholas a acompanhou até a cela. Um único homem tinha ficado como guarda. Quando Flynn lhe deu um aceno de cabeça, ele deixou o seu posto para esperar do lado de fora.

Dominic estava deitado em um colchão no chão do cubículo. O médico do navio havia costurado o corte na lateral do seu corpo. Afinal, o capitão queria garantir que seu prisioneiro estivesse vivo para poder ser enforcado.

Grey se sentou lentamente antes de conseguir se levantar.

– Quão perto estamos do porto?

Flynn colocou as mãos nas barras de ferro da cela, com a cabeça baixa.

– Vamos atracar em poucas horas. Você deve ser enforcado ao amanhecer.

O pirata riu.

– Eu pensei que Huntington tentaria fazer isso mais cedo. Ele parece terrivelmente ansioso para quebrar o meu pescoço.

Roberta se encostou nas barras ao lado de Nicholas.

– Dom! Por favor, não brinque com isso. – Ela não podia tolerar suas provocações em um momento como esse; não quando sentia como se fosse a pessoa que estava prestes a morrer.

Dominic se aproximou. Ele passou as mãos entre as barras e apertou suas palmas trêmulas, trazendo-as para seus lábios. A sensação de sua respiração quente e dos seus lábios macios era um conforto que ela nunca mais sentiria.

– Sinto muito, meu bem. Às vezes, o humor é o único consolo de um homem.

A miséria que sentia era tão aguda que foi capaz de lhe dar uma pontada de dor e fazer seus olhos queimarem com lágrimas.

– Não chore, *por favor*. Eu não posso suportar vê-la assim. – Dominic implorou. – Sou um pirata com um coração sombrio, meu bem. Não há razão para lamentar o fim da minha vida; não há razão para desperdiçar as suas lágrimas comigo. – Ele segurou seu queixo, passando o polegar por seu lábio trêmulo.

A dama sempre acreditara que era corajosa e destemida, porém, enfrentar a perda desse homem – não causada pelos ventos do destino, mas, sim, pelo nó da forca – era demais para ela suportar.

– Isso não é verdade. – Roberta fungou, tentando se recompor. Infelizmente, ninguém nunca a ensinara a remendar um coração quebrado.

– Ela está certa – Flynn sussurrou roucamente. – Você é um bom homem. Até mesmo um pirata pode ter um coração de ouro. – Ele tocou o braço de Dominic e os três ficaram em silêncio por um tempo, apenas sentindo uma estranha união cheia de amor fluir entre eles.

– Não venha amanhã, Robbie. Permita que Nicholas a leve para longe, para as colinas. – A jovem balançou a cabeça, mas ele continuou falando baixinho, quase como se estivesse em um sonho – Eu gostaria de me imaginar ao seu lado, vendo a luz iluminar seu rosto e as flores exóticas desabrocharem ao nosso redor à medida que nos dirigíamos para uma costa distante. Pode fazer isso por mim? Dar-me um último momento de paz antes de eu ir?

O coração de Roberta estava sangrando. Ela podia

sentir o sangue se acumulando dentro de seu peito, dificultando sua respiração.

– Dom, eu não... – A dama fez uma pausa, sem saber se deveria deixar que ele morresse sozinho ou escolher estar presente e testemunhar o brilho desaparecer de seus olhos. Independentemente da resposta, sentia que não havia saída para eles.

Dominic acariciou seu rosto com as duas mãos.

– *Por favor*, meu bem.

Naquele momento, Roberta não conseguiu negar seu pedido. A saudade e o coração partido que transpareciam em seus olhos eram um reflexo dos dela. Eles eram um só em seu sofrimento. Se ele não quisesse que a jovem presenciasse sua morte, Roberta acataria seu desejo final.

– Eu irei com Nicholas – disse, por fim.

– Que bom. – O pirata engoliu em seco. – Pode me dar um minuto a sós com ele?

A dama assentiu, feliz por ter um tempo sozinha para lamentar o término da vida do único homem que amara.

FLYNN AINDA ESTAVA SEGURANDO O BRAÇO DE DOMINIC, o que lhe deixava feliz. A situação o lembrou de sua infância, dos momentos simples que eles tinham passado juntos, caçando coelhos na floresta ou carregando varas de pesca até o lago que ficava atrás de sua casa.

– Eu preciso que você faça outra coisa por mim, Nick.

O tenente balançou a cabeça.

– Espere, apenas *espere*, pelo amor de Deus. – Seu amigo olhou ao redor da cela vazia, certificando-se de que não seria ouvido. – Eu poderia roubar as chaves e libertá-lo.

Poderia deixar um barco pronto. Você seria capaz de fugir antes de chegarmos a *Port Royal*.

Dominic fitou o rosto agitado de Nicholas.

– Obrigado, meu velho amigo, mas não posso fazer isso. Você seria enforcado por me ajudar a escapar. Huntington não é tolo. É tarde demais para mim; sem falar que estou cansado de correr, cansado de olhar por cima do ombro. Posso não ter escolhido esta vida, mas eu a vivi e, agora que a sentença foi proferida, está na hora de eu enfrentar o meu destino.

– Dom... por favor. Eu não posso perdê-lo novamente. Roberta não pode ficar sem você. – Os olhos azuis do tenente estavam cheios de lágrimas. – Eu jurei que o traria para casa.

– E vai. Só lamento não poder estar vivo para ver meu lar.

– Então, é isso? Devo levar seu corpo para *Cornwall* e quebrar o coração da sua mãe? O coração dos seus irmãos? E quanto ao seu pai? Ele nunca perdeu a esperança de encontrá-lo.

Grey tentou engolir a angústia que as palavras de seu amigo despertavam dentro dele.

– Eu não posso fugir como um covarde... Apenas diga-lhes que morri com honra, salvando a mulher que eu amava. Nem mesmo meu pai será capaz de repreender isso.

Nicholas agarrou as barras da cela. Seu rosto ficou vermelho e seus dedos empalideceram com a força que estava aplicando. Era como se ele quisesse destruir a barreira física que havia entre eles.

– Isso não é justo, Dom.

O pirata deu de ombros.

– A vida nunca é justa. Tudo o que podemos fazer é

aproveitar ao máximo o tempo que temos. Cuide de Roberta. Ela pode precisar de sua ajuda se estiver grávida.

– O quê? – Nicholas ficou atordoado. – Você... E agora vai deixá-la? Por Deus, Dom, não pode fazer isso com a jovem!

– Case-se com ela. Ame-a de todas as formas que eu não pude.

Flynn o fitou com assombro.

– Realmente acha que o sofrimento dos nossos corações seria amenizado pelo casamento? Todos os dias olharíamos um para o outro e nos lembraríamos de quem perdemos.

Grey não sabia o que dizer para confortar o seu amigo.

– Considere isso como o pedido final de um homem à beira da morte.

O oficial mordeu o lábio antes de fechar os olhos brevemente, assentindo para dizer que havia compreendido.

– Farei o pedido. Caso a dama concorde, prometo fazer o meu melhor por ela

– Não a deixe voltar para a cela, Nick. Quanto mais cedo Roberta se esquecer de mim, melhor será.

Seu amigo riu, embora não houvesse qualquer humor no gesto.

– Esquecer-se de um homem como você? – A voz do tenente ficou dura. Ele teve que se esforçar para continuar a falar. – Nós jamais o esqueceremos. Você foi e sempre continuará a ser meu melhor amigo, Dominic. Os anos que passamos separados não mudaram isso. – Flynn respirou profundamente como se precisasse de tal alívio.

O pirata conhecia a sensação muito bem.

– Amanhã, navegarei para o horizonte mais distante sem você – Grey disse em um tom apenas um pouco mais alto do que um sussurro. – Esperarei por ela e por você lá. Algum dia voltaremos a nos encontrar...

– Algum dia... – Nicholas ecoou.

Dominic engoliu em seco, sentindo como se um vidro quebrado estivesse rasgando a sua garganta. Quem diria que as despedidas poderiam fazer com que o coração de alguém se partisse completamente.

Ele se deitou de volta no colchão quando o tenente saiu. De várias maneiras, já era um homem morto. Sua alma estava quilômetros à frente de seu corpo. Grey fechou os olhos, tentando encontrar um momento de paz, embora soubesse que não haveria nenhum.

O AMANHECER CHEGOU. AGORA, DOMINIC ESTAVA NA base dos degraus que levavam ao palanque no centro da praça principal de *Port Royal*. Seu olhar se desviou para o nó pendurado em uma viga de madeira. Os aplausos e os gritos da multidão animada pareciam estranhamente distantes enquanto ele se concentrava naquela corda sinistra. Dois soldados em uniformes vermelhos ficaram atrás dele, impedindo qualquer possibilidade de fuga.

Huntington apareceu à sua frente, logo abaixo dos degraus do palanque.

– Sr. Grey.

Dominic sorriu.

– Está aqui para comemorar? – Ele se sentia abençoadamente vazio. Era mais fácil do que imaginava fingir dar um sorriso alegre.

– De fato. É um bom dia quando um pirata cai, e você *vai* cair. – O oficial mexeu os dedos, imitando pernas chutando no ar. – É engraçado pensar que a Srta. Harcourt chegou a se oferecer a mim para libertá-lo. Sabia disso? Eu a recusei. O casamento com uma criatura tão espirituosa e rebelde não é algo promissor.

O coração de Grey passou a retumbar com batidas inconsistentes e fortes. Roberta tentara salvá-lo ao prometer se entregar para esse homem miserável? Em sua tentativa de derramar sal sobre a ferida de Dominic, o oficial involuntariamente lhe dera algo maravilhoso: o conhecimento do quanto a jovem estava disposta a se sacrificar por ele.

– Então, é mais tolo do que eu pensava, Huntington. Você não é digno de sequer respirar o mesmo ar que uma dama como ela.

Os olhos do capitão do *Fortune* cintilaram com uma raiva fria.

– E você também não é.

Sobre isso, Dominic concordava. Nunca seria digno de Roberta.

– Levem-no para cima – Huntington rosnou.

Os soldados que ladeavam o pirata entraram em ação, marchando-o até os degraus para colocá-lo sobre o alçapão de madeira. As tábuas abaixo dele rangeram sinistramente. Grey fitou novamente o nó enquanto outro homem uniformizado deslizava a corda em seu pescoço.

Dominic moveu seu olhar para além do mar de rostos que o observava, em direção às florestas e às praias de areia branca do lugar que ele chamara de lar durante os últimos dez anos. Em algum lugar da ilha, Roberta e Nick cavalgavam para longe. Se ele fechasse os olhos, conseguia se ver junto aos dois, observar a maneira como os cabelos ruivos da jovem brilhavam como fogo e ouvir sua risada misturada com a dele enquanto Dominic e Nicholas compartilhavam histórias de sua juventude.

Eu fiz muitas coisas ruins, pensou em silêncio. *Mas amá-la não foi uma delas.*

O barulho dos tambores militares forçou seus olhos a se abrirem. O pirata não conseguiu suprimir a súbita onda de medo que o atingiu, pois sabia que tinha apenas alguns segundos restantes para poder respirar. Seus olhos percorreram a multidão. Dominic inspirou profundamente ao notar Roberta empurrando pessoas para poder passar. O tenente vinha atrás dela.

Malditos tolos. Eles deveriam ter ficado longe. Grey não queria que as últimas lembranças dos dois fossem manchadas pelo momento de sua morte.

– Quais são suas últimas palavras? – Huntington perguntou.

Agora, Roberta se encontrava a cerca de três metros de distância, vestindo o melhor vestido já criado. Seu corpete era decorado com cavalos-marinhos e suas saias douradas voavam com a brisa. A dama era a coisa mais linda que ele já tinha visto. Talvez fosse bom que ela estivesse aqui, assim, o pirata poderia morrer olhando para os seus olhos.

Huntington ficou impaciente.

– Não? Muito bem. – Ele deu um aceno de cabeça para o carrasco.

Só então, Dominic percebeu o que o sujeito havia perguntado.

– Robbie, eu amo voc...

O alçapão abaixo de seu corpo se abriu, fazendo-o despencar rapidamente. O mundo ficou borrado, ele sentiu um súbito puxão em seu pescoço e o ar saiu de seus pulmões. Grey fechou os olhos e saudou a morte, feliz por ao menos ter tido um último vislumbre da mulher que amava.

ROBERTA SOLTOU UM GRITO ASSIM QUE DOMINIC CAIU.

— Seu pescoço não quebrou — um dos guardas na plataforma gritou para Huntington. — Devemos puxar suas pernas? — O homem se moveu, indicando que desceria a plataforma.

O capitão o impediu com um aceno de mão.

— Não. Deixe-o sufocar.

A dama cobriu a boca.

— Ah, Deus... — Ela ia passar mal.

A multidão ao seu redor ficou em silêncio enquanto Grey se balançava na corda, suas pernas ainda tremendo. Então, de repente, ouviu-se um grito poderoso e um homem montado em um garanhão negro avançou através do mar de pessoas. A plateia gritou, saindo do caminho enquanto ele cavalgava em direção ao palanque. O sujeito puxou as rédeas, fazendo o cavalo parar imediatamente.

Em um feito que surpreendeu Roberta, o recém-chegado ficou em pé nas costas do animal antes de pular agilmente para a plataforma de madeira. Ele atacou os soldados, movendo uma lâmina de aparência mortal e os forçando a recuar. Então, com sua mão livre, empurrou Huntington com tanta força que o capitão caiu de costas, atordoado. Com um rugido, o homem balançou sua arma e cortou a corda que segurava Dominic. Ele caiu no chão, ainda se contraindo. As pessoas recuaram com medo quando reforços apareceram com mosquetes erguidos.

— Quem é *esse*? — A jovem tentou entender o que estava

acontecendo à medida que Nicholas empurrava as pessoas em seu caminho para chegar até Dominic, que estava sob o alçapão.

O tenente agarrou o nó e o tirou do pescoço do pirata.

– Pelos céus, respire! – Ele pressionou as mãos no peito do amigo, repetindo o movimento várias vezes até que Dom se sacudiu e, de repente, ofegou por ar.

– O que é tudo isso? – Huntington berrou para o homem que havia cortado a corda. – Esse prisioneiro é um pirata condenado. Ao interferir em sua execução, você se colocou no caminho que leva ao mesmo destino dele.

Roberta correu até Grey, embalando sua cabeça em seu colo.

– Você não tem autoridade sobre Dominic Grey – o recém-chegado anunciou, no topo da plataforma.

– Chega dessa tolice! – o capitão do *Fortune* rosnou. – Agarrem-no!

Um grande tumulto de pés e poeira se seguiu acima do alçapão. Ela protegeu o rosto de Dominic. Ele piscou lentamente. Seus olhos escuros estavam cheios de admiração confusa.

– Eu deveria saber que os céus me dariam a benção de me encontrar novamente em seus braços – Dominic murmurou.

Nicholas e Roberta compartilharam um olhar de alívio, mas a luta acima deles logo voltou a chamar sua atenção, assim como a dúzia de soldados armados e com casacos vermelhos que cercaram a forca.

– Parem! Por ordem do rei, você não tem direito sobre o pirata chamado Dominic Grey. Eu trago um perdão real em minhas mãos – o homem acima deles informou a Huntington.

– Dom, você precisa tentar se levantar – Nicholas falou.

Ele e a jovem se esforçaram para colocá-lo de pé.

– Um perdão real? – O capitão do *Fortune* indagou. – Deixe-me ver.

Grey, Roberta e Nicholas cautelosamente saíram do alçapão do palanque, finalmente tendo um vislumbre decente do homem que salvara a vida de Dominic. Ele era alto e tinha um corpo forte. Algumas mechas de cabelo grisalho cintilavam em suas têmporas, misturando-se com seus fios castanhos mais escuros.

– E quem diabos é você? – Huntington devolveu o rolo de pergaminho ao sujeito.

Quando o indivíduo se virou para fitar Dominic, seus olhos se suavizaram. Não havia como negar a semelhança entre eles.

– Eu sou o conde de Camden, o pai dele.

Grey perdeu o equilíbrio e Roberta e Nicholas tiveram dificuldade para segurá-lo.

– Pai? – Dominic sussurrou, observando o mais velho com um olhar juvenil de esperança.

– *Pai?* – Huntington os encarou, perplexo. – Está me dizendo que esse maldito pirata é um nobre do reino?

O conde de Camden sorriu para seu filho.

– Sim, e está na hora de ele voltar para casa.

CAPÍTULO 20

D*ois meses depois.*

DOMINIC ESTAVA SENTADO NERVOSAMENTE EM UM elegante coche com o brasão do conde de Camden. Ele, Roberta e seu pai estavam percorrendo o longo trajeto até sua antiga casa de infância, em *Cornwall*. Grey ainda não acreditava que estava de volta à Inglaterra, quanto mais vivo.

Alguns meses antes, seu pai ouvira rumores sobre um pirata chamado Capitão Grey e tinha requerido todos os favores que o rei lhe devia para conseguir um perdão real. O mais velho tinha desembarcado em *Port Royal* poucas horas antes de Dominic ter sido escoltado para fora do navio de Huntington. Contudo, só descobrira sobre o enforcamento momentos antes do evento.

Por conta do perdão real, o capitão do *Fortune* não

pudera acabar com a vida de Dominic publicamente. Em vez disso, tivera que se contentar em executar a tripulação restante da *Dama Vermelha*. Roberta, Nicholas, Charles e o conde de Camden haviam passado alguns dias em *King's Landing*. O almirante fizera com que Huntington fosse designado para um novo navio e enviado para as colônias americanas por um tempo. Grey tinha dado adeus alegremente àquele bastardo.

Ele e seu pai haviam passado várias noites conversando, chegando à conclusão de que o pirata deveria voltar para a Inglaterra junto com Roberta e o almirante. Nicholas, agora sob o comando de Charles, fora designado para acompanhá-los.

Dominic e Aaron tinham trocado algumas palavras durante a viagem de volta para as terras britânicas, mas não tanto quanto cada um gostaria. Ainda existia um certo distanciamento entre eles, uma tensão que Grey acreditava ter sido formada por sua culpa. Anos antes, chamara o conde de Camden de covarde, porém, agora, entendia o que seu pai quisera lhe ensinar: às vezes, optar por *não* lutar era o caminho certo a se seguir. O pirata havia desistido da luta para proteger o futuro de Roberta e não se arrependia de sua escolha. Contudo, não tinha certeza de como dizer ao seu pai que ele sempre estivera certo e que Dominic se sentia desolado por toda a dor que sua decisão impulsiva de sair de casa havia lhe causado.

Quando o veículo parou na Residência Camden, Grey começou a tremer. Diferentemente das inúmeras transformações pela qual ele havia passado, a casa de sua família pouco mudara desde sua partida. Roberta colocou uma mão em sua coxa e o pirata a cobriu com a sua. Caso sobrevivesse àquele dia, planejava pedi-la em casamento. Porém, no momento, estava nervoso demais para imaginar como o faria. Primeiro, precisava reencontrar sua família após os quatorze anos que passara longe deles.

Ele saiu do coche logo após Aaron e ajudou a jovem a descer. Então, subiu as escadas e atravessou as portas que levavam ao grande salão de entrada. O espaço ainda cheirava a flores silvestres, as favoritas de sua mãe. Lágrimas umedeceram seus olhos enquanto observava o lugar. Dominic estudou os antigos retratos de seus ancestrais e a maneira como a luz do sol que passava pelas janelas altas iluminava o corrimão reluzente de madeira que ele usara inúmeras vezes como escorregador quando era criança. Grey queria chamar sua mãe e, finalmente, vê-la, mas uma parte de si temia a reação da mulher. Ao partirem da Jamaica, Aaron e Dominic não tinham tido tempo de enviar uma carta para alertá-la de sua chegada. Lucia não tinha ideia de que ele estava vivo ou que, agora, encontrava-se em casa. Seu pai lhe informara que ela só sabia que ele partira levando um perdão real em nome do homem que esperava que fosse o seu filho.

– Pai? – Um rapaz vestido com um colete e calças elegantes correu para o andar de baixo.

Ele parou ao ver Dominic. Seu sorriso vacilou e seus olhos se arregalaram. O mais novo se parecia muito com Aaron.

– Adrian? – Grey falou em voz baixa, como se o jovem diante de si fosse um fantasma.

O pirata ouviu seu pai e Roberta entrarem em casa. Os lábios de Adrian se separaram em choque, mas ele não falou nada. O rapaz engoliu em seco enquanto encarava Dominic.

– Adrian, quem é? Papai voltou? – Uma beldade de

cabelos escuros que parecia sua mãe desceu as escadas em um lampejo de cetim roxo. Ela parou ao lado de seu irmão gêmeo, assimilando a cena por um momento. Então, a jovem jogou os braços ao redor de Grey, abraçando-o e gritando de alegria. – Ele está em casa!

Josephine não precisara que ele dissesse nada; simplesmente o abraçara sem qualquer aviso.

– Josie. – O pirata se engasgou ao pronunciar seu nome, segurando-a em seus braços.

Os gêmeos haviam crescido e se tornado boas pessoas. Infelizmente, Dominic não estivera presente durante cada fase de suas vidas. Tal percepção o feriu de uma forma indescritível. Grey a soltou, vendo-se, em seguida, preso pelo forte abraço de Adrian.

– Graças a Deus! Ele o encontrou. Estamos procurando-o há anos, irmão.

As palavras do rapaz fizeram com que as lágrimas nos olhos do pirata começassem a transbordar. Ainda assim, ele se forçou a manter a compostura... isto é, até que viu sua mãe.

Lucia estava no extremo oposto do corredor, completamente pálida.

– Dominic? É realmente você?

Grey correu ao ver as pernas da mulher falharem, pegando-a em seus braços antes que ela caísse no chão e sussurrando mil desculpas por cada momento em que não estivera presente.

– Sinto muito, mãe – ele murmurou. – Eu estou em casa agora. Estou aqui.

– Você o encontrou, *mi amor*? – Lucia se dirigiu ao marido.

Aaron colocou uma mão no ombro de Dominic.

– Sim, consegui achá-lo. Pelo que escutei, nosso filho é um herói e tanto.

– Nem perto disso – Grey disse, sentindo o rubor se espalhar pelo seu rosto. Ele não estava acostumado em receber elogios de seu pai.

– A Srta. Harcourt afirma que você se tornou o melhor homem que ela já conheceu. – O mais velho riu. – É melhor se casar com a dama antes que ela mude de ideia.

Dominic levantou sua mãe e seu pai passou um braço em torno da cintura da mulher, segurando-a firme.

– Você está realmente aqui? Não estou sonhando? – Lucia acariciou seu rosto, procurando por qualquer indício de que ele não passasse de uma ilusão.

O pirata colocou uma das mãos dela em seu peito.

– Estou aqui, mãe.

– Conte-me tudo o que aconteceu.

– Tudo? Bem... isso pode demorar um pouco. – Ele riu, dando uma versão simplificada de seu sequestro à sua mãe. Grey contou sobre como havia sobrevivido, sua vida no mar, o *Dragão Esmeralda*, os homens que navegavam ao seu lado e a maneira como conhecera o amor da sua vida.

Após Adrian e Josephine terem se apresentado a ela, Roberta ficou no canto da sala, observando Dominic contar à Lucia Greyville e aos irmãos tudo sobre a sua vida no mar. Então, Aaron se aproximou, levando a jovem gentilmente para longe.

– Srta. Harcourt, já que meu filho não me contou tudo pelo que ele passou nesses últimos anos, será que eu poderia convencê-la a me dar tais respostas?

A dama assentiu.

– Ele sofreu muito, milorde. Penso que tais verdades não devam ser escondidas de você. Dom foi capturado por um homem cruel, um que machucava meninos. – Ela não conseguiu explicar o que acontecera com Grey explicitamente, todavia, ao ver a dor nos olhos do conde de Camden, percebeu que ele havia entendido.

– Meu filho...

Roberta assentiu novamente.

– Seu filho poupou a dor de muitos garotos ao tomar o sofrimento apenas para si. Quando chegou a hora, Dominic pôs um fim na vida do sujeito que o maltratava, já que ninguém mais podia. Ele é o homem mais forte e destemido que eu já conheci. É um filho do qual o senhor deve se orgulhar. O passado continua a assombrá-lo, contudo, acredito que, com o tempo e com a ajuda do amor e do apoio de sua família, ele será capaz de deixá-lo para trás.

– Sempre estaremos aqui por ele... e espero que você também possa estar.

Roberta corou.

– Eu também, embora, é claro, saiba que, agora que ele está em casa, terá muitas pretendentes com quem se casar. Eu não poderia competir com nenhuma dessas damas.

Ela sabia que Grey a queria, mas Aaron podia ter uma opinião diferente sobre com quem um conde deveria ou não se casar. Afinal, a jovem era apenas a filha de um oficial da marinha, não uma senhora com um título ou uma grande riqueza para lhe oferecer.

O sorriso encantador do mais velho demonstrou que o pirata tinha ainda mais traços em comum com seu pai. Nem todo o fogo que corria em suas veias vinha do lado de sua mãe. A percepção fez o rubor de Roberta ficar ainda mais evidente.

– Você, minha querida, é a única mulher que ele quer ter ao seu lado. Conheço muito bem o olhar que vi no rosto de meu filho, pois é o mesmo que vejo todos os dias quando olho para a minha esposa. Confie em mim, Dominic nunca desejará ter outra pessoa além de você e eu não tenho a intenção de convencê-lo do contrário.

A dama sorriu quando ela e Aaron voltaram seu foco para o pirata e o reencontro de sua família.

Algum tempo depois, Roberta escapou para os jardins que ficavam em frente à residência. Estivera debatendo se deveria se direcionar às docas, onde seu pai e Nicholas estavam organizando o retorno que fariam a *Port Royal* dentro de alguns meses.

A jovem imaginava que Dominic precisaria de um tempo para se adaptar a estar de volta em casa e que deveria lhe dar espaço para pensar sobre como ele gostaria de viver sua vida de agora em diante. Durante os meses que tinham passado a bordo do navio com destino à Inglaterra, o pirata mantivera um ligeiro distanciamento, roubando apenas alguns beijos nas alcovas escuras da embarcação. Por conta disso, Roberta começara a temer que Grey pudesse ter mudado de ideia sobre o relacionamento entre eles. A dama também precisava de um momento para pensar e avaliar as suas preocupações. A vida livre que sempre sonhara em ter fora deixada em *King's Landing*. E se ela se casasse com Dominic e acabasse enfrentando o mesmo destino que tanto temera ter com Huntington? Os deveres aristocráticos de Grey poderiam levá-lo para longe, obrigando-a a ficar em casa, presa em uma sala de estar e longe do mar e do homem por quem se apaixonara.

— Robbie! — Dominic gritou.

O apelido fez seu coração disparar com saudade e desejo. A dama se virou a tempo de ser acolhida em seus braços. Então, ele a beijou com força e com fome até que o toque se derreteu no mais terno dos beijos. Ela passou os braços em torno de seu pescoço, inclinando-se em direção ao seu rosto. Não havia nada mais mágico do que a sensação de estar nos braços do pirata. O universo parecia girar apenas em torno deles, embora Roberta não deixasse de sentir um mundo de infinitas possibilidades ao seu redor. As dúvidas inquietantes que haviam ocupado sua mente momentos antes tinham sumido.

Quando seus lábios se separaram, Dominic lhe deu o raro sorriso juvenil que ela tanto amava e que a fazia se lembrar de que o homem nem sempre fora um pirata.

— Por que está tentando fugir tão cedo? — ele brincou, tocando no tecido rosa do vestido da jovem.

— Eu queria que você tivesse algum tempo com sua família — Roberta explicou. — E... — Ela desviou o olhar, muito envergonhada para admitir que estava preocupada sobre o futuro deles, imaginando se os dois se casariam e se poderia acabar enjaulada em uma vida que sempre temera ser seu destino.

— E? — Grey acariciou seu queixo, forçando-a fitá-lo.

— E pensei que talvez você precisasse de espaço. Não quero forçar minha presença em sua vida. Agora, você tem outras opções e, honestamente, não sei onde eu poderia me encaixar em seu futuro.

Dominic a encarou com tanta intensidade que Roberta se sentiu vulnerável, como se estivesse nua em seus braços.

— Acha que eu escolheria outra mulher?

— Não sei. Eu não sou muito adequada para ser uma

condessa. Não posso passar minha vida presa em uma propriedade, interpretando o papel de uma esposa perfeita. Você me conhece, sabe o amor que eu tenho pelo mar e minha necessidade de ser... *livre.*

– Também não sou muito adequado para ser um conde. E não, não me esqueci da influência que o mar tem sobre você, meu bem. É uma das minhas coisas favoritas na lista gloriosa de motivos pelos quais eu a adoro.

Impulsionada pela necessidade selvagem de esclarecer o seu ponto de vista, a jovem continuou, mesmo sabendo que parecia que estava tentando convencê-lo a se afastar dela:

– Mas você poderia encontrar alguém melhor do que eu.

As palavras de Huntington ainda a assombravam. Roberta não era uma mulher notável e digna de um futuro conde. A dama esperava que... não, *precisava* ouvi-lo dizer como realmente se sentia; escutar de seus lábios que ele a queria – que desejava somente ela – e que eles viveriam uma vida livre... juntos.

– Que outra mulher se aventuraria comigo? Que outra mulher assistiria ao pôr do sol na vigia de um navio ou enfrentaria um furacão ao meu lado? Quando achei que você tinha morrido, estava pronto para abraçar a morte, pois sabia que tinha tido a sorte de ter a alegria mais breve e mais pura que já cheguei a conhecer; a alegria de amá-la. Há apenas uma mulher que poderia me acompanhar até o horizonte mais distante. – Dominic se ajoelhou, segurando a mão da jovem ao passo que o coração dela batia loucamente. – Roberta, só existe uma única aventura, um único tesouro capaz de fazer até mesmo piratas como eu suspirarem de desejo. – Seus olhos escuros derreteram o coração da dama, fazendo-a inspirar profundamente. – Você me daria a honra de se tornar a minha esposa, de tornar-se a minha maior aventura e o meu tesouro mais precioso?

Roberta ficou sem fala. Tudo o que conseguiu fazer foi assentir enquanto as lágrimas escorriam pelo seu rosto.

Ele se levantou e segurou sua cintura, girando-a antes de puxá-la para perto e beijá-la.

A felicidade a atravessou como ondas poderosas e a jovem lhe deu boas-vindas, deixando-a dominá-la. Ela se apoiou na ponta dos pés para sussurrar contra os lábios dele:

— Você realmente é um pirata com um coração de ouro.

A rica risada dele ressoou em seus ouvidos quando a girou novamente. E, ali, nos braços de Dominic, Roberta vislumbrou um horizonte brilhante logo adiante.

EPÍLOGO

Nicholas Flynn estava na entrada da ampla construção militar em *Port Royal*. Ele usava um par de calças marrom-escuras e um colete de seda vermelha delicado que o faziam parecer como qualquer outro homem na rua, embora, na verdade, fosse um oficial naval. O tenente respirou fundo ao adentrar o quartel, encontrando Charles Harcourt à sua espera. O contra-almirante lhe deu um pequeno aceno, indicando que deveria segui-lo, e eles entraram em seu escritório.

Harcourt se sentou e Nicholas se juntou ao mais velho, ocupando uma cadeira em frente à mesa do homem.

— Você me enviou uma carta pedindo que eu deixasse minhas atuais funções — Flynn disse calmamente, perguntando-se qual seria a nova missão que o almirante lhe daria.

— Sim, obrigado por vir ao meu encontro. Acabamos de capturar um rapaz. Nós acreditamos que ele saiba sobre o paradeiro de Thomas Buck, o homem que chamam de rei pirata e que comanda diversas tripulações aqui, nas Índias

Ocidentais. O sujeito está destruindo nossas rotas comerciais.

Nicholas se inclinou para a frente, interessado.

— E quem é o rapaz que você tem sob custódia?

— Ele estava prestes a ser enforcado quando outro prisioneiro, na esperança de se livrar de sua própria sentença, informou a um dos guardas que o sujeito é o braço direito de Buck.

— Ah. — Agora, Flynn começava a entender o que o almirante podia ter em mente. — Então, quer que eu ganhe a confiança dele e descubra tudo o que ele sabe?

— Exatamente. Gostaríamos que compartilhasse a cela com ele e desvendasse o que puder. Quando soubermos o suficiente para pegar Buck, daremos continuidade à sentença do rapaz. — Harcourt disse com um pouco de tristeza em seus olhos.

Durante os meses em que estivera trabalhando com o pai de Roberta em *Port Royal*, Nicholas percebera que o mais velho tinha um coração mole. Ele não gostava de realizar execuções — mesmo que fossem de piratas —, contudo, a lei devia ser respeitada. Talvez, ter um ex-pirata como genro tivesse aberto seus olhos para o fato de que nem todos os crimes envolvendo a pirataria era algo que poderia ser resolvido com uma simples decisão. Nem todas as pessoas que viviam daquela forma eram ruins. Muitas tinham sido forçadas a terem esse tipo de vida. Nicholas sentia seu estômago se revirar só de pensar que pudessem estar enforcando vítimas em vez de malfeitores.

— Quando devo começar? — o tenente perguntou.

— Neste exato momento. — Harcourt ficou de pé e Flynn o acompanhou. O mais velho estendeu uma mão. — Eu sei que esta é uma tarefa difícil, porém, se a aceitar, estará ajudando a todos nós. Se formos capazes de cortar a pirataria pela raiz, podemos acabar com o sequestro de crianças em nossas costas e devolver os recursos roubados por esse negócio profano à Coroa. Nós podemos dar um basta em tudo isso.

O tenente apertou a mão do almirante, assentindo. Estava disposto a conhecer o prisioneiro e fazer tudo o que fosse necessário para impedir que esse grande mal continuasse a existir. Harcourt dirigiu Nicholas para a saída de seu escritório, onde dois oficiais com casacos vermelhos se encontravam.

– Acompanhem o Sr. Flynn até a cela do Sr. Holland. Não ajam com familiaridade ao deixá-lo no local.

– Sim, senhor – os homens responderam em uníssono.

Lançando um olhar de desculpas para Nicholas, eles agarraram seus braços e o escoltaram para longe. Ao chegarem na parte de trás do quartel, arrastaram-no em direção à prisão. Flynn fingiu tentar se soltar quando sentiu que estavam se aproximando da última cela.

– Deixem-me ir, seus malditos bastardos – ele rosnou, fazendo uma encenação convincente para quem quer que fosse o Sr. Holland.

O primeiro oficial abriu a porta do cubículo.

– Cale a boca e entre!

O segundo oficial o chutou com força nas costas e Nicholas tropeçou ao adentrar o espaço, esbarrando nas pedras irregulares do chão e caindo de joelhos enquanto soltava um xingamento. A porta da cela se fechou atrás dele, deixando-o na semiescuridão. A única janela se encontrava na posição oposta à do sol e, como o meio-dia já havia se passado, supunha que o local permaneceria nas sombras pelo resto do dia.

– Quem diabos é você? – uma voz calma perguntou do canto da cela.

– Eu? Minha identidade não é da sua conta – Flynn resmungou enquanto se levantava, notando que havia dois colchões no local, um em cada lado do cubículo. O tenente se deitou sobre um deles, agindo como se estivesse com os músculos enrijecidos e doloridos por ter sido maltratado pelos oficiais.

– Se vamos dividir essa cela, ela é sim. – A voz disse em um tom mais ousado. Logo em seguida, um rapaz se inclinou sob a luz fraca da janela. – Eu sou Bryan Holland. – Ele estendeu uma mão.

O tenente encarou a palma do sujeito por alguns minutos, permitindo que sua desconfiança transparecesse antes de, lentamente, aceitar o aperto de mão.

– Flynn. Nicholas Flynn.

A mão dele era pequena, pequena demais. Quanto mais Nicholas olhava para Bryan, mais percebia que ele não passava de um menino; de um rapaz que não deveria ter mais do que dezessete anos. O garoto, que provavelmente já fora tão inocente quanto Dominic tinha sido, seria enforcado por pirataria.

– O que você fez para acabar aqui, Flynn? – o menino perguntou.

– Pirataria. Bebi um pouco demais quando meu navio atracou no porto e abri a boca para as pessoas erradas. Os malditos casacos vermelhos pularam em cima de mim antes que eu me desse conta do que estava acontecendo. Aqueles bastardos – murmurou.

– Isso eles certamente são – Holland concordou. – Eles me pegaram roubando algumas coisas no mercado. – Ele enrugou o nariz. – Então, jogaram-me aqui para apodrecer.

Nicholas avaliou o rapaz, que agora tinha se levantado do colchão e olhava para a janela gradeada. O tenente o fitou com mais atenção. Em seguida, seus lábios se separaram. Algo não estava certo.

Bryan Holland não era um homem, nem sequer um menino. Ele era uma *mulher*.

O que diabos ela estava fazendo aqui? E por que todos acreditavam que a jovem havia se envolvido com piratas? Sua silhueta delicada era obviamente feminina. Desde quando os oficiais tinham ficado cegos, passando a ver apenas o que queriam? Eles estavam procurando por um pirata, portanto, decidiram que tinham encontrado um. Dominic havia facilmente enganado Harcourt e Huntington porque, na época, ambos os homens não estavam procurando por um criminoso debaixo de seus narizes. Os cabelos loiros e as roupas masculinas combinadas com o corpo jovem e diminuto da mulher certamente a fizeram parecer com um garoto. Contudo, Nicholas fora treinado para enxergar além das aparências.

Inferno. O tenente havia sido enviado para trair a confiança da jovem e ajudar a levá-la à forca. Ainda assim, quando a mulher se virou para fitá-lo e sorriu, tudo o que ele desejou fazer foi poder puxá-la para o seu colo e beijar aqueles lábios macios e curvos. O pensamento egoísta e lascivo o fez se repudiar. A moça à sua frente estava prestes a perder a vida, uma que poderia ter sido cheia de felicidade se ela não tivesse se envolvido com piratas.

Holland começou a cantarolar suavemente uma música que ele reconheceu, *The Ballad of Captain Kidd*, proferindo os versos enquanto caía em seu colchão, em frente ao dele:

Para o cais da execução eu devo ir, eu devo ir,
Para o cais da execução eu devo ir.
Enquanto milhares se reúnem,
Devo suportar o choque e morrer.
Escute o meu aviso, eu devo morrer, eu devo morrer,
Escute o meu aviso, pois eu devo morrer,
Escute o meu aviso e evite as más companhias,
A não ser que queira ir para o inferno comigo, pois eu devo morrer.

NICHOLAS ENCAROU A JOVEM, QUE PARECIA completamente despreocupada enquanto cantava sobre a morte. O que diabos ia fazer? Não podia simplesmente deixá-la morrer.

O oficial soltou uma maldição silenciosa antes de tomar uma decisão: obteria as informações das quais precisava e, depois, a salvaria.

De alguma forma.

ABOUT THE AUTHOR

Lauren Smith é advogada durante o dia e autora durante a noite, escrevendo histórias românticas ousadas sob a luz do seu smartphone. Ela sabia que estava destinada a ser escritora de romances quando tentou reescrever todo o filme Titanic só para salvar a vida de Jack. Conectar-se com seus leitores por meio de narrativas emotivas, envolventes, realistas e sensuais que se passam em diversas épocas é sua paixão. Lauren ganhou múltiplas premiações em inúmeros subgêneros de romance.

Para saber mais sobre Lauren, visite:
www.laurensmithbooks.com
lauren@laurensmithbooks.com